读客科幻文库

跟着读客读科幻，经典科幻全看遍。

光明王

[美] 罗杰·泽拉兹尼 著　胡纾 译

北京联合出版公司
Beijing United Publishing Co., Ltd.

图书在版编目（ＣＩＰ）数据

光明王 / (美) 泽拉兹尼著；胡纾译. -- 北京：
北京联合出版公司, 2015.3（2025.3重印）
　　ISBN 978-7-5502-3043-9

　　Ⅰ.①光… Ⅱ.①泽… ②胡… Ⅲ.①科学幻想小说
－美国－现代 Ⅳ.①I712.45

　　中国版本图书馆CIP数据核字（2014）第100529号

光明王
作者：[美]泽拉兹尼
译者：胡纾
责任编辑：管文
选题策划：读客文化 021-33608320
特约编辑：王予润　杨菊蓉
封面插画：Killian Eng
封面设计：陈昭
版式设计：吴星火
责任校对：张新元　曹振民

北京联合出版公司出版
（北京市西城区德外大街83号楼9层　100088）
三河市中晟雅豪印务有限公司　新华书店经销
字数264千字　889毫米×1270毫米　1/32　12印张
2015年3月第1版　2025年3月第7次印刷
ISBN 978-7-5502-3043-9
定价：49.90元

献给丹妮·帕拉赫塔

敬友谊、智慧与索玛

序　言

怀念泽拉兹尼，光明王

乔治·R.R.马丁

泽拉兹尼是个诗人，从一开始到最后，永远都是。在他的笔下，词句会歌唱。

他的故事无与伦比；他创造的世界斑斓奇异，无人能及。

然而最令我无法忘怀的，还是他塑造的角色：安珀的科温和他那些麻烦的兄弟们、造梦大师查尔斯·伦德尔、从来不肯学代数的"眠者"可罗伊德·克伦森、屋顶上的弗雷德·卡西迪、康拉德、被诅咒的迪维什、弗朗西斯·桑道、"黑马"比利·辛格、雅里·黑暗、影之杰克、黑尔·坦纳、小狗斯纳夫。

还有萨姆。他是最特别的。"他的信徒将他视为神祇，尊他作无量萨姆大神。可他却宁愿去掉'无量'和'大神'而自称萨姆。他从未宣称自己是神，但他亦从未予以否认。"

《光明王》是我读过的第一部泽拉兹尼作品。当时我还在大学里，读了不少书，一直渴望着有朝一日能自己也写上一本。我已熟读安德烈·诺顿，小读过一些海因莱因，靠着H.P.洛夫克拉夫特、阿西莫夫、"博士"E. E. 史密斯、席奥多尔·史铎金和托尔金挨过了高中生涯。我读过《科幻小说俱乐部》上《埃斯》的副本，但当时还没有找到那份杂志，在此之前，我从未听说过这个叫作泽拉兹尼的家伙。然而，当我翻开《光明王》的第一页，光是开头的那几行字就让我全身一阵战栗，我知道，科幻文学的领域将会从此发生天翻地覆的变化。事实也确实如此。就像在他之前的极少数人曾经做到过的那样，罗杰在这个领域中，留下了自己的印记。

他也在我的人生中留下了印记。从《光明王》开始，我读尽了所有能弄到手的泽拉兹尼小说。《他是塑造者》《然后唤我康拉德》《致传道书的玫瑰》《死者之岛》《脸上的门，口中的灯》《光与暗的生灵》以及其他所有故事。我知道，这个名字古怪得让人难忘的家伙，是个绝妙的小说家；而我没有想到的是，数年后，罗杰会成为我绝妙的好友。

在二十世纪七十年代中期，我曾经和罗杰碰过几次面，例如在印第安纳州伯明顿的作者研讨会上，在威奇托和厄尔巴索的活动上，还有星云奖的晚宴上。那会儿，我已陆续卖出去了一些故事，而罗杰说他知道我的小说，这令我感到既惊讶又激动。他乍看之下是个有些害羞的人，总是很和蔼而有趣，同时又很安静。但在那时候，我对他还不太了解……直到一九七九年年末，我离了婚，带着一颗近乎破碎的心，孤身一人来到圣达菲。

在那座小镇上，我只认得罗杰一个人，当然，他却并非如此。我俩的关系只是同行，充其量算是活动上的熟面孔，但他对待我的方式，就像我们是多年的密友一般。他守望着我度过我人生中最艰难的时日；他与我一同共享晚餐和早餐，我们就工作交换过不计其数的意见；他开车载我去阿尔伯克基参加每月第一周周五的作者午餐聚会；如果当地的书店邀请他做签售活动，他就会要求对方也一并请上我；他带着我去参加聚会和酒会，甚至邀请我与他的家人一起共度圣诞节和感恩节；在我离开圣达菲去参加活动的时候，他会开车穿过整座城市来为我接收邮件，浇灌草木；而当我在圣达菲居住的第一年，用尽了手里的钱，是他借钱给我渡过难关，让我得以写完《热夜之梦》。

　　他不只为我，也为其他人做过许多事。他是我见过的最友善而慷慨的人之一，他是最好的那一类朋友——话不多，却很有趣。有时候他看起来就像是读过这世上所有的书，对所有事物都略知一二，对某一二事物则无所不知，而且，他从不利用自己的知识哗众取宠。在这个人人都只能成为某个专门领域的专业人才的时代，罗杰却是最后一个保有文艺复兴时代做派的人，他沉醉于这个世界和世间的万物，能游刃有余地以同等的热情和专业程度谈论《夺宝奇兵》或化学家普鲁斯特。

　　没有直接接触过罗杰的人，常常会觉得他严肃、庄重又古板，却从未想过他其实可以非常有趣。新墨西哥州幻想大会上的听众永远不会忘记他那场"幸运鸡效应"的演讲；《百搭牌》的读者也依然会为克罗伊德与解形外星人的故事会心一笑。在罗杰生命的最后一年，珍妮·林斯科德把角色扮演游戏介绍给了他，他像个年幼的男孩似的沉迷其中，设计出了不少淘气又别出心裁的角色。我也很喜欢这些角色，可惜在我们当中，只有极少数人足够幸运能遇上他们：他创造的中国诗人战士，在无尽的烂泥地里穿行，放声高歌；他的太空船随船牧师，在不断聚集的外星人面前解释进化论；还有粗野的石油工人俄克拉荷马·克鲁德，总是嚼着烟草，和宇宙海盗们交换笑话。

几个月前，霍华德·沃德劳普路过圣达菲市，我特地召集了一个聚会。那天，罗杰读着他新写的音乐剧，霍华德则紧张地坐在地板上。那出音乐剧是关于死神及其子的，罗杰唱出了所有的段落，有一些则代之以低喃，大概有点走调……好吧，可能走调得挺厉害。客人一个接一个地中断了交谈，慢慢聚拢来听他吟诵，直到最后，所有人都聚集在了罗杰的脚边，结束时，大家的脸上都露出了微笑。

那时候，罗杰自己也正在与死神搏斗，尽管这一点只有珍妮知道。这完全就是罗杰一贯的做法，把伤痛留给自己，以恐惧塑形艺术，用病痛与死亡造就一首歌曲，一个故事，乃至满屋的笑容。

"但看看你周围吧——"他在《光明王》中写道，"死亡与光明永远无处不在。它们开始、终结、相伴、相克，它们进入无名的梦境，附着在那梦境之上，在轮回中将言语焚烧，也许正是为了创造一点点美。"

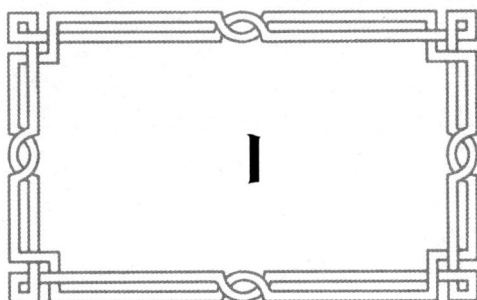

1

据说，在解脱之后的第五十三个年头，他从"金色祥云"回到世间，再一次挑战天界，反抗诸神及其祝圣的生命秩序。他的信徒为他的回归而祷告，尽管这祷告无疑是一种罪恶——人们本不该用祈祷去烦扰涅槃之人，无论此人的涅槃是否有违自己的本意。然而，身着藏红花色僧袍的人依旧祈祷着，祈祷那手持利剑的文殊师利能够再次回到他们中间。人们都说，菩萨听到了……

　　彼等诸漏尽，
　　亦不贪饮食。
　　空无相解脱，
　　是彼所行径。
　　如鸟游虚空，
　　踪迹不可得。

——《法句经·九十三》

他的信徒将他视为神祇，尊他作无量萨姆大神。可他却宁愿去掉"无量"和"大神"而自称萨姆。他从未宣称自己是神，但他亦从未予以否认。当时的情势如此，无论肯定还是否认都不会带来丝毫益处，然而沉默却可能大有裨益。

神秘的氛围由此在他周围弥漫。

雨季……

异常潮湿的时节……

正是在那阴雨绵绵的日子里，供奉夜之女神拉特莉的神庙中传出了祈祷。这祈祷并非来自指尖拨动的绳结或不断旋转的经筒，而是源于神庙中一台巨大的祈祷机。

高频的祈祷信号直指苍穹，穿过大气层，进入了被称作"诸神之桥"的金色祥云。祥云环绕着整个世界，夜间宛若青铜的虹彩，每到正午时分，火红的太阳会在这里化作一团橙色。

有僧人疑心这项祈祷技术不够正统，但机器是由被天国放逐的阎摩法王亲手制造、操纵的。据说，许久之前，湿婆大神那威力无比的雷霆战车就出自这位堕落人间的神祇之手，每当它在空中飞驰而过，都会吐出熊熊的火焰。

虽然失宠于天庭，但阎摩仍被视为一切技匠中无与伦比的大师。若尽善城中的诸神获悉祈祷机的存在，必定会让他遭受真正的死亡，永世不得超生。当然，即使没有祈祷机，诸神也绝不会放过他，这点是毫无疑问的。他该如何闯过业报大师那关，自然无须他人置喙；谁都不会怀疑，等时候一到，他自会想出办法。他的年纪是天国的一半，而在所有神祇中，见证了尽善城全部历史的还不足十位。他对劫火的理解甚至比俱毗罗大人更为精深。然而这些都不过是点缀，他因另一件事为天下所知，只是众人对此都讳莫如深。他身材高大，但并不过分；强壮，可并不笨重；他的举手投足舒缓而流畅；他一身红色，少言寡语。

阎摩照管着祈祷机，他安装在庙顶上的硕大金属莲花时时刻刻转动不止。

细雨洒落在神庙与莲花上，洒落在山脚下的丛林中。在过去的六天里，他已经献上了无数千瓦的祈祷，然而静电噪声令它们始终无法上达于天。他低声呼唤着当下最负盛名的丰产之神，寻求他们强大神力的助佑。

回应他的是一阵隆隆的雷声。那只协助他的小猢狲吃吃笑起来。"不论你是祈祷还是诅咒，结果都一样，阎摩大人，"猴子评论道，"换句话说，徒劳无益。"

"你竟然需要十七次转世才能发现这个事实？"阎摩说，"难怪你到现在也还是只猴子。"

"并非如此，"那只叫塔克的猴子道，"说到我的放逐，尽管它不如你的那么惊心动魄，但也同样涉及同那一位的私人恩怨——"

"够了！"阎摩说着，背过身去。

塔克意识到自己或许触到了对方的痛处。他穿过房间来到窗前，一跃跳上宽宽的窗台。他向空中望去，希望能另找一个话题。

"云层上有一条裂缝，西边。"

阎摩走过来，顺着他的视线看过去，然后皱起眉，点了点头。

"没错，"他说，"留在那儿，给我些建议。"

他朝一堆操纵杆走去。

在他们头顶上，不断转动的莲花猛地停下，随后转向那片未被云层遮蔽的天空。

"很好，"他说，"我们有些进展了。"

他把手伸向一个独立的控制板，先拨动一串开关，再调好两个刻度盘。

信号传到了他们脚下的洞穴中；在神庙的地窖里，其余的预备工作已然启动，宿主准备就绪。

塔克高喊："云层开始合拢了！"

"没什么大不了，"对方答道，"现在鱼已上钩，从涅槃进入莲花，他来了。"

雷声早已停息，雨点滴落在莲花上，发出冰雹般的噼啪声。蓝色的闪电盘绕在山顶上，仿佛巨蛇咝咝地吐着芯子。

阎摩合上了最后一条电路。

塔克问："又一次获得肉身，你觉得他会作何感想？"

"走开，拿脚剥香蕉皮去！"

塔克把这话当成解散的命令，于是离开房间，留阎摩自己关闭机器。他经过一条走廊，沿着宽阔的楼梯朝下走，直至平台上方才站住。就在这时，他听见了谈话声和凉鞋拖在地上的声响——有人正从侧厅外向自己这边移动。

塔克毫不迟疑地往墙上爬去。他攀着刻在墙上的一串黑豹和对面的一排大象爬上了房椽，随后躲进一片阴影中，静静地等待着。

两个穿深色长袍的僧侣从拱门外走进来。

"那她为什么不帮帮他们，为他们驱散云层呢？"

另一个人年纪更大，身材也胖得多，他耸了耸肩："我并非圣人，无法回答这样的问题。我只知道，若非过于焦虑，她绝不会向他们提供庇护，也不会任阎摩如此利用圣所。但谁又能指明黑夜的界限呢？"

"还有女人的秉性，"第一个人接口道，"我听说，就连司祭们事先也不知道她会来。"

"也许吧。无论如何，这似乎是个吉兆。"

"的确如此。"

他们由另一扇拱门离开了，塔克聆听着两人远去的脚步声，直至四周只剩下一片寂静。

他仍然没有离开自己的藏身之处。

僧侣们口中的"她"只可能是拉特莉女神本人，是向圣雄萨姆的信徒提供庇护的这个团体所敬拜的女神。要知道，拉特莉也是遭到天国放逐继而披上肉身凡胎的神祇之一，她有足够的理由对整件事愤愤不平。塔克很清楚，单只是提供庇护，她已经承担了极大的风险，更别说在事情进行时现身了。若有人走漏消息，让风声传到某些人的耳朵里，拉特莉回归天庭的任何希望都将化为泡影。在塔克的记忆中，拉特莉是一位有着深色头发和银色眼珠的美人，她的月亮战车由黑檀木与铬打造，黑色与白色的牡马拉着车，同为黑白两色的护卫侍奉左右；当她驶过天街时，其荣光令女神萨拉斯瓦蒂都黯然失色。想到这儿，他的心在毛茸茸的胸膛里猛地一跃。一定要再次见到她。很久以前的某个夜晚，在尚未化为猴身的那段快乐的日子里，他曾在洒满星光的露台上与她共舞。只是一小会儿，但依然令他难以忘怀；身为猴子却拥有这样的记忆，是多么艰难的事情。

他从房椽上爬下。

一座高塔矗立在神庙的东北角。塔里有个房间，据说女神的圣灵会在那儿停留。房间每日打扫，换上清洁的亚麻布，点燃纯净的熏香，还有一份祭献放在房内离门不远处。那扇门通常都上了锁。

当然还有窗户。究竟人类能否从这样的窗户进出，至今无人知晓。塔克证明至少猴子是可以的。

天空像大狗般发出阵阵低沉的咆哮。塔克爬上神庙的屋顶，开始向塔上攀登。他借助墙砖和形状各异的装饰物往上爬，终于抓住了窗台正下方的墙面。雨水滴滴答答地落在他身上，房里传出小鸟的歌声。蓝色的窗帘垂到窗台之外，底端已经被雨水浸湿了。

他抓住窗沿，抬起身子，让自己能一窥屋里的情形。

只见她身着一袭深蓝色的纱丽，正背对窗户，坐在房间另一头的长凳上。

塔克手脚并用爬上窗台，清清嗓子。

她立刻转过身来。面纱使人无法看清她的容貌。她透过面纱望着他，随后起身穿过房间。

塔克沮丧不已。她的体形曾经那样优美，如今却显出臃肿的腰身；她的步态曾经有如摇曳的树枝般灵动，如今却沉重笨拙；她的肤色过于暗淡；即使有面纱的遮掩，鼻梁与下颌的线条也显得太过突出。

塔克低下头。

"'于是你走近我们，你一来，我们就回到家园，'"他吟唱道，"'正如倦鸟归巢，回到树梢。'"

她站在原地，一如正殿里自己的神像般纹丝不动。

"'让我们免受母狼与公狼之害，让我们免受盗贼的侵扰，噢，夜之女神啊，请保佑我们平安度过漫漫长夜。'"

她缓缓地抬起胳膊，把手放在他的头上。

"祝福你，小东西，"过了片刻，她说道，"很不幸，除了祝福我再无法给你什么。我既不能提供保护，也无法赐予美貌——对我自己而言，这些也已是难得的奢侈品。你叫什么名字？"

"塔克。"

她摸了摸前额。

"我曾经认识一个塔克，"她说，"在一段逝去的日子里，一个遥远的地方……"

"我就是那个塔克，夫人。"

她在窗沿坐下。过了一会儿，他意识到她正在面纱后无声地哭泣。

"不要哭，女神。塔克在这儿。还记得吗？卷宗的管理者塔克，手持明矛的塔克，他就在这里，供您差遣。"

"塔克……"她念道，"噢，塔克！你也像我一样吗？我还不知道呢！我从未听说……"

"等命运之轮再度转动，夫人，到时候会如何，谁知道呢？或许甚至比过去还要好。"

她的肩膀不停颤抖。塔克伸出手去，又缩了回来。

她转身握住他的手。

许久之后，她才开口道："假如顺其自然，我们的身份将无法恢复，事情也不可能解决。明矛的塔克，我们必须自己走出一条路来。"

"你是指……"他顿了顿，"萨姆？"

她点点头。

"就是他。他是我们对抗天庭的希望，亲爱的塔克。若能把他唤回世间，我们便有机会再次恢复身份。"

"这就是你甘冒如此风险，甚至不惜亲入险境的原因？"

"还能有什么别的理由吗？当希望成了泡影，我们就得自己造出一个来。虽说是冒牌货，却也仍然可能蒙混过关。"

"冒牌货？你不相信他真是佛陀吗？"

她发出短促的笑声。

"萨姆是所有神灵与人类记忆中最了不起的吹牛大王，也是与三神一体最旗鼓相当的对手。别一脸惊诧，管卷宗的塔克！你很清楚，他的教义、行事方式和造诣，乃至他的整件僧袍，都是从禁忌的史前文明中偷来的。那只是一件武器，如此而已。他从来都不真诚，而这正是他的力量所在。倘若我们能把他召唤回来……"

"无论他是圣人还是吹牛大王，女士，他已经回来了。"

"别嘲弄我，塔克。"

"亲爱的女神，尊敬的女士，我刚刚从阎摩大人那儿离开，此刻他正在关闭祈祷机，和过去凯旋时一样皱着眉头。"

"这场赌博的赢面如此之微小……阿耆尼大人曾断言，这是绝对无法完成的。"

塔克站在原地。

"拉特莉女神，"他说，"究竟有谁——无论他是神还是人，抑或是神、人之间的任何生物——能比阎摩更了解这类事情呢？"

"我无法回答这个问题，塔克，因为答案原本就不存在。但你怎么能肯定他所捕获的正是我们想要的那尾鱼呢?"

"因为他是阎摩。"

"那么挽起我的手臂吧,塔克,就像从前那样。护送我去沉睡的菩萨那里。"

他护送她走出房门,走下楼梯,进入了地下的房间。

光线照亮了整个洞穴,这光并非源于火把,而是来自阎摩制造的机械。平台上放着一张床,三面为屏幕所环绕。整个机器几乎都被屏幕和帷幔遮住了。身穿藏红花色袍子的僧侣们不停地忙碌着,在巨大的房间中悄无声息地四处走动。发明大师阎摩就站在床边。

见他们走近,好几个僧侣发出了短促的惊叹声;尽管他们素日都极其沉稳而自律,此时也难以克制。塔克把目光投向自己身侧的女人,眼前的景象令他不由得倒退一步,刹那间连呼吸也忘记了。

刚才那个矮胖的小个子女人早已消失得无影无踪,他再次站在了永恒的夜之女神身旁,正如人们曾为她写下的词句:"盈满空间,无限宽广,无限深远。她的荣光驱逐黑暗。"

他只让视线停留了一小会儿,很快就伸手遮住双眼。她身上仍残留着一丝过去的法力。

"女神……"他开口道。

"到床边去,"她说,"他动了。"

他们朝床边走去。

这番景象将被绘制在后世无数走廊尽头的壁画中,雕刻在庙宇的墙上,描绘在众多宫殿的穹顶上,那被人称作无量萨姆大神、迦尔基、文殊师利、悉达多、如来、缚魔者、弥勒、觉者、佛陀和萨姆的人苏醒过来。他的左边是夜之女神，右边站着死神；猴子塔克蜷伏在床脚，仿佛是神灵与动物关系的最好注解。

他的肉身形象非常普通，微黑的皮肤，中等身材，中等年纪，五官平常，没什么特色。他睁开双眼，眼珠是深色的。

"欢迎，光明王！"说话的是拉特莉。

那双眼睛眨了眨，但并未聚焦在任何地方。

屋里所有的动作都停止了。

阎摩道："欢迎，无量萨姆大神——佛陀！"

那双眼睛直视着前方，却什么也没看见。

塔克说："你好，萨姆。"

他的前额上出现了几条细纹，眼睛半眯着，视线落在塔克身上，接着又看了看其他人。

他低声问道："这是哪儿……"

拉特莉回答说："我的神庙。"

他注视着美丽的拉特莉，脸上没有一丝表情。

随后他合上眼睑，紧闭双眼，皱纹在他的眼角堆积，痛苦的笑容使他的嘴像弯弓一般绷起，牙齿仿佛一排箭矢，咬得紧紧的。

"你就是我们所说的那一位吗？"阎摩问。

他没有回答。

"你是同天庭作战，在韦德拉河岸与他们打成平手的那一位吗？"

他的嘴唇松弛下来。

"你是爱过死亡女神的那一位吗？"

他的眼睛颤了颤，一丝微弱的笑意划过双唇。

"我？我什么也不是，"他答道，"一片被卷进旋涡的树叶，也许。一片风中的羽毛……"

"太糟了，"阎摩道，"世间已有足够的树叶和羽毛，我费尽心力，若只是为了增加它们的数量，那委实太不值得。我想要的是一个男人，要他继续一场被他的离去打断的战争——要他用自己的力量反抗诸神的意志。我本以为你就是他。"

"我是——"他又眯了眯眼睛，"萨姆。我是萨姆。曾经是——很久以前……我的确战斗过，不是吗？很多次……"

"你曾是圣雄萨姆，佛陀。你还记得吗？"

"也许是的……"他眼中慢慢燃起了火焰。

"是的，"他又说，"是的，我是。骄傲之人中最谦卑的那个，谦卑之人中最骄傲的那个。我战斗过。有一段时间，我也曾传授过'道'的知识。接着又是战斗，后来再度说法，我尝试过政治、魔法、毒药……我曾领导过一场伟大的战役，与人和神、动物和魔物、大地和空气以及水和火的精灵并肩作战，战车上套着蜥蛇和战马，手中握着利剑。在这场屠戮面前，太阳也掩起了脸孔——"

"最后你失败了。"阎摩说。

"是的，我失败了，不是吗？但那难道不是一场精彩的表演？你，死神，亲自为我驾驭战车。现在我全想起来了。我们被俘，将要接受业报大师们的审判。你靠着愿力和黑法轮之道逃了出来，我却无能为力。"

"正是如此。你的过去被呈现在他们眼前。你受到了审判。"僧侣们现在都垂着头，席地而坐。阎摩看看他们，压低了声音："判你接受真正的死亡会将你变成殉道者；而如果任你留在世上，无论是以哪种形式，都无异于为你东山再起大开方便之门。于是他们借用了你的招数。你曾窃用了另一个时间、另一个地点的乔达摩的教导，他们则借用了那人生命中最后那段日子的故事。你被判进入涅槃。你的‘自我’没有被注入另一具身体，而是被发射到环绕整个星球的电磁云中。那仅仅是在半个世纪之前。现在，官方宣称你其实是毗湿奴的一个化身，而某些狂热的信徒误解了这位神明的教导。至于你本人，从此只作为不朽的波长存在，直到我成功地将它们捕获。”

萨姆闭上双眼。

“而你竟敢使我回到人间？”

“是的。”

“我始终保留着意识，我一直能意识到自己的处境。”

“我猜到了。”

他睁开眼睛，眸子里闪耀着怒火。“你竟敢把我从那里拉回地上？”

“是的。”

萨姆垂下了头。“你确实配得上死神这个称号，阎摩达摩。你夺走了我的终极体验。你以自己黑曜般的意志击碎了那远超凡俗智慧与世间荣光之物。为什么你就不能任我留在那片存在的汪洋中呢？”

“为了这个世界。它需要你的谦卑、你的虔诚、你伟大的教导和你马基雅维利一般的谋略。”

“我老了，阎摩，”他说，“我与这世上的人类同样古老。你很清楚，我是原祖中的一员，是最早来到这里，来创建、来定居的人类之一。当时的同伴要么已经死去，要么已经变成神祇——机械制造的神……我也有过这个机会，但很多次我都放弃了。我从未想要成为神祇，阎摩，并不真的想。直到后来，直到看清了他们的所作所为，我才开始积蓄力量，然而为时已晚，他们已经太过强大。现在我只希望沉沉睡去，再度体验永恒的休眠，体验极乐世界，在无尽的大海边聆听星辰歌唱。"

拉特莉把身子稍稍向前倾，直视着他的眼睛，说："我们需要你，萨姆。"

"我知道，我知道，"他告诉她，"所以人们总说'人善被人欺，马善被人骑'。既然马儿愿意跑，干吗不抽它几鞭，再多跑一程呢？"说话时，他眼里带着笑意，于是她吻了吻他的前额。

塔克一跃而起，跳到床上。

阎摩递给他一件袍子，拉特莉为他穿上了凉鞋。

要从无法理解的平和中恢复是需要时间的。萨姆开始休息。在睡眠中他做起梦来，在梦境中他时而大声哭喊，时而轻声抽泣。他总是没什么胃口；但阎摩为他准备的身体强壮而健康，虽然失去神圣体验使萨姆身心失调，这具身体却很能应付这种变化。

然而他时常独自坐着，整整一个钟头纹丝不动，盯着一块鹅卵石、一粒种子或是一片树叶出神。在这种时候，任谁也没法唤起他的注意。

阎摩从中看出了危险，于是与拉特莉和塔克商量对策。"他以这样的方式把自己从世界抽离，实在太糟了，"阎摩说，"我同他谈过，可我的话仿佛落入了风的耳朵里。他无法重拾自己失去的东西。这尝试已花去了他所有的力量。"

塔克道："也许你误解了他的努力。"

"此话怎讲？"

"你注意到他是怎样把一粒种子放在跟前仔细端详的吗？想想他眼角的那些皱纹。"

"嗯？皱纹？"

"他半眯着眼。他的视力有问题吗？"

"没有。"

"那他为什么眯着眼？"

"为了更好地研究那粒种子。"

"研究？这可不是他曾经教导的'道'。他确实是在研究。他并未冥想，并未在物体之内寻求解放物体之道。他没有。"

"那么他在做什么？"

"相反的事情。"

"相反的事情？"

"他在研究物体，思考它的道，想要借此交托自己。他在物体中寻求生存的理由。他试图再次将自己置于虚妄，置于这个世界的幻象之中。"

"我相信你是对的，塔克！"说话的是拉特莉，"我们怎样才能帮他做到这点呢？"

"我也不敢肯定，女士。"

阎摩点了点头。一缕阳光落在狭窄的走廊上，使他深色的头发反射出光芒。

"你看清了我没能察觉的真相，"他赞许地说，"他尚未完全回到人间，尽管他现在拥有了一具肉身，用人类的脚行走，像我们一般交谈，但他的思想仍然停留在我们所能理解的范围之外。"

拉特莉再次提出先前的问题："那我们该怎么做呢？"

"带他到乡间漫步，"阎摩说，"献给他美味佳肴；用诗歌与音乐感动他的灵魂；让他畅饮浓冽的美酒——这座神庙里可是什么酒也没有；给他穿上色彩亮丽的丝绸；为他找来能工巧匠：一个、两个或是更多。再次把他淹没在生活中。只有这样，我们才能将他从神的枷锁中解放出来。我早该想到的，真是愚蠢透顶……"

"并非如此，死神。"塔克道。

黑色的火焰在阎摩眼中跳跃，他的嘴角露出一丝笑意。"我过于急躁了，小东西，"他承认说，"刚才的话恐怕太过轻率，不该落入你那毛茸茸的耳朵里。请接受我的道歉，尊敬的小猴子。你原本就是人类，并且兼具了智慧与洞察力。"

塔克朝他鞠了一躬。

拉特莉咯咯地笑了。

"告诉我们，聪明的塔克——或许我们作为神灵已经太久，以至无法从正确的角度看待这个问题——怎样才能让他重新成为人类，为我们所用呢？"

塔克向他和拉特莉各鞠了一躬。

"就按照阎摩的建议做吧，"他宣布道，"今天，女士，请你陪伴他到山麓散步。明天，阎摩大人把他一直带到森林边缘。第三天，我会与他一同到大树和绿草、鲜花和藤蔓中去。然后我们再看吧。会有作用的。"

"就这么办。"阎摩说。事情就这么定下了。

接下来的几周里，这些散步的举措成功地激起了萨姆的兴趣。开始时像是有些许期待，接着他变得相当兴奋，最后竟是一心向往了。他喜欢上了独自外出，时间越来越长，先是早晨的几个钟头，后来是一早一晚。过了一阵，他开始整天待在外边，有时甚至一天一夜不回神庙。

在第三周接近尾声时，阎摩和拉特莉在清晨的走廊上谈起了这件事。

"我不喜欢这样，"阎摩说，"他并不希望有人跟着他，所以不能强迫他接受我们的陪伴，否则就是对他的侮辱。但外边并非没有危险，对于以他这种方式重生的人而言，尤其如此。真希望我们知道他是怎样消磨时间的。"

"但无论他干了些什么，对他的恢复都很有帮助，"拉特莉说着，吃了块蜜饯，胖乎乎的手掌在空中一挥，"他不像先前那般冷淡了。他的话更多了，甚至会开开玩笑。他喝光了我们给他的酒，胃口也在恢复。"

"可是，如果他遇上三神一体的手下，一切都可能毁于一旦。"

拉特莉慢慢地咀嚼着。

"但在这种时候，他们的喽啰不大可能出现在这个国度。"她分析道，"动物们会把他当作孩子，因而不会伤害他；人类视他为神圣的隐士；魔物们畏惧过去的他，因此对他十分尊敬。"

阎摩摇了摇头。"女士，事情并非如此简单。虽然机器大部分已经拆解完毕，藏在了数百里之外，但我的试验耗费了许多能量，如此规模的能量流动注定要引起注意。或迟或早，总会有人找上门来。我使用了屏蔽与各种装置来迷惑敌人，但从某些方向观察，这整块地区必定像熊熊的劫火一样显眼。很快我们将不得不离开。真希望能等到他完全康复，可是……"

"某些自然力也会产生你所造成的那种能量效应，不是吗？"

"是的，这附近就有，所以我才选择这里做我们的基地——如此一来，很可能谁也不会察觉，但我对此相当怀疑。我在附近的村庄安插了不少密探，他们现在并未发现什么异动，可就在他立于风暴之巅回归人世的那天，曾有人报告说看见雷霆战车驶过天际、掠过乡间。虽然位置离这里很远，可我无法相信二者之间毫无联系。"

"不过，雷霆战车并没有回来。"

"据我们所知的确没有，但我担心……"

"那就让我们赶紧离开。我对你的预感太过尊敬——在所有被天界放逐的神祇中，你所保有的力量是最强的。而我呢，即便只是维持一个悦目的外形，几分钟之后也会疲惫不堪……"

"我所拥有的那些力量，"阎摩一边为她斟满茶，一边说，"之所以完好无损，只是由于它们与你的力量性质截然不同。"

说着，他微微一笑，甚至露出了两排饱满而光洁的牙齿，笑容顺着他左颊上的疤痕一直延伸到眼角。他眨眨眼睛，为这一笑画上句号，然后接着说道："我的力量大都以知识的形式存在，即使业报大师也没法夺走它们。与我不同，许多神祇的力量建立在特殊的生理机能之上，每次更换肉身，这力量都将部分消失。精神会回忆起过去，经过一段时间，它就能在某种程度上改造自己所寄居的肉体，创造新的动态平衡，使力量逐渐回归。当然，我总是恢复得很快，现在我已重新拥有自己所有的力量，但即使它无法完全回归，我也能把知识作为武器——而那同样是一种力量。"

拉特莉啜了一口茶。"无论你的力量来自哪里，如果它要我们离开，我们就必须离开。什么时候走？"

阎摩打开一袋烟草，为自己卷上一支烟。拉特莉注意到，他的动作总是如此优雅，那柔韧的深色手指仿佛是在弹奏乐器一般。

"照我看来，只能再逗留一周到十天左右，接着就是断奶的时候了——我们必须带他离开这片土地。"

她微微颔首。"目的地呢？"

"也许是南方的某个小国，一个可以自由出入的地方。"

他点上烟，吸了一口。

"我有个更好的主意，"拉特莉说，"你知道，我还拥有一个凡人的名字和一个凡人的身份——坐落在迦波的爱神宫殿的女主人。"

"那座妓院吗，夫人？"

她皱起眉头。"那些粗俗的人是这么说的。还有，不要在说起这个词的同时称呼我'夫人'——它会勾起不愉快的回忆。爱神宫殿是神圣的休憩、享乐之处，也是我收入的主要来源。我想那里会是个很好的藏身之所，他可以慢慢恢复，我们则可以从容制订计划。"

阎摩拍着自己的大腿："当然！当然！谁会到妓院里寻找佛陀呢？很好！太好了！让我们前往迦波，亲爱的女神——前往迦波和爱欲之宫！"

拉特莉站起身来，穿着凉鞋的脚在石板上一跺："我不允许你用这种语气谈论我的宫殿！"

他垂下眼睛，费力地抹去嘴角的笑容，起身向她鞠了一躬。

"我向你道歉，亲爱的拉特莉，只是这消息来得太突然——"说到这儿，他呛了口气，移开视线。等他再次注视拉特莉时，脸上全然一副端肃有礼的神情。他继续道："这消息来得太突然，我被表面上的不协调弄得有些糊涂了。不过我已经完全看出了这其中蕴含的智慧。它是最完美的伪装，不仅仅能带来财富，更能从商人、武士和司祭口中获得小道消息。它是社会不可缺少的组成部分，不仅带给你地位，还使你拥有了在世俗事务中的发言权。充当神祇是世上最古老的职业之一，因此，我们这些被放逐的神灵栖身于另一个历史悠久的行当，真是再自然不过了。向你致敬，感谢你的智慧和远见。我决不会诽谤恩人和同谋的事业，事实上，我期待着能早日动身。"

她笑着再次坐下。"哦，毒蛇的后裔，我接受你油滑的道歉，毕竟谁也没法老生你的气。请再为我倒些茶吧。"

他们靠坐在椅子上，拉特莉呷了几口茶，阎摩吸着烟。远处，风暴像窗帘般遮住了一半的景致，不过阳光仍然洒在他们身上，一阵清爽的微风拂过走廊。

拉特莉又拿起一块蜜饯："你看见他手上的戒指了吗？那枚铁戒指？"

"是的。"

"知道那是从哪儿来的吗？"

"不知道。"

"我也是。但我觉得我们应该弄清它的来历。"

"赞成。"

"该如何着手呢？"

"我已经将这项小任务交给了塔克，他比我们更适合在森林中行动。这会儿塔克正在追踪他的足迹。"

拉特莉点点头："很好。"

"我听说，"阎摩道，"神祇们偶尔仍会驾临那些享有盛名的爱神宫殿，在整个大陆上都是如此，他们通常都会伪装，但有时也会以真身出现。真是这样吗？"

"是的。就在去年，因陀罗神还来过迦波。三年前，一个假黑天也来过。在天界诸神中，永不疲倦的黑天最让宫殿里的人惊慌失措。他放纵了整整一个月，让我们损失了不少家具，还忙坏了医师们。他几乎喝光了酒窖里的酒，吃光了我们储存的食物。不过，有天夜里他吹起了笛子。老黑天的笛声几乎能让人原谅他所做过的任何事，但那晚我们听到的并非带有魔力的笛声，因为真正的黑天只有一个——皮肤黝黑，满身毛发，血红的眼睛闪耀着光芒。我们那位假黑天在桌上跳起了舞，弄得四周一片狼藉。"

"除了一支曲子之外，他还支付什么别的报酬吗？"

她大笑起来："哦，得了吧，阎摩。"

他鼻孔里喷出一股烟。

"太阳苏利耶就快被包围了，"拉特莉仰头向外望着，"因陀罗正在屠龙。大雨随时会降临。"

一片灰色的波浪笼罩在神庙上空。风越刮越猛，水珠开始在墙上起舞。他们望着走廊的尽头，雨水在那里织出一片珠帘。

阎摩斟上茶，拉特莉又拿起一块蜜饯。

塔克穿行于森林之中。他在枝条间跳跃，跟随着地上的小径，从一棵树跃到另一棵树上。晃动的树叶洒下滴滴水珠，濡湿了他的皮毛。云层在他身后堆积，但清晨的阳光仍闪耀于东方的天空；森林沐浴在金红色的光芒中，仿佛一片缤纷的色彩。在他周围，鸟儿的歌唱从虬结的树枝和藤蔓中，从树叶和青草中传来。伴随着小鸟的音乐，昆虫也嗡嗡地哼唱着，偶尔还能听到一声咆哮、一声怒吼。微风轻轻摇动树叶。身下的小径一个急转弯，进入一片空地。塔克跳下树来，步行走到空地的另一头，随后再次回到树上。他注意到小径的走向渐渐与山势平行，甚至有些许向大山倾斜。远处响起阵阵雷鸣，过了一会儿，微风又起，十分凉爽。他继续在树木间荡秋千，撞破潮湿的蛛网，惊起羽毛艳丽的小鸟，让它们尖叫着飞向天空。小径继续往大山靠拢，一路蜿蜒。它不时与其他小道相遇，交叉，会合，分离。这时，塔克便要下地研究路面上的痕迹。是的，萨姆是在这里转弯的；萨姆在这个水塘边喝过水——他在这儿停留过。这些橘红色的蘑菇比一个身材伟岸的男人还要高大，能为好几个人遮风挡雨。现在，萨姆走上了那条小路；这里，他曾停下来系好凉鞋的带子；这株树上有森林女神降临的痕迹，萨姆曾靠着树干休息过……

塔克继续向前，他估计自己离目标有大约半个小时的路程——这让萨姆有足够的时间到达自己想去的地方，开展那令他如此着迷的活动。热闪电产生的光环出现在前方的山顶上，过了片刻才听见隆隆一声雷响。小径向山麓伸展，森林渐渐稀疏；塔克四脚着地，穿行在高高的草丛中。脚下的路持续抬高，露出地表的岩层也越来越多。但萨姆的确曾从这里经过，因此塔克也继续往前走。

头顶的云层不断东移，遮住了花粉色的诸神之桥。现在，每当闪电划过天际，雷声也会接踵而至。在这片空旷地带，风刮得更猛了，青草在它面前俯下身去；气温似乎在直线下降。

第一滴雨落下时，塔克朝一排石头冲了过去。石头就像一道屏障，微微倾斜，挡住了雨水。塔克靠着石头往前走，身旁大雨如注。天空中的最后一抹蓝色也消失了踪影，整个世界再也不见一丝色彩。

天空中现出一片骚动的亮光，在斜坡上大约四分之一英里处，黑黢黢的岩石向外突起，插入风中；如瀑布般的雨水倾泻而下，发出震耳欲聋的声响。

塔克眼前的景象渐渐清晰，他这才明白究竟发生了什么——闪电似乎留下了自己的一部分，它们化身为三条火柱矗立在灰色的空中，不断摇摆。尽管暴雨滂沱，它们却在放射火焰。

塔克仿佛听到一阵笑声——抑或只是最后一次闪电留在他耳中的余音？

不，是笑声——巨大的、非人的笑声！

过了一会儿，空中传来一声愤怒的嗥叫，紧接着又是一记闪电，一声轰雷。

突出的石头旁又多出一团摇摆的斗状火焰。

塔克一动不动地躲在原地。大约五分钟之后，又来了——嗥叫声接着是三道明亮的闪电和爆炸的轰鸣。

现在一共有了七根火柱。

他是否有胆量靠近些，绕过那些东西，从石突的对面侦察它？

他的直觉告诉他，此事与萨姆有关。那么，如果连觉者本人都无能为力，就算他有这份胆量，又能做什么？

他没法回答这个问题，但他发现自己正往前移动；他的身体匍匐在潮湿的草丛中，准备从左边绕过去。

他刚走了一半，同样的事情又发生了。现在已经有十根火柱耸立在他眼前，红色、金色和黄色，游离开又回到原处，游离，再回到原处，仿佛全都扎根在大地中似的。

他蜷缩在地，浑身湿漉漉的，不停哆嗦。他检查了自己的勇气，发现它微若游丝，但他并未退缩，而是一路来到了与那个奇怪地点平行的地方，并且继续向前。

他在那地方的背面停下，发现自己置身于许多巨大的石块中央。这些岩石能提供庇护，使他免于被下边的人察觉。他满心感激，继续往前挪动，眼睛一刻也没有离开过石突。

他发现它是半空的，底部有一个浅浅的洞穴，两个人影正跪在干燥的洞中。是圣徒在祈祷吗？他有些不解。

这时，他平生未见的可怕闪电落在了石头上——不是一次，也不止一小会儿，足足十几秒钟。他似乎看到了一头怪兽，一面咆哮，一面吐出火舌舔舐着石头。

塔克睁开眼睛数了数，二十座闪电的高塔。

一个圣徒身子前倾，做了个手势；另一个大笑起来。他们的笑声连同他们说的话，一直传到塔克的藏身之处："毒蛇的眼睛啊！轮到我了！"

"数量是多少？"第二个圣徒问道。塔克听出那是圣雄萨姆的声音。

"二倍，或者无！"另一个怒吼着将身子前倾，接着又回到原位，做了一个与萨姆相同的手势。他吟诵道："天上的神明啊！"他的身体再次前后摇摆，又是那个手势。

萨姆柔声说："圣七。"

对方嗥叫起来。

塔克闭上双眼，用手捂住耳朵，为嗥叫之后的一切做好准备。

他的预感分毫不差。

等闪光与骚动过去后，塔克眼前出现了一幅明亮而怪诞的景象。他无须费神去数，因为现在显然已经有四十个火焰般的东西悬在半空，放射出古怪的光芒——火柱的数量增加了一倍。

仪式还在继续。佛陀左手上的铁戒指也在发光，那是一种苍白的绿光。

他又听见了那人重复"二倍，或者无！"的声音，随后佛陀再次以"圣七"作答。

这一次，他以为山坡会在身下裂开；这一次，他以为那片亮光是残留的余像，被人透过他紧闭的眼睑，文在了视网膜上。但是他错了。

等他睁开眼睛，看见的是更多闪动的霹雳，森然如林。它们的光芒刺入他的大脑，他用手遮住双眼往下望去。

"怎么样，拉塔里奇？"萨姆的左手上，闪烁着明亮的翡翠色光芒。

"再来一次，悉达多。二倍，或者无。"

大雨暂时停止肆虐，借着山坡上那片夺目的闪光，塔克发现被称作拉塔里奇的那个人长着水牛的脑袋，还比常人多出一双手臂。

他哆嗦了一下。

他捂住眼睛和耳朵，咬紧牙关等待着。过了一会儿，它来了。它嗥叫着，闪耀着，不肯止息，直到他终于失去了意识。

等他恢复知觉，在他自己和那块遮风挡雨的岩石间，只剩下柔和的细雨和一片灰色。坐在岩石底部的身影只剩下一个，它看上去并没有长角，也没比常人多出几只手来。

塔克没有动弹。他等着。

"喏，"阎摩递给他一个喷雾器，"这是驱魔剂。今后若要到远离神庙的地方冒险，建议你涂满全身。我本以为这附近并没有罗刹活动，否则早给你了。"

塔克接过阎摩递来的容器，放在身前的桌上。

他们坐在阎摩的房间里，刚简单地吃了些东西。阎摩靠在椅背上，左手端一杯为佛陀准备的美酒，右手拿着一个半满的酒瓶。

塔克问："这么说，那个叫拉塔里奇的真是魔物吗？"

"是——又不是，"阎摩答道，"如果你所说的'魔物'是指邪恶的超自然生物，拥有强大的力量、超长的寿命，还能在一段时间之内变成几乎任何形态——那它并非魔物。刚才那是大众认同的'魔物'定义，不过其中有一点并不正确。"

"哦？哪一点？"

"它并非超自然生物。"

"但其余都是真的？"

"是的。"

"我不明白，既然它确实邪恶，而且拥有强大的力量与超长的寿命，还可以随意变身，那么，它是不是超自然生物又有什么关系？"

"啊，天壤之别——这是未知和不可知的分水岭，是科学和幻象的界限——它至关重要。罗盘的四个顶点分别是逻辑、知识、智慧和未知。的确有人朝最后一项顶礼膜拜，其他人则向着它前进。朝拜它意味着放弃其余三者。我也许会屈服于未知，但绝不会在不可知面前低头。会那样做的不是圣人就是傻瓜，哪一种对我都没有丝毫用处。"

塔克耸耸肩，抿了一口酒："但说到那些魔物……"

"那是可知的。许多年以来，我一直在做与它们有关的试验。而且，当陀罗迦在帕拉美得苏逃过阿耆尼大人的追捕之后，有四个人曾下到鬼狱深处，我也是其中之一。你应该还记得吧，你不是管理卷宗的塔克吗？"

"曾经是。"

"那些最早与罗刹接触的记录，你读过吗？"

"我曾读过它们被束缚的经过。"

"那么你该知道，它们本是这个世界的主人，在人类从早已消亡的尤拉斯到这儿来之前，它们就一直居住在这里。"

"是的。"

"它们并非物质性的存在，而是由能量构成的。根据它们的传说，它们过去同样拥有肉身，在城市中生活。不过，对个体永生的追求使罗刹走上了和人类截然不同的道路。它们找到一种方法，让自己得以成为稳定的能量场，永不毁灭。于是它们放弃肉体，成为一个个力量的旋涡。然而罗刹并非纯粹的智力，它们每一个都保有完整的自我。此外，因为源于物质，它们对肉体永远都有着强烈的欲望。虽然它们可以在一段时间内幻化出某种外形，但却无法凭自己的力量重新成为物质的生物。很久以来，它们都在这个世界毫无目的地游荡，是人类的到来搅动了这种平稳的状态。于是它们化身为人类的梦魇来折磨人。这就是为什么我们必须击败它们，将其束缚在拉特纳迦利丝深处的原因。我们无法消灭所有罗刹，但也不能任由它们夺取人类赖以转生的机器和人类的身体。所以，它们被抓起来，装进了巨大的瓷瓶中。"

"但萨姆曾为了达到自己的目的，释放出不少罗刹。"

"没错。他做了一笔噩梦般的交易，并且信守了自己的承诺，因此，时至今日还有一些罗刹四处游荡。在所有人类中，它们唯一尊敬的大概就是悉达多。另外，它们还与人类有一个相同的恶习。"

"那是……？"

"它们酷爱赌博……罗刹会拿任何东西打赌，赌债也是它们唯一看重的荣誉。这不难理解，因为若非如此，它们将失去其他赌徒的信任，而这也就意味着失去唯一的娱乐。罗刹的力量如此强大，连王子们都会与它们打赌，希望能赢取它们的服务，不少人都因此失去了自己的王国。"

"假如，"塔克问道，"假如你的猜测是正确的，萨姆在与拉塔里奇玩一种古老的游戏，那么赌注会是什么呢？"

阎摩一口喝光了杯中的酒，又把杯子斟满。"萨姆是个傻子。哦，不，他不是。他是个赌徒。两者确实有所不同。罗刹控制着一些较低级的能量生物。现在，萨姆从拉塔里奇那儿赢来的那枚戒指使他可以控制一队火元素——都是些致命而愚蠢的生物，但每一个都拥有一束霹雳的力量。"

塔克干掉了自己那杯。"可萨姆是以什么作赌注的呢？"

阎摩叹了口气。"我半个世纪以来的所有工作，我们全部的努力。"

"你是说——他自己的身体？"

阎摩点点头。"人类的身体对任何魔物而言都是最大的诱惑。"

"萨姆为何要这样冒险？"

阎摩的视线落在塔克身上，但并没有看他。"大概唯有如此，他才能唤起自己生存的意志。把自己置于险境，把自己的存在与骰子的每次投掷紧紧联系在一起，只有这样，他才能再次投入到自己的使命中去。"

塔克为自己倒上一杯酒，一饮而尽。"对于我来说，这就是不可知的东西。"

阎摩摇了摇头。"只是未知，如此而已，"他告诉塔克，"萨姆并不完全是圣人，但他也不是傻瓜。不过圣人与傻瓜其实也只有一步之遥。"阎摩下了最后的判断。那天夜里，他在神庙周围喷上了驱魔剂。

第二天清晨，一个矮小的男人走近神庙，在正门前坐下，把化缘用的碗放在脚边的地上。此人仅穿一件及膝的破旧外衣，棕色布料，质地非常粗糙。他的左眼上戴着黑色眼罩，长长的头发十分稀疏，不过颜色很深。突出的鼻子、小巧的下巴和又长又平的耳朵使他看上去同狐狸有些肖似。他的皮肤饱经风霜，绷得紧紧的。仅剩的一只绿色眼睛似乎从来不会眨动。

他在那里坐了大约二十分钟，一个追随萨姆的僧人注意到他的存在，把这事告诉了侍奉拉特莉的僧侣。这个穿着深色袍子的僧侣又找到一位司祭，把消息传给了他。司祭急于向自己的女神展示其信徒的德行，于是命人将乞讨者带进神庙，供给他食物、新衣和一个房间，他愿意住多久就可以住多久。

乞丐以婆罗门的礼仪接受了食物，但除了面包和水果之外没有吃任何东西。他同样接受了拉特莉的追随者们所穿的深色袍子，用它换下自己污秽的外衣。然后，他注视着眼前的房间和别人为他新铺的席子说："真心地感谢您，可敬的司祭。"他的声音洪亮而饱满，与矮小的身材着实不般配。"我真心诚意地感谢您，您以自己女神的名义施与我如此的仁慈和慷慨，愿您的女神为此向您微笑。"

司祭自己为此微笑了一番，心里仍然抱有希望，也许拉特莉会在这一刻路过大厅，见证这以她的名义施与的仁慈和慷慨。可她却并未出现。拉特莉的信徒中，只有极少数人有幸一睹她的真容，即使在她施展法力，来到众人中间的那晚也是如此——因为只有那些身着藏红花色僧袍的人清楚萨姆的身份，也只有他们参与了他苏醒的过程。拉特莉通常只在僧侣们祈祷时或就寝后才在神庙中走动。她几乎总在白昼休憩，偶尔出现在众人视线中时，总把脸遮得严严实实，并以宽大的外衣遮住身体。她的愿望和命令全都直接传达给甘底吉，他是修行者的首领，这一轮回已经九十三岁，眼睛也几乎全瞎了。

因此，无论是她自己的追随者还是那些穿藏红花色袍子的僧人，都对她的容貌非常好奇，所有人也都期望获得她的青睐，因为据说，她的祝福能保证一个人转世成为婆罗门。只有甘底吉对此毫不在意，因为他已将真正的死亡视为自己的命运。

拉特莉依然没有在两人所处的大厅现身，司祭于是延长了他们的交谈。

"我是巴喇玛，"他说，"亲爱的先生，可以请教尊姓大名吗，或许还有您今后的打算？"

"我是罗墨，"乞丐回答道，"我曾发愿忍受十年的贫穷，并在头七年内不可开口讲话。所幸那七年已经过去，使我能够感谢我的恩人，回答他们的问题。我准备进入山区，找一个山洞进行冥想与祈祷。或许我可以接受您的盛情，在这里逗留几日，然后再继续我的旅程。"

"无疑，"巴喇玛道，"您这样的圣人愿意在庙中稍作停留，我们实在不胜荣幸。我们衷心地欢迎您。如果您的旅程有什么需要，而我们又力所能及，就请您尽管开口。"

罗墨绿色的眼睛一眨不眨地盯着对方："最早注意到我的那位僧侣穿着不同的袍子，他并非来自您的宗派。"说着，他摸了摸自己刚刚得到的深色长袍，"我相信这只可怜的眼睛的确看见了代表另一个宗派的色彩。"

"是的，"巴喇玛道，"那些是佛陀的追随者们，他们四处流浪，现在来到我们中间，小憩片刻。"

"真是太有趣了，"罗墨说，"我希望同他们谈谈，也许能更加了解他们所追随的'道'。"

"若您能与我们多待一段时间，这种机会是不会少的。"

"既然如此，我会的。他们要在这里停留多久？"

"对此我并不知情。"

罗墨点点头："我什么时候才能同他们交谈呢？"

"所有的僧侣都会在傍晚聚在一起，一个钟点之内，大家可以自由交谈——当然，那些发愿保持沉默的人除外。"

"那么，在此之前，我将把时间用于祈祷，"罗墨道，"谢谢。"

两人朝对方微微颔首，罗墨回到了自己的房间。

这天晚间，罗墨参加了修道者的日常聚会。分属不同宗派的人确实都混在一起，相互交谈。萨姆并未前来，塔克也一样；阎摩则从不亲自参加这类活动。

罗墨在饭厅的一张长桌旁坐下，对面就是几位信奉佛陀的僧人。他同他们谈了一会儿，讲到教理与实践、种姓与信条，还有天气和各种日常事务。

"这似乎有些奇怪，"过了一会儿，他说，"你们的宗派为何竟深入西南方，一直来到这里，而且如此突然？"

"我们是一个流浪的宗派，"与他谈话的僧人回答道，"我们追随着风，前往心之所向。"

"在雷雨季节来到泥泞之地？也许是这附近出现了什么启示吧？真希望我也能亲眼目睹，让它强健我的灵魂。"

"宇宙本身就是一个启示，"那个僧人答道，"万物流转而又如如不动。黑夜之后便是白昼……每一日都各不相同，却又同为一日。世界本是幻象，但这幻象的形式并非杂乱无章——它的模式正是神圣实在的一部分。"

"是的，是的，"罗墨道，"我很清楚真与幻的道理，不过我想知道的是，这附近是否出现了一位新导师？抑或某个享有盛名的导师回到了这里？又或者是出现了某个神圣的异相？为了我的灵魂，请你们告诉我。"

说话间，一只指甲盖大小的红色甲虫从桌面爬过，乞丐伸手一拂，甲虫跌落到了地上。接着，他脱下凉鞋，似乎准备用鞋子把它碾碎。

"亲爱的兄弟，请不要伤害它。"

"可这里到处都是这东西，业报大师们也说过，一个人若被判转生为昆虫，便永远无法再转世为人，因此杀死一只昆虫并不能算作是罪业。"

"尽管有此一说，"僧人说，"然而众生平等。在这座神庙里，大家都遵循不杀生的教义，避免伤害任何形式的生命。"

"可是，"乞丐接口道，"钵颠阇利告诉我们，重要的是意图，而非行为。如果在杀戮时，我心中所怀是爱而非恶意，那我其实就没有杀生。当然，我刚才的所作所为并不属于这种情况，我承认当时自己的确怀着恶意——因此，即使我没有杀死那只甲虫，我也同样会因了这意图而承担罪恶带来的业报。所以，按照不杀生的教义，即使现在就踩死甲虫，也并不会让我变得更糟。不过我是你们的客人，自然要尊重你们的愿望。"说着，他把凉鞋移开，放过了那只竖起红色触角、一动不动的虫子。

一个拉特莉的追随者说："千真万确，他是一位学者。"

罗墨笑了。"谢谢你，但事实并非如此。我不过是一个卑微的探索者，在追求真理的旅程中，我曾偶获殊荣，得闻博学之士的只言片语。但愿我能再度拥有如此的荣幸！如果附近住着某位伟大的导师或是学者，我定会不惜走过火热的木炭，去他的脚边坐下，倾听他的言语，模仿他的榜样。如果——"

他停了下来，因为突然之间，所有人的目光都投向了他身后的房门。他没有立刻转过头去，而是伸手碾死了一只待在手边的甲虫。它的背壳被压碎了，裂开后露出一块晶体和两根细小的电线。

接着他侧转身体，绿色的眼睛扫过坐在自己和房门之间的一排僧侣，最后落在阎摩身上。阎摩全身红色，马裤、衬衣、风衣，连腰带、靴子和手套也不例外，亚麻头巾仿佛以鲜血染就一般。

"'如果'？"阎摩问道，"你刚才说'如果'？如果某位智者或是某位神灵的化身在附近停留，你希望能与之结识？你是这么说的吗，陌生人？"

乞丐从桌旁站起身来，鞠了一躬。"我叫罗墨，"他开口道，"是一个探索者、一个旅人，与所有渴望开悟的人都是同道。"

阎摩并没有回礼。"既然你的一言一行早已透露了你的身份，又有什么必要把名字倒着念呢，幻王？"

乞丐耸耸肩。"我不明白你的意思。"但笑意又一次浮现在他唇边，他补充道，"我是寻求道路与真理之人。"

"这实在令我感到难以置信，毕竟，过去的一千多年里，你背信弃义的行径我已见识过太多太多了。"

"你说的可是神灵的寿命啊！"

"很遗憾，确实如此。你犯了一个严重的错误，魔罗。"

"哦？是什么？"

"你以为自己会被允许活着离开。"

"我得承认，我的确有这样的打算。"

"但你还漏掉了一些因素，例如，在如此荒凉的地方，孤身旅行的人是常会遭遇意外的。"

"我已经独自旅行了许多年，意外总是发生在别人身上。"

"你也许认为，即使自己的身体在这里被毁掉，灵魂仍然可以传送到存放于其他地方的另一具身体中。我猜有人读懂了我留下的笔记，现在你们已经能够做到这点了。"

乞丐的眉毛稍稍往下垂，眉梢彼此靠近了四分之一寸。

"但你没有觉察到包围这座神庙的力量，在这里，类似的传送是不可能的。"

乞丐迈步来到屋子中央。"阎摩，"他说道，"你堕落之后的力量微不足道，如果你竟妄想借此与梦者对抗，那实在愚不可及。"

"或许你是对的，魔罗大人，"阎摩回答道，"可我已经等了太久，不愿再放过机会。还记得我在肯塞立下的誓言吗？若不想自身存在的链条就此断裂，你必须通过这房间唯一的出口，通过我把守的这扇门。现在，这间屋外的任何东西都无法帮助你。"

魔罗抬起双手，于是出现了火焰。

一切都在燃烧。火舌从石墙上、从桌上和僧人的衣服上蹿出来，浓烟在室内翻滚，盘旋。阎摩就站在烈焰中央，一动不动。

"这就是你全部的本领了吗？"他问，"你的火焰四处飞舞，却没能点燃任何东西。"

魔罗一拍手，火焰消失了。

取代烈焰的是一条机械眼镜蛇，它晃动着竖起身子，足有两人高，银色的颈部鼓起，摆出S形的进攻态势。

阎摩丝毫不为所动，他紧盯着魔罗，阴鸷的目光如昆虫黑色的触角般射进了魔罗唯一的眼睛里。

攻击途中的眼镜蛇不见了踪影。阎摩向前迈出一大步。

魔罗倒退一步。

他们就这样站着，过了大约三次心跳那么久，阎摩又前进两步，魔罗再次后退。两人的前额上都渗出了汗水。

乞丐的身形变得高大起来，头发更加浓密，腰更壮，肩更宽。他的举手投足间带上了先前所没有的优雅风度。

他又退后一步。

"是的，魔罗，死神确实存在，"阎摩从紧咬的牙关中挤出话来，"无论堕落与否，真正的死亡都在我的眼中。你逃不开我的眼睛。等到了墙边你便再也无路可退。好好感受吧，力量正从你的肢体中溜走，你的手脚正变得冰凉。"

魔罗咆哮一声，露出满口利齿。他长出了公牛一样粗壮的脖子，手臂好似常人的大腿般壮实。他的胸膛是一个盛满力量的大桶，双腿有如森林中的参天大树。

"冰凉？"他说着伸出了双臂，"我能用这双手杀死巨人，阎摩。你呢，不过是被天庭放逐的腐肉之神罢了。你皱起的眉头只能收服老弱病残，你的双眼只能让无知的动物和下等人战栗。而我是远高于你的，我们之间的距离有如从星辰到海底那般遥远。"

阎摩戴着红色手套的双手像一对眼镜蛇缠绕在他的喉咙上。"来试试你所嘲讽的力量吧，梦者。你披上了一副强大的外壳，现在拿出你的力量来！不要光用言语同我争斗！"

魔罗喉咙上的双手收紧了，他的脸颊和前额涨成了紫红色。他的眼睛似乎在跳跃，像一盏绿色的探照灯扫过这个世界。

魔罗双膝跪地。"够了，阎摩大人！"他喘息着，"难道你要杀死你自己吗？"

他变了。他的脸上仿佛有一层流动的水，渐渐起了变化。

阎摩往下看去，自己的脸孔映入他眼中，自己那双红色的手正拉扯着他的手腕。

"生命正在离你而去，魔罗，你开始孤注一掷了。然而阎摩不是幼童，他不怕击碎你幻化出的这面镜子。拿出你最后的本领，或者像男人一样死去，最后的结果不会有什么不同。"

又是一次流动，又一次的改变。

这次阎摩有些犹豫，放松了力道。

青铜色的发丝散落在他的手上，浅色的眼睛里流露出哀求的神色。一串象牙制成的骷髅挂在颈上，色泽只比她的肌肤稍淡。她穿着血红色的纱丽，双手放在他的手上，几乎像是在爱抚……

"女神！"他挤出两个字，声音尖锐。

她窒息着问："你不会杀死迦梨……杜尔迦……吧？"

"又错了，魔罗，"他低声道，"你不知道吗？每个人都会杀死自己的最爱。"说着，他双手一扭，掌中传来了骨头破碎的声响。

"将十倍的诅咒加之于你，"他微微眯起眼睛，"你绝不会有再生的机会。"

他松开双手。

在他脚边的地板上躺着一个身形匀称的高大男人，头耷拉在右肩上。

他的眼睛终于闭上了。

阎摩用鞋尖把尸首翻了过来。"垒起柴堆，为他火葬，"他背对着僧侣们说道，"不要省略任何仪式。今天死去的是地位最高的神灵之一。"

说完，他移开视线，转身走出了房间。

那天晚间，空中雷电交加，雨水如子弹般从空中落下。

在神庙的东北角，萨姆四人聚在高塔中的房间里。

阎摩在房中来回踱步，每次经过窗前都会停下来往外看。

其他人望着他，听他说话。

"他们起了疑心，"他告诉他们，"但还不清楚实情。除非能确定究竟发生了些什么，否则他们不会随意破坏一位神祇的庙宇，因为这将使人类发现诸神之中存在分歧。他们并不确定，所以才来调查。这意味着时间仍在我们一边。"

其他人点点头。

"一个为寻找自己的灵魂而厌弃尘世的婆罗门路过这里，在一次事故中遭遇了真正的死亡。人们为他举行火葬，把他的骨灰撒入奔向大海的河流。这就是今天所发生的一切……当时信奉觉者的流浪僧人正好在此地，不久之后，他们离开这里，继续自己的旅程。谁知道他们去了哪里？"

塔克尽力站直了身体。

"阎摩大人，"他说，"我们也许能瞒得了一周、一个月，甚至更久一些——但这个故事是一定会被拆穿的。一旦当时在场的任何人进入业报大厅，业报大师立刻就会发现真相。而今晚的事，还很可能使不少人没到既定命数便提前遭到审判。届时又该如何是好呢？"

阎摩仔仔细细地卷上一支烟，动作十分精确。"我们必须做好安排，让我所说的版本成为真相。"

"这怎么可能？当一个人的大脑在业报大厅被回放时，他在那一轮生命中的所见就会完全呈现在业报大师和机器面前，像幅卷轴般一览无余。"

"的确如此，"阎摩道，"可是你，卷宗的管理者塔克，难道没有听说过重写本吗？你难道不知道用过的卷轴可以被清理干净，再次使用？"

"当然，可人的心灵并不是卷轴啊。"

"不是？"阎摩微笑着反问道，"拿卷轴打比方的可是你。再说，真相究竟是什么？只要你有足够的手段，你造出什么，什么就是真相。"

他点上烟。"这些僧人目睹了一件奇异而可怕的事情，"阎摩接着说道，"他们看见我积聚法力，施展神性，还看见魔罗也做了同样的事情——就在这里，在这座我们复兴不杀生教义的神庙中。他们发现一位神明可以杀人而不必承担罪业，这给他们留下了难以磨灭的印象，令他们万分惊疑。不久我们还要举行火葬。到那时，我所告诉你们的故事必须成为他们心中的真实。"

拉特莉问："该怎样做呢？"

"今晚，现在，"他说，"刚才的情形还在他们的意识中激荡，他们的思维仍深受困扰，我们要借此机会铸造新的真实，将旧的取而代之……萨姆，你已经休息得够久，现在该你出场了。你要为他们说法，在他们心中激起那些较为崇高的感情和较为高贵的精神，使他们更容易屈从于神的干预。同时，我和拉特莉会将力量集合起来，创造一个新的真实。"

萨姆垂下双眼，不安地扭动着身子。"我不知道能否做到。已经太久了……"

"一朝成佛，永为佛陀，萨姆。翻出几个你曾经讲过的寓言，掸掸上头的尘土。你有大约十五分钟。"

萨姆伸出手去："给我些烟草，还有一张纸。"

他接过烟袋，为自己卷上一支烟。"火？……谢谢。"

他深深地吸了一口，吐出烟雾，咳嗽起来。"我厌倦了无休止的欺骗，"过了许久，他开口道，"我猜这才是问题所在。"

"欺骗？"阎摩问道，"谁要求你骗人了？愿意的话，你大可以引用登山宝训，或者《波波乌》《伊利亚特》什么的。我不在乎你准备说些什么，只要你稍稍扰乱他们的思维，安抚他们的恐惧，如此而已。"

"然后呢？"

"然后？然后我就能拯救他们——还有我们自己！"

萨姆缓缓地点了点头。"这样说来倒也有理……但这种事我已有些生疏了。当然，我会挑出几个真理，再加上些虔敬的话语——不过还是给我二十分钟吧。"

"那就二十分钟。之后我们整理行装，明天出发去迦波。"

"太快了吧？"塔克问。

阎摩摇摇头："是太迟了才对。"

僧人们坐在饭厅的地板上。桌子已经移开，靠放在墙边。甲虫全都消失了。屋外，雨依旧下个不停。

人称觉者的圣雄萨姆走进房间，在他们身前坐下。

拉特莉也走了进来，她一身比丘尼的装束，蒙着面纱。

阎摩和拉特莉在众人身后坐下。

塔克也在房里的什么地方听着。

萨姆合着双眼坐在地上，过了好几分钟，他开始讲话，声音轻柔："我有很多名字，但它们都并不重要。"这时，他微微睁开了眼睛，不过没有移动头部。他的视线并未聚焦在任何地方。

"名字并不重要，"他说，"说话就是在命名，但言语并不重要。一件前所未有的事情发生了，看见它的人所目睹的是真实。他无法告诉其他人自己究竟看见了什么。然而人们希望了解这点，就盘问他：'你看见的那东西，它像什么样子？'于是他试着为他们描述。也许他看见的是世上的第一团火。他会说：'它是红色的，就像是一朵罂粟花，但中间还跳动着其他色彩。它没有定形，像水一样四处流动。它很暖和，就像夏天的太阳，只是比太阳还要暖。它在一块木头上存在了一会儿，接着木头便消失了，仿佛被吃掉了似的，只留下些黑色的东西，用手一捏就成了沙砾。当木头消失时，它也随之消失了踪影。'于是人们以为火就像罂粟、像水、像太阳、像一个会吞噬又会排泄的东西。他们以为火就像那个见过火的人所提到的那些东西。然而他们从未看见过火，仅仅是听说而已，因此不可能真正了解它。但火又无数次地再度现身世间，更多人看见了它。一段时间之后，它变得像草、像云、像人们呼吸的空气般普遍。于是他们知道了，尽管它状如罂粟，却并非罂粟；像水，却又不是水；像太阳，却绝非太阳；像那能吞噬又会排泄之物，却又与之有所区别。这些东西，无论分别看来还是合在一起，都与火不尽相同。终于，他们注视着这全新的物体，为它创造了一个新的字眼，他们称它为'火'。

"如果他们遇到一个尚未见过火的人，同他谈到火，这人就不会明白他们在说些什么。于是，轮到他们从头开始，为他讲解火是什么样子。在这样做的时候，这些人从自己的经验知道，自己所讲述的并非全部的真实，而只是真实的一部分。他们知道，即使用尽世间所有的语汇，自己的话也决计无法使对方明了真相。除非此人亲眼见过火，嗅过它的气味，用它温暖过自己的双手，凝视过它的中心，否则他将永远无知下去。因此，'火'并不重要，'土''空气'和'水'也无关宏旨。'我'无关紧要。任何词语都不重要。然而人类却忘记了真实，只是一味抓住词语。一个人记住的词语越多，他的同胞便越推崇他的才智。当他注视着世界的剧变时，他并非以世人首次目睹这些变化时的方式看待它们。他的双唇吐出它们的名字，他品尝着这滋味，为自己知道这些名字而沾沾自喜。那从未发生过的事仍在发生着。它仍是一个奇迹。这朵熊熊燃烧的繁花低伏着，流动在世界的枝干上，排出整个世界的灰烬，它不是我所提到过的任何事物，同时又是所有这些事物的总和，这才是真实——无名。

"所以，我命令你们——忘记你们自己的名字，在我的话说出口的瞬间就忘掉它们。你们应该反观自己内心的无名。我正在对它讲话，它会回应我——不是回应我的言语，而是回应我心中的真实，因为它也是这真实的一部分。这就是自我，它所听见的是我，而非我的言语。其他的一切都是幻境，一旦定义就会失去。世间万有的本质都是无名。无名是不可知的，甚至比梵天更为伟大。万物流转，唯有本质长存。所以说，你们就坐在一个梦境之中。

"本质会梦到形式。形式消逝了，本质仍在那里，做着新的梦。人类为这些梦境命名，自认为已经攫取了本质，殊不知自己是在求助于幻境。这些石头、墙壁，这些坐在你周围的身体都不过是罂粟、水和太阳，是无名所做的梦。如果你愿意，也可以把它们叫作火。

"有时会出现一个特别的梦者，他意识到自己在做梦。他可以选择控制梦中的某些元素，按自己的意愿改变它们，他也可以选择在更深层次的自我认知中觉醒。如果选择认识自我，他将获得无上的荣光，像星辰般照耀所有的时代。相反，如果走上秘教的道路，将轮回与涅槃结合起来，理解这个世界并继续在其中生活，他就会成为一个伟大的梦者。在我们眼中，他可能是伟大的正义，也可能是伟大的邪恶——虽则正与邪也不过是轮回中的名字，除此之外毫无意义。

"不过，滞留在轮回中就意味着屈服于那些伟大的梦者的意志。如果他们是正义的，就将出现一个黄金时代；如果他们是邪恶的，人们则会生活在黑暗中。梦境也可能化为梦魇。

"古人写道，生即是苦。智者们解释说，这是因为人必须消除自己的罪业才能开悟。因此，智者告诉人们，这梦境便是人的命运，是人解脱的必由之路，反抗又有何益处？考虑到永恒的价值，苦难实在微不足道；而考虑到轮回，苦难甚至能领人向善。那么，即使梦者是邪恶的，人又有什么理由去反抗呢？"

他顿了一顿，把头稍稍抬起。

"今晚，幻王来到了你们中间，魔罗，一个伟大的梦者——伟大而邪恶。他确实遭遇了一个能够以另一种方式干扰梦境的人。他确实遇上了可以将梦者驱逐出梦境的法王。在他们战斗之后，魔罗大人确实消失了。一个是死神，一个是幻王，他们为何会争斗？因为他们是神，你们认为他们不可理解。但这并不是答案。

　　"这个问题的答案，他们的理由，对人和神都同样适用。智者们说，正与邪都是轮回之中的东西，因而没有任何意义。他们无疑是对的，这些智者从人类有记忆的时候起，就一直在教导我们的人民，他们的话无疑是正确的。不过让我们想想另一件事，一件智者们没有提到过的事。那就是'美'。这是一个词，是的，但透过这个词，想想无名之道。无名之道是什么？是梦之道。无名为什么要做梦呢？陷于轮回中的任何人都无法回答这个问题。但我们可以问，无名梦见的是什么？

　　"我们都是无名的一部分，无名的确会梦见形式。而一个形式所能具备的最高属性是什么呢？是美。无名是一位艺术家。因此，问题无涉正邪，只关乎美。反抗那些伟大而邪恶，或者说伟大而丑陋的梦者，完全不同于智者们谈到的那种反抗，因为智者们所说的，是一种对轮回与涅槃而言毫无意义的反抗，而反抗丑陋却是通过韵律与特质，通过平衡与对照来获得梦境的匀称。智者们从未提到过这些。这道理太过浅显，以至于他们显然认为没有必要再提。为此，我必须请你们注意，不要忽略这一局面的审美意义。一个梦者，无论他是人还是神，若是执意编织丑陋的梦境，那我们就有义务反抗他，这正是无名的意志。这抗争也是一种苦难，因此同忍受丑陋一样，也能减轻罪业；但以智者们时常提到的永恒价值而论，比起忍受的苦难，抗争的苦难属于更高的目的。

"因此，我告诉你们，今晚你们目睹的美属于更高的等级。你们也许会问：'我怎么能分辨什么是美，什么是丑，并以此指导自己的行动呢？'对于这个问题，我只能说，你们必须凭自己的力量来回答。要做到这点，首先忘掉我所说的一切，因为我什么也没有说。现在，到无名中去。"

他抬起右手，低下头。

阎摩站起身来，拉特莉站起身来，塔克出现在一张桌子上。

四人一道离开了房间，业报大师们被暂时挫败了。

金色祥云下，一行人正穿行于清晨凌乱的光影中。道旁尽是高大的植物，经过一夜的风雨，正湿漉漉地反射着晨光。树冠与远方的山顶在升腾的蒸汽背后起伏。空中没有一丝云彩。晨风轻拂，仍带着些许夜晚的寒意。虫鸣、鸟叫和脚步声陪伴着林中的僧人们。他们身后，神庙在高高的树冠后若隐若现。神庙上空，一缕轻烟盘旋着向天穹飘去。

这支队伍里有僧人、仆役和一小队拉特莉的武士。拉特莉坐在随从所抬的轿上，处于队伍中部。萨姆和阎摩走在靠近队首的位置。在他们的头顶，塔克隐身于枝叶之间，悄无声息地跟随着。

阎摩开口了："柴堆还在燃烧。"

"是的。"

"一位流浪者在他们中间稍作停留，结果心力突然衰竭，这是为他举行的葬礼。"

"的确如此。"

"虽然是一场突发事件，你倒很快拿出了一篇相当动人的布道辞。"

"谢谢。"

"你真的相信自己所说的吗？"

萨姆大笑起来。"我很容易被自己的言语所蒙蔽。我相信自己说过的每句话，虽然我清楚自己是个骗子。"

阎摩哼了一声。"三神一体的鞭子仍在人类的后背上挥舞。尼西提在他黑暗的巢穴中蠢蠢欲动，困扰着南方的海域。难道你准备再花上一生的时间沉湎于玄学——再为自己找一个反抗敌人的理由？听了你昨晚的话，我感到你似乎又开始考虑'为什么'，而不是'怎么做'的问题。"

"不是的，"萨姆道，"我不过是想试试另一种台词，看看听众会如何反应。在他们眼中一切都是好的，很难鼓动这样的人起来反抗。他们总在遭受恶的折磨，然而心中却没有恶的位置。刑架上的奴隶只要知道自己会转世再生——如果他甘心忍耐，也许能变成一个脑满肠肥的商人——他的观点与那些只有一次生命的人就全然不同。他什么都能忍受，因为他知道，尽管现在非常痛苦，他日后所能获得的快乐却将远超今日之苦。这样的人，如果他选择不相信善与恶，也许用美与丑能够起到相同的作用。只不过是换了名字而已。"

"那么，这就是我们正式的新教义了？"

"是的。"

阎摩把手伸向袍子上一条看不见的缝隙，抽出一把匕首，举到空中做出致敬的姿势。

"为了美，"他说，"打倒丑恶！"

寂静席卷整个丛林，所有生命的声音都停止了。

阎摩将匕首放回刀鞘中，与另一把匕首藏在一起。

他大喊一声："停下！"

他向上望去，头往右偏，在阳光下半眯着眼。

"躲起来！到树丛里去！"

所有人都行动起来。藏红花色僧袍的身影飞快地从小道上闪开。拉特莉的轿子被抬进了树林里。她来到阎摩身边。

"是什么？"她问。

"听！"

一声巨响，它来了。从天空而下，掠过山巅，经过神庙，向空中喷出滚滚浓烟。爆炸声为它的到来吹响了号角，当它劈开风与光一路前行时，大地也为之颤抖。

阎摩道："毁灭者前来狩猎。"

"雷霆战车！"一个佣兵边喊边做了个手势。

"湿婆大神来了，"说话的僧人眼里满是恐惧，"毁灭者……"

"要是早知道自己的手艺竟如此高妙，当初真该为这辆战车设定一个寿命年限，"阎摩道，"有时，我的天才实在让我自己都有些懊恼。"

战车从诸神之桥下飞过，在丛林上空盘旋了一阵，然后向南飞去。咆哮声随着它的离去渐渐消失，最后只剩下寂静。

一只鸟发出短促的尖叫，另一只回应了它的呼唤。接着，所有生命的声音重又浮出水面，旅行者们也回到小径上。

"他还会回来的。"阎摩说。一点不假。

在那天余下的时间里，雷霆战车两次飞过他们的头顶，迫使他们躲入林中。最后那次，它长久地盘旋在神庙上空，也许是在观察正在举行的丧葬仪式。之后，它再次越过群山，消失了踪影。

那晚，他们在星空下扎营，第二晚也是一样。

第三天的行程将他们带到了谛瓦河上的小港口库衲城。在库衲，他们找到了自己想要的交通工具，当晚就乘三桅帆船往南方驶去。谛瓦流入了伟大的韦德拉河，他们也顺流而下，朝迦波的港口——他们的目的地前进。

他们漂浮在河面上。萨姆脚踩漆黑的甲板，双手搭在船舷上，聆听河水的声音。顺着河流向远处望去，明亮的天空起伏不定，繁星似锦。这时，从他身边的什么地方，黑夜以拉特莉的声音向他开口了。

"你曾走过这条路，如来。"

"很多次。"他答道。

"波涛起伏的谛瓦，在星空下实在美丽。"

"的确。"

"我们正前往迦波的爱神宫殿。到那里之后，你有什么打算？"

"我会花上一些时间来冥想，女神。"

"冥想什么？"

"我过去的无数次生命，以及每次生命中我所犯下的错误。我必须回顾自己和敌人的策略。"

"阎摩认为金色祥云改变了你。"

"也许。"

"他相信祥云使你变得软弱而犹疑。一直以来你都故作神秘，但他认为你现在真的变成了神秘主义者——他认为你会毁了你自己，还有我们大家。"

萨姆摇摇头。他转过身去，却没有看见她的踪影。她是隐去了身形，还是已然离开？他开口讲话，声音柔和，不带一丝波动。

"如果必要的话，"他说，"我会从天空中扯下这些星星，掷到诸神的脸上。我会亵渎这块土地上所有的庙宇。渔夫以网猎鱼，如果必要，我会以同样的方式猎杀生命。我会重上极乐之尽善城，即使每一步都要踏在火焰上，踏在刀刃上，即使要闯过猛虎守护的道路，也在所不惜。终有一天，当诸神从空中俯视下界，他们会看见我正在天梯上，身携最令他们恐惧的礼物。新的时代将由此开始。

"但首先，我需要一段时间来冥想。"

他回转身，盯着水面。

一颗流星划过天际。帆船继续前行。黑夜在他身边低低叹息。

萨姆凝望前方，回忆起往昔的岁月。

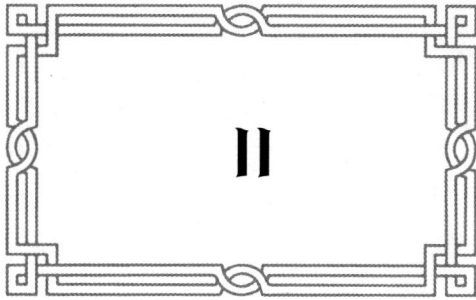

II

摩诃砂，人称南方的门户、黎明之都。曾有一个小国的王子带着扈从来到这里，想要得到一具新的身体。那时，人们仍能靠自己的力量把命运之线从臭水沟中拉出来，神灵还没有这么正式，魔物仍被束缚着，尽善城偶尔也会对凡人开放。这个故事所讲述的，是王子如何侮辱神庙前那独臂的祈祷接收机，以至冒犯天庭，招来诸神的不悦……

　　转世为人者极罕，

　　往生他处者实多。

——《增一阿含经》^①（1，35）

---

① "转世为人者极罕，往生他处者实多"应为《相应部》（亦名《杂阿含经》）中的句子，《增一阿含经》中查无此句，可能为作者误笔。

黎明之都，午后三时，王子踏上了以太阳神苏利耶命名的宽大街道，胯下是一匹白色的牝马，腰带上别着弯刀。百名扈从簇拥在他身后，谋士史芮克骑行在他的左边。一队驮马负着沉甸甸的袋子，里边装着他的部分财富。

凶猛的热浪直落在众人的头巾上，穿过他们，又从路面升起。

一辆马车慢腾腾地行驶在路上，与队伍擦肩而过时，车夫瞥了一眼扈从长所持的旗帜；一个女匠人站在自家门口，注视着往来的人流；一队杂种狗尾随着马队，咆哮个不停。

王子身材高大，有着烟青色的胡须，深咖啡色的双手上满是突起的血管。他的身形依然挺拔，双眼像暮年的鸣鸟般机敏、清澈。

人们在前方聚集，看着这队人马。马是财富的象征，这样的富豪委实不多。常见的坐骑是蜥蛇——浑身鳞片，脖子像蛇一样，满口尖牙。它性情暴躁，寿命不长，且血统也大有疑点，然而人们别无选择。不知为什么，马在最近几代不常生育，已经日渐稀少了。

王子继续前行，深入黎明之都，围观者继续尾随。

一行人从太阳之街转向一条稍窄的大道。路旁是生意人的低楼、大商人华美的店铺、银号、庙宇、旅舍和妓院。他们一路走向商业区的尽头，终于抵达了一座富丽堂皇的旅舍，它的店主哈卡拿号称最完美的主人。众人在大门前勒住马，哈卡拿本人就等候在墙外，准备亲自将牝马牵进马厩中。他衣着简单，按照时下的流行把自己养得白白胖胖，脸上满是笑容。

"欢迎，悉达多殿下！"他有意抬高声音，好让周围的人都能知道客人的身份，"欢迎您来到这个夜莺婉转的地方，来到这馥郁的花园和寒舍中的大理石厅堂！也欢迎您的骑手，他们追随您左右，一路跋涉，现在无疑同样需要些精致的饮食和高贵的娱乐好放松放松。我相信，您会发现一切都合乎您的心意，正如过去许多次您赏光在此逗留时一般。您和许多王子、贵客都曾对鄙店不吝赞美，人数之多，实在难以尽数，比如——"

"也祝你午安，哈卡拿！"王子大声打断了对方——天气炎热，而旅舍主人的话就像河水一般，总有流个不停的危险。"让我们赶紧进去吧，你的旅舍优点之多，实在难以尽数，比如里边的确非常凉快。"

哈卡拿僵硬地点点头，牵着牝马的辔头引它通过大门进了院子，随后他扶着马镫请王子下马，把马匹交给马厩照料，并派一个小男孩去打扫马队停在门外时留在街面上的痕迹。

旅舍内，众人正在沐浴。他们站在大理石建成的澡堂里，由仆人将水倾倒在肩上。净过身后再按刹帝利种姓的习俗涂上油，换上干净的衣物，来到用餐的大厅。

这一餐持续了整整一个下午，最后，武士们自己也不记得究竟品尝了多少道美味佳肴。餐桌又长又矮，王子坐在首席，他的右手边是三名舞者。四个蒙面乐师按传统演奏着合适的音乐。乐声中，舞者动作繁复，面部表情随着不同的舞蹈动作不断变换，指钹发出悦耳的撞击声。餐桌上铺着一张艳丽的桌布，蓝色、棕色、黄色、红色和绿色编织出一系列狩猎和战斗的场景：骑在蜥蛇和马背上的战士手持长矛与弓箭对抗羽熊、火禽和挂着宝石的植物首领；绿色的猴子在树冠上格斗；大鹏金翅鸟用爪子抓起一个飞翔的魔物，正以鸟喙和翅膀发起攻击；海底，长着角的鱼组成一支军队，带关节的鱼鳍抓着尖尖的粉红色珊瑚，与一排手持长矛和火炬的人类对峙，想把这些身穿长袍、头戴钢盔的人赶回陆地去。

王子吃得很少。他一边聆听音乐一边摆弄着食物，偶尔因为手下人的俏皮话大笑几声。

他抿了口果露，戒指碰到杯边，发出清脆的声响。

哈卡拿出现在他身旁。"一切都还好吗，殿下？"

"是的，好哈卡拿，一切都好。"

"可您却没有像您的手下一般尽情吃喝，是对食物不满意吗？"

"食物非常好，烹调也完美无瑕，可敬的哈卡拿。问题在我自己，最近我的胃口不佳。"

"啊！"哈卡拿露出了然的神色，"我有办法，完全符合您的需要！只有您这样的人才能真正欣赏。它就在我地窖里一个特制的架子上，已经放了很久。伟大的神灵黑天用某种方法使它久藏不坏。多年之前他把它给了我，因为这里的招待并未使他不满。我这就去为您取来。"

他弯下腰，从王子身边倒退着出了大厅。

当他回到大厅时，手中拿着一个瓶子。瓶子一侧贴着一张纸，王子不必看上边的内容就已认出瓶子的形状。

"勃艮第！"他惊呼道。

"正是，"哈卡拿说，"很久很久以前，从消失的尤拉斯带来的。"

他闻了闻，微微一笑，然后拿过一个梨状的酒杯，倒出少量葡萄酒，放在他的客人身前。

王子举起酒杯，嗅着酒的芬芳。他细细地啜了一口，接着闭上双眼。

大厅里一片寂静，无人愿意搅扰他的享受。

他放下酒杯，哈卡拿再次往杯内注入葡萄酒，那是用皮诺葡萄酿造的酒，在这个星球上无法种植。

王子并没有碰酒杯，而是转身问哈卡拿："谁是这里最老的乐师？"

"曼卡拉，这儿。"主人说着指了指一个白发男人，那人正在角落里那张为仆人准备的矮桌边休息。

"不是身体上的老，而是时间上的。"王子道。

"哦，那应该是得勒，"哈卡拿说，"如果他真能算作是乐师的话。据他自己说，他曾经做过乐师。"

"得勒？"

"照料马匹的那个男孩。"

"啊，是他……叫他来。"

哈卡拿拍了拍手，一个仆人出现在他身边，哈卡拿命他去马厩，让男孩赶紧梳洗一番，到客人们这里来。

"请不要费神为他梳洗，直接带他过来就可以了。"王子道。

说完，他把身体向后一靠，闭目等待着。等小马夫来到跟前，他开口问道："告诉我，得勒，你会演奏何种音乐？"

"那些被婆罗门所厌弃的。"男孩答道。

"你用哪种乐器？"

"钢琴。"

"这些呢？"王子指了指那些闲置在墙边小台子上的乐器。

男孩朝它们扭过头去。"我想我能凑合着使长笛，如果有必要的话。"

"你会华尔兹吗？"

"是的。"

"能为我演奏《蓝色多瑙河》吗？"

男孩迟钝的神情消失得无影无踪，取而代之的是一脸的不安。他飞快地瞄了一眼身后的哈卡拿，他的主人点了点头："悉达多是一位王子，也是原祖之一。"

"用这些笛子吹《蓝色多瑙河》？"

"如果你愿意。"

男孩耸耸肩。"我可以试试，"他说，"太久太久了……给我一点时间。"

他穿过大厅，来到放乐器的地方，选中一支长笛，低声对笛子的主人说了几句话。那人点了点头。于是他把笛子举到唇边，轻声吹奏了几个音符。他停下来，接着重试了一次，然后转过身去。

他再次举起笛子，开始了华尔兹那颤动的乐章。王子在乐声中品尝着葡萄酒。

等他停下来喘口气时，王子示意他继续。长笛奏出一曲又一曲被禁止的旋律，职业的乐师们脸上摆出职业的轻蔑，然而在桌下，他们的脚却随着音乐打着节拍。

最后，当王子的葡萄酒享用完毕，夜晚也开始向摩诃砂走来。他扔给男孩一袋硬币，男孩离开时眼中噙着泪水，不过王子并没有看他的眼睛。他起身舒展四肢，用手背掩住一个哈欠。

"我回房去了，"他对自己的手下说，"可别趁我不在，把自己的遗产输个精光。"

他们哈哈大笑，祝他晚安，接着叫来烈酒和咸饼干。离开时，他听到了骰子摇动的声响。

王子提前离开宴会，是为了次日能在日出之前起身。他命一个仆人整日守在自己的房门外，挡住任何求见的人，只说王子这天不会客。

清晨的第一朵鲜花尚未对早起的昆虫开放，他已经走出了旅舍，唯有一只老态龙钟的绿色鹦鹉目送他离去。按照他在此种情形下的习惯，王子脱下了镶着珍珠的丝绸，换上破布缝制的衣裳。他穿过光线暗淡的街道，一路上悄无声息，既没有海螺鸣响号角，也听不到整齐的鼓点。街上空无一人，只偶尔有一两个行色匆匆的医生或妓女，正从主顾处往家赶。一只野狗跟着他穿过商业区，往港口走去。

他在桥墩旁堆放的柳条箱上坐下。黎明驱散了笼罩世界的黑夜。他望着随波浪起伏的船只，它们的风帆早已降下，绳索纠结，舰首刻着怪兽或处女的形象。每次摩诃砂之行都会把他带回这里，在码头稍事停留。

空中出现了清晨的粉红，像一把阳伞遮在乱蓬蓬的云层上，凉爽的晨风在码头轻柔地吹拂着。不远处是几座有着环形窗户的高塔，食腐鸟在其间飞翔，发出嘶哑刺耳的叫声，时不时猛扑下来，掠过海湾的水面。

他注视着一艘准备出海的大船，帆布制成的风向标状如帐篷，被咸湿的海风吹得鼓起来。其他船只还安然停泊在锚位上，船里渐渐有了动静，水手们正预备装货、卸货，货物中有熏香、珊瑚、油，各种织物，还有金属、牛、硬木和香料。他嗅着货物的味道，听着船员们的咒骂，两者都是他所喜爱的。前者因为它散发出财富的气息，后者则综合了最令他感兴趣的两件事——宗教和解剖学。

一个外国船长刚才在监督水手卸下一袋袋粮食，现在走到柳条箱形成的阴凉处休息片刻。王子同他交谈起来。

"早上好，"他说，"愿风暴与海难远离你的航程，愿诸神赐你平静的港湾，让你的货物卖上个好价钱。"

对方点点头，在一个柳条箱上坐下，又拿出小巧的陶土烟斗往里填上烟丝。

"谢谢你，老人家，"他说，"我只在自己选定的神庙中向神祈祷，但我乐意接受任何人的祝福。祝福总不会有什么害处，特别是对一个海员来说。"

"这次航行困难吗？"

"还算幸运，原本可能更难的，"船长回答道，"海中那座人称尼西提大炮的冒烟的山，又朝天上喷了火。"

"啊，你来自西南方向。"

"是的。查提桑，就在依斯帕海岸那儿。每年这个季节，风总是很好，可却把尼西提大炮的灰带到了非常远的地方，距离之远出乎所有人的意料。整整六天，这场黑雪落在我们头上，来自地下的味道折磨着我们，食物和水都难以下咽，众人眼中泪流不止，喉咙灼痛难耐。等终于脱离它的控制，我们献上了不少感恩的祭品。看见船身上的污迹了吗？你真该看看船帆——黑得像拉特莉的头发！"

王子身体前倾，好看清船体。"不过海水还算平静吧？"

海员摇摇头。"我们在盐岛附近遇上一艘巡洋舰，听舰上人说，我们刚好躲过了六天前尼西提大炮最厉害的一次喷发。那时，云被烧得火红，波涛汹涌无比，可以确定有两艘船已经沉没，另有一艘很可能也已遇难。"他往后一靠，点燃烟斗，"所以，就像我刚才所说的，祝福对一个海员总不会有什么害处。"

"我在找一位海员，"王子道，"一个船长。他叫让·奥威格，或许他现在用的是奥瓦嘎这个名字。你认识他吗？"

"我曾经见过他，"对方说，"但他已经很久不曾出海了。"

"噢？他怎么了？"

海员转过头来，仔细打量着他。最后，海员问道："你是谁？为什么打听他的事？"

"我叫萨姆。我和让是多年的老朋友。"

"'多年'是多少年？"

"很久很久以前，在另一个地方，他还是船长，指挥着一艘不曾航行在这片大洋上的船，那时我们就认识了。"

那位船长突然倾下身子，拾起一块木头，朝桥墩另一侧的一只狗扔了过去。那狗刚绕过根桩子，被木头打中后尖叫一声，飞奔到仓库附近躲了起来。它正是从哈卡拿的旅舍一路跟在王子身后的那只野狗。

"小心地狱的猎犬，"船长道，"这儿有狗，还有狗——还有狗。三种不同的类型，别让任何一种靠近你。"说完他又一次上下打量王子。"你的手，"他一挥烟斗，"最近戴过许多戒指，它们留下的印记还没有消失。"

萨姆瞥了眼自己的双手，微微一笑。"什么也逃不过你的眼睛，水手，"他答道，"所以我不否认这明显的事实。是的，我最近戴过戒指。"

"如此说来，你也像那些野狗一样表里不一——你还在打听奥瓦嘎时用了他最古老的那个名字。你自称萨姆，那么，你或许也是原祖之一？"

萨姆并没有立即回答，而是注视着对方，似乎在等对方继续说下去。

也许是意识到这点，船长再次开口道："我知道，奥瓦嘎是原祖之一，虽然他自己从未说起过。要么你也是原祖，要么你是一个大师，总之你早已知道他的身份，因此，我提到这件事并没有泄露他的秘密。不过，我的确希望弄清自己面对的究竟是敌是友。"

萨姆皱起眉头。"让从不与人结仇，"他说，"听你的话，他现在似乎有了不少敌人，比如那些被你称为大师的人。"

海员仍旧盯着他。"你不是大师，"过了一会儿，他说道，"而且你来自远方。"

"是的，"萨姆道，"但请告诉我，你是怎么知道的？"

"首先，"海员说，"你岁数很大。大师也可以选用衰老的身体，但他绝不会这么做，就好像他不会长时间使用狗的身体。一个老人很可能毫无预兆地突然死去，大师太过惧怕遭遇真正的死亡，因此不会长时间使用老人的身体，不至于让戒指在手指上留下深深的印记。戒指的印记只可能来自富人，而大师们不可能夺走富人的身体。一个富人，如果打定了主意要拒绝重生，就会活到自然死亡为止。大师们绝不敢打富人的主意，因为如果一个富人意外死亡，他的手下也许会使用暴力威胁大师们的安全。所以你的身体不可能是这样得来的。从生命槽中取出的身体也不可能有戒指的痕迹。

"所以，"他总结道，"我认为你是个很有地位的人，但并非大师。如果你知道奥瓦嘎的过去，你应该同他一样，也是原祖之一。你所打听的那些事，让我判断出你来自远方，因为如果你是摩诃砂人，你必定听说过大师，而了解大师的情况，你就该知道为什么奥瓦嘎不能再出海了。"

"哦，刚靠岸的水手啊，你对摩诃砂的事倒非常清楚。"

"和你一样，我也来自遥远之地，"船长微笑着承认道，"但在十二个月的航行中，我会在两打港口停靠，听到许多事情——来自各处的消息、流言和故事，这些消息的来源可远不止这两打港口而已。我知道宫中的阴谋和神庙的故事；我知道在爱神甜蜜的弓箭下，人们对妙龄少女的私语；我知道刹帝利的战斗和大商人们以未来的谷物与香料、珍珠与丝绸所做的交易。我和不同的人一道开怀畅饮，有游吟诗人和占星术士，有戏子和仆从，还有马车夫和裁缝。有时，我也许会来到一个海盗藏匿的港口，听人说起被劫持的那些人质的遭遇。所以，不要感到奇怪，尽管你可能已经在这里停留了一个星期，而我刚从远方来到此地，却比你更了解摩诃砂。时不时地，我还会听说神灵的所作所为呢。"

"那么请说说大师们的事，还有，为什么要把他们视为敌人？"

"我可以告诉你一些他们的情况，"船长道，"因为你不该毫无警觉。那些肉体贩子现在成了业报大师。他们学着神灵的模样，不再对外透露各人的名字，好让自己看起来像大法轮一样客观，并自称为大法轮的代言人。他们现在不只是肉体商人，还与神庙结成联盟。神庙也改变了，和你一道的那些原祖们早已成了神，他们现在从天界与神庙联系。若你真是原祖之一，萨姆，等你面对业报大师们时，将只有两条路可走，要么成为神，要么灭亡。"

"他们是怎么做的？"萨姆问。

"要想知道细节，你得到别处寻求答案，"对方答道，"我不知道这些事是如何进行的。到织工之街去找修帆工加拿嘎。"

"这是让现在的名字吗？"

对方点点头。

"记住，小心狗，"他提醒道，"或者说，小心任何可能藏有智力的活物。"

"你叫什么名字，船长？"

"在这个港口，我没有名字，或者只有一个化名，我看不出有什么理由要对你说谎。日安，萨姆。"

"日安，船长。谢谢你的忠告。"

萨姆起身离开港口，往商业区和那些做买卖的街道走去。

太阳像一块红色的铁饼，正朝着诸神之桥上升。城市已从睡梦中苏醒，商贩们正在街边展示工匠的精巧手艺。王子穿过这些小摊，沿街叫卖软膏和药粉、香水和油的小贩在他身边来来往往。卖花姑娘朝路人挥舞鲜花和花环；卖葡萄酒的商人照例一言不发，同自己的酒囊一起坐在一排排阴凉的长凳上，静候顾客上门。食物的味道、麝香的气息、人的体味、粪便的臭味、油和熏香的气味，全都搅在一起，像一朵看不见的云，在街上悠然漫步。

王子走到一个拿着乞钵的驼背身前，他自己也是乞丐打扮，所以并不显得突兀。

"你好，兄弟，"他开口道，"人家派我来办事，这一带我可不熟。能告诉我织工之街在哪儿吗？"

驼背点点头，晃了晃乞钵作为暗示。

他从藏在破布下的口袋里掏出一枚小硬币，放进驼背的乞钵里，硬币立刻便消失了。

"那边，"驼背把头一偏，"在第三条街往左转。两个街口之后就是水神瓦鲁那神庙前的环形喷泉。沿着喷泉走，织工街的标志是一只锥子。"

他点点头，拍了拍对方的驼背，然后继续前进。

走到环形喷泉时，王子停住脚步。瓦鲁那是所有神祇中最为苛刻、威严的一个，他的神庙前排着好几打人。这些人并不准备进神庙去，而是在进行某种需要轮流排队等候的活动。他听见硬币的响声，于是凑近了些。

那是台金属制成的机器，闪闪发光。

一个男人将一枚硬币投进了机器上的钢老虎口中。机器隆隆作响，他于是按下一些动物和魔鬼形状的按钮。两条圣蛇那迦盘旋在透明的面板上，男人按下按钮后，一道光贯穿了蛇身。

萨姆缓缓移动，又靠近了些。

机器一侧有根铸造成鱼尾形的控制杆，男人把它拉下来。

圣洁的蓝光盈满机器内部，两条圣蛇发射出红色的脉冲。伴随着柔和的音乐声，蓝光中出现了一个飞快转动的转经筒。

男人一脸接受赐福的表情。几分钟之后，机器自动关闭。他又拿出一枚硬币，再次拉下控制杆，引得队伍末端的几个人大声发起牢骚——这已是他的第七枚硬币，天这么热，其他人也等着祈祷哪，既然是这么大一笔奉献，他干吗不直接进去把钱交给司祭？有人回答说，这小子肯定干了不少需要赎罪的事。于是人们开始揣测他的罪究竟属于何种性质，这让人群中传出好些兴高采烈的笑声。

王子发现队伍中也有几个乞丐，于是过去排在队尾。

队伍缓缓向前挪动，王子注意到底座上有两只老虎分立两侧；有的人会往第一只口中投下硬币，再按下按钮，有的却只往第二只老虎嘴里塞进一块扁平的金属片，等机器停住以后，金属片会落入一个杯子里，被主人拿回去。王子决定冒个险，找人打听打听。

他选择了排在自己前边的那个人。

"为什么，"他问，"有些人有自己的金属片呢？"

那人头也不回地答道："因为他们注册过了。"

"在神庙里？"

"是的。"

"哦。"

他等了半分钟，然后又问："那些没有注册，又想使用机器的人——他们就按按钮吗？"

"是的，"那人道，"用那个拼出名字、职业和地址。"

"要是像我这样的旅客呢？"

"你还得加上自己的城市的名字。"

"要是像我这样不识字的，又该怎么办呢？"

那人转过身来。"也许，"他说，"你应该用老法子祈祷，把奉献直接交给司祭。或者去注册，弄块自己的金属片。"

"我明白了，"王子道，"是的，你说得对。我得再考虑考虑。谢谢。"

他离开队伍，绕着喷泉走，直到看见挂在一根柱子上的铁锥标志，才走上了织工之街。

他两次打听修帆工加拿嘎的住处都一无所获，第三次才终于在一个矮檐下找到一个知情的女人。那女人个子矮小，手臂粗壮有力，唇上还有些髭须。她一边守着自己的货摊，一边盘腿编织地毯。货摊和女人栖身的矮檐过去大概是个马厩，现在也还有股马厩的气味。

女人上下打量他一番，那双眼睛像棕色的天鹅绒，竟意外地非常可爱。随后她嘟囔着告诉了他方向。萨姆照她的指点穿过一条弯弯曲曲的小巷，来到一座五层高的楼房前。楼梯贴着外墙而建，他顺着楼梯往下走，穿过一扇通往地下室大厅的门。里边又潮又黑。

他敲敲左手边的第三扇门，过了一阵，门开了。

开门的男人盯着他："什么事？"

"我可以进来吗？事情有些要紧……"

那人迟疑了一小会儿，然后猛一点头，让到一边。

王子从他身侧走进房间。他在一张凳子上坐下，凳子前的地板上铺着一大张帆布。他朝屋里仅剩的椅子做个手势，让王子坐下。

此人身材不高，肩膀很宽，满头银丝，瞳孔中已经有了白内障的征兆，一双棕色的手异常粗糙，指关节突出得厉害。

"什么事？"他再次问道。

"让·奥威格。"

老头的双眼一睁，随后又眯成两条缝。他把玩着剪刀。

王子道："'蒂帕雷里路漫漫。'"

那人瞪着他，脸上突然绽放出笑容。"'若你的心不在那里。'"他把剪刀放回工作台上，"咱们多久没见了，萨姆？"

"我早已忘记了时间。"

"我也是。不过，我上次见到你肯定是四十——四十五？——年前的事了。我敢说，这期间可没少往肚子里灌啤酒吧？"

萨姆点点头。

老头道："真不知该从何说起……"

"那就先告诉我，为什么要叫加拿嘎？"

"为什么不呢？"对方反问道，"它听起来有股老老实实的劳动阶级味儿。你自己呢？还在干王子的行当？"

"我还是我，"萨姆答道，"别人来拜访时，依旧称我为悉达多。"

老头咯咯笑起来。"还有'缚魔者'，"他念出萨姆的称号，"很好。那么，既然你的衣着与你的财富并不相称，我猜你照例是在调查情况了？"

萨姆点头道："并且遇到了许多无法理解的事。"

"是啊，"让叹了口气，"是啊。我该从何说起？怎样开始？还是从我自己的事讲起吧……我积累了太多罪业，现在已经没法获得新的身体了。"

"什么？"

"你没听错，我说的就是罪业。咱们的老宗教不仅是唯一的宗教——它是天启的、强制的，还有着吓人的可实证性。不过，当你想起最后这点时，当心声音可别太大。大约十二年前，议会授权对需要新身体的人使用心理探针。那正是在推进主义者和神权主义者分裂之后，当时，神圣联盟把支持推进主义的那些搞技术的小伙子们全都排挤出去，跟着不断施加压力。最简单的解决方法无疑是活到问题自动消失的时候。神庙那伙人于是跟肉体贩子做了笔交易，顾客的脑子全都必须接受扫描，推进主义者被拒之门外，或者……嗯……就那么简单。现在已经没有多少推进主义者了。但那才不过是开了个头。那帮神明很快意识到，这里头蕴藏着巨大的力量。大脑扫描成了获取新身体的必要程序。他们检查你的过去，掂量你的业力，然后决定你将获得怎样的生命。这可是维护种姓系统、保证神权统治的绝佳方式。顺便说一句，在这件事上，咱们的老相识们几乎个个深陷泥潭。"

"神啊！"

"应该说诸神啊，"让纠正道，"凭着法力和神性，他们一直被看作神灵，可现在已经变成正经八百的神了。还有，如果哪个原祖准备这会儿走进业报大厅，最好先他妈想想清楚，自己究竟是想马上变成神，还是想被人架到柴火堆上烧死。"

"你约了什么时候去业报大厅？"让最后问。

"明天，"萨姆道，"明天下午……那你为什么还能在这儿晃悠？你可没有头戴光环、手握闪电。"

"因为我还算有两个朋友，他们都建议我继续活下去——安安静静地活下去——别去碰那根探针。我真心诚意地接受了他们明智的意见，这才得以继续修我的船帆，时不时还能在小酒馆里闹个天翻地覆。否则——"他抬起一只满是老茧的手，打个响指，"否则，不是真正的死亡，就是一具长满癌细胞的身体。当然，他们也许会让我尝尝鲜，享受一只被阉割的野水牛的生活乐趣，再或者……"

"一只狗？"萨姆问。

"正是。"

让倒出两杯酒，酒浆飞溅，打破了沉默。

"谢谢。"

"为了地狱之火，干杯。"他把酒瓶放回工作台上。

"我可还空着肚子呢……这是你自己酿的？"

"唔。隔壁房间有台蒸馏器。"

"我猜我该祝贺你。就算我有些罪业，这东西一下肚也该完全消除了。"

"罪业的定义是，任何不讨咱们的神灵朋友喜欢的东西。"

"你有什么让他们不喜欢的？"

"我想把机器传给我们在这个星球上的后代，被议会否决后，我也就放弃了，希望他们会忘掉这件事。推进主义已经被彻底镇压，在我的有生之年绝不可能卷土重来。实在可惜。我真想重新扬帆启航，驶向另一条地平线。或者再次驾驶飞船……"

"推进主义的态度倒也罢了，这种无形的东西探针也能探测到？有那么灵敏吗？"

"探针，"让答道，"能探测出十一年前的昨天，你在早晨吃了些什么，还知道那天早上，你一边哼着安道尔的国歌一边刮胡子时，割破了什么地方。"

"我们离开……家的时候，这东西还处在试验阶段，"萨姆道，"我们带来的那两台不过是初级的脑波解读器。是什么时候取得突破的？"

"听着，我的乡巴佬兄弟，"让说道，"还记得那个叫阎摩的小子吗？第三代人，鼻涕流个不停，谁也不知道他父母是谁。那孩子总在捣鼓发电机，有一天其中一个爆炸了，他烧伤得很厉害，于是在十六岁那年就获得了自己的第二具身体——一具五十多岁的身体。他喜欢武器，会麻醉任何一种能动的东西，然后把它解剖掉，因为沉迷于这种事，他被我们称作死神。你还记得他吗？"

"是的，我记得。他还活着吗？"

"你说'活'也可以。他现在是死神——不是绰号，而是正式的头衔。他在大约四十年前完善了探针，不过神权主义者直到最近才拿出来。听说他还发明了些别的小玩意儿来为诸神服务……例如一种机械眼镜蛇，当它竖起头，露出毒牙的时候，可以记录下一里之外某人的脑造影照片。然后它就能把这个人从人群中找出来，无论他是否更换过身体。据我所知，它的毒液至今还没有解药。四秒钟，如此而已……还有火杖，听说阿耆尼大人曾站在海岸上挥舞火杖，结果在三个月亮的表面都留下了痕迹。现在他似乎正在为湿婆大人研制一座喷气推动的神像……诸如此类。"

"喔。"

"你打算接受探针的测试吗？"

"恐怕不会，"萨姆答道，"告诉我，今早我看见一台机器，我想最好称之为投币式祈祷机——这机器很常见吗？"

"是的，"让说，"它们大概出现在两年前——我们的莱昂纳多·达·芬奇在喝小酒时想出的好东西。既然业报的点子已经流行起来，这玩意就比税吏好使多了。咱们的公民必须在自己十六岁生日前夜来到神庙诊所——随便供奉哪位神灵的神庙都行，对方会把他的祈祷户头和他的罪业户头综合考量，然后决定他将成为哪个种姓的人，还有他即将获得的身体的年龄、性别和健康状况。简单明了。"

"探针我肯定通不过，"萨姆说，"就算我祈祷户头里的存款堆成了山，他们也会为了我的罪而逮住我。"

"哪种罪？"

"我还没有犯下的罪，但它们就写在我的脑子里，因为我正在考虑。"

"你计划反抗众神吗？"

"是的。"

"要怎么做？"

"我还不知道。不过，第一步是同他们取得联系。他们的首领是谁？"

"我没法告诉你究竟是哪一个。掌权的是三神一体——梵天、毗湿奴和湿婆。哪一个在什么时候占主导地位我可不清楚。有人说梵天——"

"他们是谁——我是说真实身份？"

让摇摇头。"我不知道。他们都换了与上一代不同的身体，而且都用上了神的名字。"

萨姆站起身。"我过些时候再来，或者派人来找你。"

"希望如此……再来一杯？"

萨姆摇头拒绝。"我要以悉达多的身份在哈卡拿的旅舍停止斋戒，并且宣布我准备去神庙的消息。如果我们的朋友现在是神，他们必定会与自己的司祭联系。悉达多的祈祷必定能上达天听。"

"千万别替我说好话，"让又倒了杯酒，"要是惹得哪位神灵来拜访，我可不知道自己能不能熬得过去。"

萨姆笑了："他们不是万能的。"

"但愿，"另一个答道，"不过那一天恐怕已经不远了。"

"航行顺利，让。"

"干杯。"

在前往梵天神庙的途中，悉达多王子先去了铁匠之街。半小时之后，他从一家店里出来，由史芮克和另外三个随从护送着穿过摩诃砂的中心，最后来到创造者那高大宽广的神庙前。他面带微笑，似乎看到了什么预兆。

他无视投币式祈祷机前众人的目光，迈步登上长而浅的阶梯。高级司祭早已得到通知，正在神庙入口处等候。

悉达多和手下进入神庙，解除了武器，朝正厅敬过第一次礼后，这才开始对司祭讲话。

史芮克和其他侍从恭敬地退到一旁，王子将一个沉甸甸的钱袋塞进司祭手里，低声说："我希望同神灵交谈。"

司祭一边研究他的表情，一边回答："神庙对所有人开放，悉达多殿下，一个人尽可以随心所欲地与上天交流。"

"我心里所想的与这稍有不同，"悉达多道，"我想要的是比献祭和长祷更个人化一点的东西。"

"我不太明白你的意思……"

"但你很明白钱袋的重量，不是吗？这里边全是银币。另外还有一袋装满了金子——货到立即付款。我想借用你们的电话。"

"电……?"

"通信系统。如果你像我一样是原祖之一，你就会明白我指的是什么。"

"我不……"

"我可以保证，这不会对你的职务产生丝毫负面的影响。我很清楚这些是怎么回事，而我的谨慎在原祖中也是有口皆碑的。你可以自己联络第一基地，如果这能让你放心的话。我就在外间等你。告诉他们，萨姆希望同三神一体谈谈。他们会同意的。"

"我不知道……"

萨姆拿出第二个钱袋，在手心里掂了掂。司祭的目光落在钱袋上，舔了舔嘴唇。

"在这儿等着。"他吩咐道，然后转身离开了房间。

铃，紫莲园中，竖琴响过了第五声。

梵天正在温暖的泳池旁，同妻妾们戏水打发时光。他斜靠在池边，用胳膊肘支撑身体，双脚在水中晃动，似乎在闭目养神。

其实他正从长长的睫毛下窥视着在池中玩闹的那十几个女子，希望能看见有人朝自己肤色黝黑、肌肉强健的身体投来仰慕的目光。梵天棕黑色的胡须杂乱而狂放，湿漉漉地闪着光；头发披在肩上，宛如黑色的翅膀。在滤净的阳光中，他得意地笑了。

然而似乎没人注意他，于是他收起笑容，把它放到一边。她们的心思完全被进行中的水球游戏吸引住了。

铃，通信系统的铃声再次响起，仿佛一股人造的微风，将园中的茉莉花香吹进他的鼻孔。他多么希望她们会崇拜他——崇拜他强壮的体格，崇拜他仔细塑造的外形，把他当作一个男人，而不只是一个神。

他的身体特地改造过，是常人绝对无法企及的。可是，每当湿婆大人在场，他仍然会感到不自在——湿婆老而弥坚，虽然还在使用一般人的身体，却远比他更能吸引女人的目光。这让性别好像变成某种超越生物学的东西；不论他多么努力地去压制那份记忆、毁灭那一点精神，梵天始终无法摆脱这个事实：自己生来是个女人，而且直到现在也无法完全变成男人。他对此满怀憎恨，无数次地选择化身为一个特别雄壮的男性，然而尽管如此，他依然感到自己并不合格，仿佛他的真实性别早已被烙在了额头上似的。这让他不由得有种想要跺脚做鬼脸的冲动。

他昂首阔步走向自己的楼阁。矮小的树木弯曲虬结，带着一种奇异的美感；架子上爬满了牵牛花，水塘中盛开着蓝色的睡莲；白金制成的铃铛上垂下镶嵌着珍珠的丝线；灯全是少女的形象。三脚香炉上，熏香散发出浓烈的气味，还有一尊蓝色的八臂女神雕像，只要对它说出正确的口令，就会弹奏七弦琴。

梵天走进阁中，来到水晶制成的屏幕前。一条青铜那迦盘在屏幕上，嘴里咬着尾巴。梵天激活了接收器。

一阵静电雪花过后，来自摩诃砂梵天神庙的高级司祭出现在屏幕上。司祭双膝跪下，三次用自己的种姓标记碰触地面。

"四界神灵，十八重天，梵天为大。"司祭吟唱道，"创造万有，主宰高天与下界。脐上生莲花，双手腾江海，三步之内，世界尽在脚下。战鼓为你的荣光而响，恐惧敲入敌人的心脏。法轮手中握，以蛇为绳，束缚灾难。万岁！求您接受仆人的祷告。降下祝福，聆听吾言，哦，梵天！"

"起来……司祭，"梵天没能记起他的名字，"什么事如此重要，竟让你这样打扰我？"

司祭站起身，飞快地瞄了一眼梵天滴水的身体，随后再次转开了视线。

"主人，"司祭道，"我无意在您沐浴时打搅，但您的一个崇拜者希望与您谈话，据他讲，事情非常重要。"

"我的一个崇拜者！告诉他，无所不闻的梵天什么都能听见，带他去神庙里，照平常的方式向我祈祷！"

梵天向开关伸出手去，中途又停了下来。"他怎么会知道神庙与天庭间的这条线？"他问，"他怎么知道圣人和神灵可以直接联系？"

"据他说，"司祭回答道，"他是原祖之一，还要我传个口信，就说萨姆希望同三神一体谈谈。"

"萨姆？"梵天道，"萨姆？不可能是……那个萨姆？"

"这儿的人都叫他悉达多、缚魔者。"

"等候我的命令，"梵天命令说，"同时吟唱吠陀中合适的词句。"

"遵命，主人。"司祭于是吟唱起来。

梵天来到楼阁中的另一片区域，在衣橱前站了好一会儿，仔细考虑该穿些什么。

王子欣赏着神庙内部的装饰，听见自己的名字后，他转过身去，看见那位司祭（那人的名字早被萨姆忘在了脑后）正朝自己招手。他穿过走廊，跟在司祭身后走过又一条通道，最后来到一间储藏室前。司祭摸索着找到一个隐秘的机关，一排架子像大门般朝外打开了。

王子走进门里，发现自己置身于装饰华丽的神殿内。这里有祭坛模样的控制面板，上边悬着一块发光的屏幕，青铜那迦环绕着屏幕，尾巴叼在牙间。

司祭三次鞠躬。

"万岁，宇宙之主，四界神灵、十八重天，无人能及。脐上生莲花，双手腾江海，三步之内——"

"你所说的句句属实，"梵天回答道，"我已经听到了，祝福你。现在你可以离开了。"

"什么？"

"你没有听错。为了这次私人会面，萨姆一定付了不少钱，不是吗？"

"主人……"

"够了！走开！"

司祭赶紧鞠躬离开，还关上了身后的架子。

梵天打量着萨姆。深色的骑马裤，天蓝色的克米兹，尤拉斯的蓝绿色头巾，黑铁铸成的腰带上挂着一只空剑鞘。

萨姆也在打量眼前的人。他站在漆黑的背景前，轻便的盔甲上披着羽毛斗篷，在喉咙处用一颗火蛋白石别住。梵天头戴一顶紫色冠冕，上边装饰着闪烁的紫水晶。他的右手握着一根镶嵌九颗幸运石的权杖。黝黑的脸上，双眼有如两块黑斑。七弦琴的声音柔柔地环绕在他周围。

“萨姆？”

萨姆点点头。

“我在猜测你的真实身份，梵天大人。我得承认，我毫无头绪。”

“这正是我们的意图，”梵天道，“因为大神梵天应该是在过去、现在和将来永远长存不朽的。”

“衣服很不错，”萨姆说，“相当有魅力。”

“谢谢。很难相信你竟仍然存在。我查了查，发现你整整半个世纪没有更换过身体，实在非常冒险。”

萨姆耸耸肩。“生命就是如此，冒险，赌博，还有种种不确定……”

“的确，”梵天道，“请拿把椅子来坐下，让自己舒服些。”

萨姆照做了。当他再次抬起头来，发现梵天高坐在红色大理石雕刻而成的宝座上，头上张着一顶与宝座匹配的华盖。

“看起来可不怎么舒服。”他评论道。

“海绵乳胶的垫子，”梵天微微一笑，“愿意的话，你可以吸烟。”

“谢谢。”萨姆从腰间的烟袋里拿出烟斗，装上烟草，小心地夯实，然后点上火。

“自从离开天庭的庇护后，”梵天问，“你都做了些什么？”

“照料我自己的花园。”萨姆答道。

“我们本来用得着你，”梵天说，“我们有个无土栽培部门。说起来，或许现在也还不晚。再跟我说说你在人间的事。”

“狩猎老虎，解决同邻国的边界纠纷，维持后宫的秩序，一

点点植物学——诸如此类的东西——全是些生活琐事，"萨姆道，
"我的力量正在衰退，我想找回青春。可听说要做到这点，就必须让人检查我的大脑，是真的吗？"

"从某种意义上讲，是的。"

"可否告诉我，这么做的目的何在？"

梵天笑道："为了让邪恶失利，正义得势。"

"假设我是邪恶的，"萨姆问，"我会怎样失利呢？"

"你必须转化成较为低级的生命形式，去消除自己的罪业。"

"你有没有现成的统计数据可用？失利的和得势的人的百分比各是多少？"

"如果我承认自己一时记不起这些数字，"梵天用权杖掩住一个哈欠，"请别为这点小事而对我的全能有所怀疑。"

萨姆轻声笑了。"你刚才说尽善城里需要一个园丁？"

"没错，"梵天道，"有兴趣应聘吗？"

"不知道，"萨姆说，"也许吧。"

"这么说，也可能没兴趣？"

"是的，也可能没兴趣，"他承认，"过去一个男人的头脑是不会这样优柔寡断的。如果原祖想要更新身体，只需要付钱就有人来服务。"

"不要停留在过去，萨姆。新时代已近在眼前。"

"这给人一种感觉，似乎你们有意除掉所有不肯合作的原祖。"

"万神殿里可以容纳很多人，萨姆。如果你选择接受，其中一个神龛将会属于你。"

"而如果我拒绝？"

"你可以自己到业报大厅去要求新的身体。"

"如果我选择成为神呢？"

"你的大脑可以免受探针之苦。我们会建议大师尽快为你提供最好的服务，再派遣飞行器接你来天界。"

"我得考虑考虑，"萨姆道，"我相当喜欢这个世界，尽管它堕入了一个黑暗的世纪。不过，如果天界裁决我遭受真正的死亡，或者要我变成猴子，流落于丛林之中，单有喜爱之情是没法让我尽情享乐的。可我同样不怎么喜欢用生物技术改造自己——上次我到天界的时候，那种东西正大行其道呢。给我点时间，让我想想。"

"在我看来，当一个人面临这样的机遇时，"梵天道，"如此犹豫不决实在太过傲慢。"

"我知道。如果我俩互换位置，或许我也会有同感。但如果我是神而你是我，我相信自己定会大发慈悲，给对方片刻宁静，好让他从容做出人生中最重大的决定。"

"萨姆，你老是争个不停，简直让人难以忍受！我们所谈的可是你自己的永生，谁会在这种时候让我等着？难道你想跟我讨价还价？"

"这个嘛，你知道，我的祖辈里还真有不少做蜥蛇买卖的——而且我确实很想得到某些东西。"

"哦？是什么？"

"答案。有些问题已经困扰我好些时候了。"

"说说看。"

"你知道，我从一个世纪之前就不再出席老议会了。它们变得越来越冗长，拖延着不肯做出决定，最后变成原祖宴饮的借口。别误会，我对节日毫无意见，事实上，在一个半世纪那么久的时间里，我都为了重新品尝从地球带来的烈酒而参加庆典。可是那些乘客和许多我们自己的身体产下的后代，我总觉得该为他们做点什么，不该任由他们流落于这个回到野蛮状态的凶险世界。我感到我们这些船员应该帮助他们，向他们传授我们保存的技术，而不仅仅是为自己建起一个固若金汤的天堂，同时把世界当作一个动物保护区和妓院。所以我一直在想，不这样做的理由何在。要管理一个世界，这似乎才是公正、合理的方式。"

"这么说，你是一个推进主义者？"

"不，"萨姆否认道，"只不过是提出问题的人。我对个中缘由有些好奇，如此而已。"

"那好，让我来告诉你原因，"梵天道，"原因就在于他们还没有准备好。如果我们从一开始就这样做——是的，这是可以做到的，但那时我们并不在意。后来，等到问题出现时，我们之间又产生了分歧，于是许多时间白白流逝了。现在，他们没有准备好，而且几个世纪之内情况都不会改变。如果在这种时候传授给他们先进的技术，战争将不可避免，这会摧毁他们刚刚起步的文明。他们已经走得很远，像自己的远祖一样开创了新文明。然而他们仍是孩童，像所有的孩童一样，他们会胡乱摆弄我们的礼物，最后伤到自己。他们确实是我们的孩子，是我们那早已消亡的第一具身体，以及第二、第三及之后的许多具身体所生下的孩子——所以我们必须尽到父母应尽的责任。现在这个星球上首次出现了一个稳定的社会，我们不能允许任何人将他们推进到一场会毁掉这个社会的工业革命中去。要履行我们作为父母的职责，最好的方法就是像现在这样，通过神庙来指引他们。男女神灵的原型本就是父母的形象，那么，由我们来扮演这些角色，彻底地行使这些职责，有什么虚假和不公正的呢？"

"可你们为什么要摧毁他们刚刚起步的技术呢？据我所知，印刷术曾三次被重新发明出来，每一次都被镇压了。"

"同样的原因——他们还没有准备好。再说那并非真正的发明，而是记忆。那是传说中的东西，有人按照传说把它复制了出来。一种东西的出现必须源自文化中已有的因素，而不是像魔术师帽子里的兔子一样从古代给拉出来。"

"你们似乎制定了一个非常微妙的界限，梵天。这么说来，你们的任务就是在世界来回巡视，摧毁任何进步的迹象？"

"事实并非如此，"梵天道，"你似乎认为我们巴不得永远肩负这样的重担，认为我们强化了神的地位，还想要维持一个黑暗的时代，好永远保住自己这令人厌烦的位置！"

"简单地讲，"萨姆说，"是的。蹲在这座神庙前的那台投币式祈祷机又怎么说？它在文化上的意义难道不是等同于一辆战车吗？"

"那不是一回事，"梵天道，"作为神圣威力的显现，所有人都对它心怀敬意，而且为了宗教的缘故，没有人会提出质疑。这跟把火药带给他们完全不同。"

"如果当地哪个无神论者劫走其中一个，然后把它拆开呢？如果此人正好是托马斯·爱迪生之流，那时该怎么办？"

"那上面装着带机关的号码锁。除了司祭外，任何人都只能令机器爆炸，二者将一同消失。"

"还有蒸馏器，我注意到，尽管你们设法压制，却没有成功。于是你们就随意定下一个酒税，让人付钱给神庙。"

"人类总是试图在酒精中寻求解脱，"梵天道，"近来酒精已经出现在某些地方的宗教仪式中了，这样人的罪恶感也会小些。的确，最初我们试图压制它，但很快就发现这是不可能的。所以他们用税钱换来神灵对酗酒的祝福，减轻了罪恶感，缓解了宿醉的不适，并且无须再相互指责——祝福的作用确实是身心两方面的，你知道。再说税率也不怎么高。"

"不过，有趣的是，很多人似乎还是更喜欢不受宗教约束的喝法。"

"你来祈祷，却一个劲地冷嘲热讽，你要说的就是这个吗，萨姆？我是在回答你的问题，不是在同你讨论天界的政策。关于我的提议，你下定决心了吗？"

"是的，马德莱娜，"萨姆说，"有没有人告诉过你，你生气的时候是多么可爱呢？"

梵天从宝座上一跃而起。他尖叫起来："你怎么知道的？你怎么知道我是谁的？"

"我并不真的知道，"萨姆说，"但我现在知道了。本来只是猜测，我还记得你言谈举止的一些小习惯。这么说，你终于实现了自己一辈子最大的野心，嗯？我敢打赌，现在你连后宫都有了。感觉如何，女士？生来是个姑娘，现在却成了货真价实的男子汉？我敢说，哪个同性恋知道了这事都会妒忌的。祝贺你。"

梵天站直了身子，对萨姆怒目而视。他身后的宝座已经成了一堆熊熊大火。只有七弦琴的声音没有受到任何影响。他举起了手中的权杖。

"准备好接受梵天的诅咒……"

"为什么？"萨姆问，"就因为我猜到了你的秘密？如果我成为神，猜没猜到又有什么区别呢？其他的神祇肯定也知道这件事。那么是因为我故意激怒你吗？但我唯有如此才能套出真相。而且，我本以为用这种方式展现我的才智，会让你更看重我呢。倘若冒犯了你，我向你道歉。"

"我诅咒你，并非因为你猜中了我的秘密——甚至也不是因为你所用的方式——而是因为你在嘲笑我。"

"嘲笑你？"萨姆道，"我不明白。我并不想显得无礼。我们的关系过去一直很好。只要你稍稍回想一下就会记起来，这都是真的。为什么我现在要嘲笑你，从而危及自己的处境呢？"

"因为你不假思索地说出了自己的真实想法。"

"哦，不，尊敬的大人。我只是跟你开开玩笑而已，任找两个男人，谈到这些东西时都是这样。倘若让你产生了误会，我很抱歉。我敢打赌你有个让我妒忌的后宫，而我肯定会试着在某天夜里偷偷溜进去，如此而已。如果你要因为感到惊讶而诅咒我，那就来吧。"他吸上一口烟，在烟圈里咧嘴一笑。

终于，梵天轻声笑了。"我的脾气太急躁了些，这倒是真的，"他解释说，"恐怕对过去也过于敏感。你说得没错，我常和其他人开这样的玩笑。我原谅你。我收回刚才开始的诅咒。"

"这么说，你决定接受我的提议了？"他最后问。

"是的。"萨姆道。

"很好。我一直对你有种兄弟之情。去把我的司祭找来，我会给他些指示，让他打理你更换身体的事宜。我们很快会再见的。"

"当然，梵天大人。"萨姆一边点头，一边晃晃烟斗。接着他推开那排架子，到外头的大厅去找刚才的司祭。各种念头在他脑中闪过，但这次他没有再将它们宣之于口。

这一天，王子的随从们有的走亲访友，有的在城中打探消息，收集流言蜚语。入夜，王子召集了一次会议，从他们口中得知，摩诃砂全城只有十个业报大师，都住在东南方一片高地上的宫殿中。申请更换身体的人必须去神庙的诊所——或者说读心室，而业报大师也会在约定的时间前往。在他们宫殿的庭院中有一座巨大的黑色建筑，那就是业报大厅，接受过审判的人紧接着就要前往那里，将自己传送到新的身体内。史芮克和另外两个谋士趁尚能视物，赶去绘制宫殿的防御图。王子的两位侍臣则被派去邀请依拉贝克的国王前来参加晚宴与狂欢。这位国王是王子的一位远邻，曾与王子发生过三次血腥的边境冲突，偶尔两人也会一道狩猎老虎。国王同业报大师们约好了时间更换身体，于是带着几个亲戚来到摩诃砂。还有一人被派去铁匠之街，告诉工匠们要在第二天天亮前把王子的订货翻一倍。为了确保对方合作，他带上了额外的酬劳。

晚些时候，依拉贝克之王抵达了哈卡拿的旅舍。同行的是国王的六个亲戚，这六人都属于吠舍种姓，却像刹帝利一般携带武器。不过，他们发现旅舍是个平和的地方，其他的客人和来访者也都没有佩带武器，于是就把刀剑放在一旁，到桌首挨着王子坐了下来。

国王身材高大，只是背驼得厉害。他一身栗色的袍子，黑色的头巾低低地垂下，几乎搭在一双毛虫似的乳白色眉毛上。他长着乱糟糟的花白胡子，每逢开怀大笑便露出一口深色的牙齿，仿佛参差不齐的断树桩；两颗充血的眼球总像是要冲破包围，跳出眼眶，他的下眼睑努力抵挡这番攻势，被折磨得又痛又累，红红地凸了出来。他们讨论着一年中最有利于作战的季节，国王喉咙里卡着痰，拍桌大笑，不断叫嚷着："大象现在太贵啦，而且在泥巴里一点用处也他妈没有！"一共六次。他们一致认定，干这行当的，只有新手才会蠢到在雨季侮辱邻国的大使，这样的人从此就会被冠以"嫩王"的称号。

夜渐渐深了，王子的医师暂时告退，去监督甜品的准备情况。他在端给国王的糕点里加进了麻药。甜品过后，随着时间一点点过去，国王越来越想要合上双眼，头垂到胸前的时间也越来越长了。他一边打着鼾，一边喃喃地称赞"晚会不错"，最后，终于在嘟囔"大象他妈的一点用处也没有"时睡死过去，谁也没法叫醒他。他的亲属并不觉得有必要护送他回到自己的住处，因为医师往他们的酒里放了点水合氯醛，他们自己也正趴在地板上呼呼大睡呢。王子的首席侍从让哈卡拿为六人安排好房间，国王则被抬到悉达多的套间里。医师很快来帮他松开衣服，并用一种轻柔而深具说服力的声音对他讲话。

"明天下午，"他说，"你就是悉达多王子，这些都是你的侍从，他们会护送你到业报大厅，梵天许诺你不需要事先接受审判就能得到一具新的身体。在整个传输过程中，你一直都是悉达多，过后，你要同侍从一起回到这里，接受我的检查。听明白了吗？"

"明白了。"国王低声道。

"那么重复一遍我的话。"

"明天下午，"国王道，"我就是悉达多，我会带着这些侍从……"

天光于清晨绽放，到它照耀大地之时，一切都已安排停当。王子的一半手下出了城，朝北方前进。等摩诃砂消失在视线之外后，他们转向东南方，穿行在小山之中，只在该换战铠时才停下来。

六个人被派往铁匠之街，他们带回几个沉甸甸的帆布口袋，里头的东西分装在三十多个侍从的袋子里，这些人用过早餐，随后就进城去了。

王子征求自己的医师那罗达的意见："如果我误解了天庭的慈悲，那可就真的完了。"

然而医生微笑着回答道："对此我深表怀疑。"

时间从早晨来到一天的中心，诸神之桥一如既往地在众人头顶放射出金色光芒。

客人们醒了，个个深受宿醉之苦。国王接受了催眠暗示，由悉达多的六个侍卫护送前往业报之宫。他的亲属则被告知他还在王子房中熟睡。

"现在，我们面临的最大危险来自国王本人，"医师道，"他会不会被认出来呢？对我们有利的因素在于，他只是来自遥远国度的一个不起眼的统治者，在城里只待了很短的日子，而且大部分时间都同自己的亲属在一起；再有，他还没有接受审判。而大师们应该也并不清楚你的样貌——"

"除非梵天或者他的司祭已经向他们形容过，"王子道，"谁知道呢，我跟梵天的通信很可能被录下来并传给了他们，做辨别之用。"

"可是，他们有什么理由要这样做？"那罗达问道，"从中获益的人是你，他们怎么会想到你竟会偷天换日，因而提前采取预防措施呢？不，我看我们能蒙混过关。国王当然不可能骗过探针，但有了你的侍从做护卫，要通过表面的审查是没有问题的。依我看，他可能遇到的最大阻碍不过是些简单的测谎，既然现在他的确相信自己就是悉达多，测谎也就不在话下了。"

于是他们继续等待，早先出门的三打人回到旅舍，袋子已经空了。他们收拾好自己的东西，接着一个个都骑上马，漫无目的地在城中晃荡，似乎想找地方放纵放纵。但实际上，所有人最后都渐渐向东南方靠近。

"再见了，好哈卡拿，"王子剩下的侍从正打点行装，跨上战马，"我会一如既往地对所有遇到的人赞美你的旅舍。这次来访竟如此仓促，实在令人遗憾；然而等我从业报大厅出来，就得赶回去扑灭几个省里出现的叛乱。你很清楚，一旦统治者转过身去，这种事情立刻就层出不穷。所以，尽管我很希望能在你的屋顶下多待上一个星期，恐怕这乐趣不得不留待下次了。如果有人来打探我的消息，告诉他们到哈地斯去找我。"

"哈地斯吗，大人？"

"那是我的王国里最南边的省份，气候异常炎热。记住我的原话，特别是如果将来梵天的司祭想要知道我的去向，就把这些话告诉他们。"

"我会的，大人。"

"还有，好好照顾那个叫得勒的男孩。下次再来时，我希望还能听到他的演奏。"

哈卡拿深深地鞠了一躬，照例准备开始演讲。王子抓住这机会把最后一袋钱币抛给了他，又再次称赞了尤拉斯的葡萄酒，随后飞身上马，大声对侍从下达命令，如此一来就把店主人的话全都堵在了口里。

一行人骑出大门，离开了旅舍，只有医师和三个战士留了下来，这些人由于水土不服，身体受了些影响，因此必须多搅扰哈卡拿一天，然后再出发追赶大部队。

他们从偏僻的小巷穿城而过，一会儿工夫就来到了通往业报大师宫殿的主路。王子的三打人手早已埋伏在路旁的树林里，王子一面前进，一面与他们交换暗号。

走了一半路程之后，王子和随行的八名侍卫勒住马，似乎想要稍事休息。树林里的人小心翼翼地往前移动，最后全都来到与他们平行的位置。

他们不久便发现前方有动静。王子远远地看见七个人正骑马迎面而来，猜出这是自己的六个骑兵和国王。等对方进入声音可及的距离之内时，他们也拍马向前，与来人会合。

"你们是谁？"骑在白马上的人身材高大，眼光锐利，"你们是谁，竟敢挡住缚魔者悉达多王子的去路？"

王子打量着他——发达的肌肉，晒得黝黑的皮肤，二十多岁，猎鹰一般的容貌，剽悍的体格——他突然感到自己的怀疑毫无根据，他的疑心和猜忌使他背叛了自己。白马上的人身体柔韧，看来梵天信守诺言，为他准备了一具相当不错的强健身躯，然而这身体现在却属于老国王了。

"悉达多殿下，"骑在依拉贝克之王身旁的一个侍从开口道，"他们似乎很公道。我看不出有什么不对的地方。"

"悉达多！"国王怒吼道，"这人是谁，你怎敢用自己主人的名字称呼他？我才是悉达多，缚魔——"说到这儿，他的头往后一甩，剩下的话哽在了喉咙里。

国王抽搐起来。他全身僵硬，再也坐不稳，侧身摔下马鞍。悉达多向他奔去，发现对方嘴里吐出点点白沫，两个眼珠直往上翻。

"癫痫！"王子喊道，"他们想给我一具大脑受损的身体。"

其他人围拢过来，帮王子照料国王。这阵发作终于过去，国王又恢复了神志。

他问："怎、怎么了？"

"是背叛，"悉达多道，"背叛，哦，依拉贝克的国王！我的一个手下将带你去见我的私人医师，他会为你检查。等你恢复之后，我建议你向梵天的读心室提出抗议。我的医师会在哈卡拿的旅舍为你治疗，然后你就可以离开了。很抱歉发生了这样的状况。这大概是可以补救的。如若不然，想想上次围困迦毗罗的事，我们算是扯平了。午安，国王兄弟。"王子朝对方鞠上一躬，他的手下帮国王骑上了悉达多向哈卡拿借来的红马。

王子骑上他的白色牝马，目送他们离去。接着，他转身面对自己身边的侍从，还抬高了声音，好让等候在树林中的人也能听见。

"我们九个人先进去，两声号角，你们就跟过来。倘若他们抵抗，教他们知道自己本该更谨慎些；假使必要，再有三声号角，山上的五十名骑兵就会赶来。那是个平静的宫殿，不是战斗要塞。俘房所有大师，不要损坏他们的机械，也不要让任何人这样做。如果他们不抵抗，什么都好说。否则，我们就像小男孩踩过一个无比精细的大蚁山那样，踏平业报大师们的宫殿和业报大厅。祝你们好运。愿诸神不要与你们同在。"

说完，他掉转马头继续前进。身后的八个骑兵轻声吟唱起来。

两重大门全都敞开着，门外无人把守。王子骑进门去，立刻开始四下探寻史芮克遗漏的秘密防御。

庭院中种植着花木，还铺了些石板。在一大片花园里，仆人正修剪枝条，松土，栽种。王子寻找着藏匿武器的地点，却一无所获。仆人们只在他进门时瞟了一眼，没有任何人停下手中的工作。

庭院尽头就是那座黑色的石头大厅。他朝着那个方向前进，手下人紧跟在身后。这时，从他右手边的宫殿台阶上传来了问候声。

他勒住马，转过头去。那人身着黑色制服，胸前有一个黄圈，手里还握着一柄乌木法杖，身材又高又壮，头巾几乎遮住了眼睛。他等在原地，没有重复自己的问候。

王子拉动缰绳，让马走到宽大的台阶下。"我必须面见业报大师。"

对方问："预约过了吗？"

"没有，"王子说，"但事情非常重要。"

"那我很遗憾，你白跑了一趟，"那人回答说，"每个人都必须预约。你可以去摩诃砂的任何一座神庙安排时间。"

说完他转过身，法杖在台阶上一点，准备走开。

"把花园连根拔起，"王子对手下人说，"砍下那边的树木，把所有东西堆在一处，点火焚烧。"

黑衣男人停下脚步，转过身来。

台阶下只剩王子一人。他的手下已经朝着花园去了。

"你们不能这么做。"那人道。

王子微微一笑。

他的人翻身下马，踏着花床进了花园，开始对灌木丛挥舞手中的武器。

"让他们停下！"

"为什么？我来见业报大师，你告诉我说办不到。我说我能，而且一定会见到他们。让我们看看究竟谁说得对。"

"命令他们停下来，"那人道，"我会为你带信给大师们。"

"停！"王子大喊一声，"但要准备好重新开始。"

黑衣男人走上阶梯，消失在宫殿中。王子用手指拨弄着挂在脖子上的号角。

很快就有了动静，手持武器的人从宫殿里涌了出来。王子拿起号角，两声号角声随之响起。

这些人身穿皮甲——有的还在手忙脚乱地扣着搭扣——头戴同样质地的帽子。他们持武器的那只手臂上垫着护肘，另一只手拿着椭圆形的金属小盾牌，黑色的盾牌上绘有黄色的轮形图案。这群人拿着长长的弯刀，站满了整个台阶，似乎在等候命令。

黑衣男人再次出现，站在了台阶的顶端。"很好，"他说，"如果你有口信带给大师们，现在就说吧！"

"你也是业报大师吗？"王子问。

"是的。"

"那么你想必是级别最低的一个，竟然还需要兼差做看门人。

我要同为首的大师谈。"

那位大师道："今生和来世你都要为自己的傲慢付出代价。"

这时，三打骑兵冲进大门，在王子身旁排开。奉命摧毁花园的八人也重新上马，加入编队。他们的剑已出鞘，正横放在大腿上。

"你想要我们骑马进去吗？"王子问，"或者你愿意去召集其他的大师，好让我能同他们谈谈？"

大约有八十人手持武器，在台阶上与他们对峙。那个大师似乎对力量对比做了番评估，随后决定保持现状。

"不要轻举妄动，"他说，"否则我的人会拼死抵抗。在这儿等着，我现在就去召集其他人。"

王子装好烟斗，点上火。他的手下像雕塑般坐在马上，随时准备动手。台阶上，第一排步兵的脸上渗出豆大的汗珠，清晰可见。

为了打发时间，王子给自己的骑兵下了几道指示："不要像上次围困迦毗罗时那样，老想着展示自己的技术。瞄准胸部，不要对着头去。

"还有，"他继续说道，"这次不能像往常那样，捣毁伤兵和死人的身体——这是个神圣的地方，不应受到如此的亵渎。

"不过，"他补充说，"如果你们不能保留十个俘虏祭献给我的保护神暗黑君主尼西提，我将把这一失败视为对我个人的侮辱——当然，祭献必须在这些墙外举行，那样一来，举行邪恶仪式的罪过便不那么严重了……"

只听"哗啦"一声，王子右边的一个步兵昏了过去，此人刚才一直盯着史芮克的长矛，现在终于摔下了底层的阶梯。

"住手！"那个黑衣男人大喊着，同六个人一起出现在阶梯顶端，七人全是一般打扮。"不要用鲜血玷污业报之宫。那个倒下的士兵的血已经——"

"涌到他的脸上了，"王子接过话头，"如果他还保持着清醒的话。因为他并没有受伤。"

"你想要什么？"说话的黑衣人中等身材，腰围却大得惊人。他站在那里，仿佛是一个巨大的深色酒桶，他的法杖状如一道黑色的闪电。

"我只看见七个，"王子答道，"我听说这里一共住着十位大师。其他三个在哪里？"

"他们正在摩诃砂的三个读心室履行职务。你想从我们这儿得到些什么？"

"这里由你掌管？"

"唯有大法轮掌管这里的一切。"

"你是这几面墙里大法轮的最高代表吗？"

"是的。"

"很好。我想同你单独谈谈——去那边。"王子说着指了指黑色的大厅。

"不可能！"

王子将烟斗在脚后跟上用力一磕，烟草纷纷落下，他拿刀尖往里边挖了挖，然后把它放回包里。他在白色牝马上坐得笔直，左手抓着号角，直视着那个大师的眼睛。

他问："你确定吗？"

大师又小又亮的嘴已经做出了口形，但没有将话说出口。

"就照你说的，"他终于让步，"让开！"他走过一排排士兵，来到白马前站定。

王子用膝盖轻轻一碰，让马朝那黑色的大厅走去。

那个大师喊道："暂时按兵不动！"

王子对自己的手下说："你们也一样。"

两人穿过庭院，王子在大厅前下了马。

他柔声道："你欠我一具身体。"

"这是什么话？"大师问。

"我是迦毗罗的悉达多王子，缚魔者。"

"悉达多已经来过了。"

"你以为自己已经执行了梵天的命令，"王子道，"将他变成了癫痫病人。不过，事实并非如此。来的只是个不情愿的冒牌货。我才是真正的悉达多，哦，无名的司祭啊，现在我来取我的身体——一个完整、强壮、没有暗藏任何疾病的身体。你要按我的要求为我服务。你可以是自愿的，也可以让我来强迫你，但你终究要为我服务。"

"你这样想？"

"是的。"王子答道。

大师举起黑色的权杖攻向王子头顶，同时大声喊道："进攻！"

王子躲开了这一击，一面后退一面拔出了剑。他两次挡开了法杖。第三次，法杖落在了肩上，只是擦过，却让他有些踉跄。他绕着白马，大师紧跟在身后。他躲避着，始终用马隔开对手，把号角送到唇边，吹了三下。号声盖过了宫殿阶梯上激烈的战斗声。他喘息着转身，刚好及时挡住了对方的下一击，这一击本该落在他的太阳穴上，那可会要了他的命。

"圣书上写着，"大师气喘如牛，"若一个人只会下达命令，却没有力量作为后盾，就是愚蠢的。"

"就算是十年前，"王子也在大口喘气，"你的法杖也别想碰到我。"

他朝法杖砍过去，希望能让木头断裂，可对方总能避开刀锋。因此，尽管他在很多地方划出痕迹，木头整体上仍旧安然无恙。

大师把法杖当作一根单手击剑棍，结结实实地击中了王子的身体左侧；他感到体内有几根肋骨裂开……他倒下了。

接下来的事并不在他的计划之内。就在他倒地时，剑从手中飞了出去，正好划过大师的胫骨，对方嗥叫着跪到了地上。

"咱们倒是扯平了，"王子气喘吁吁地说，"我的年纪对你的肥肉……"

他躺在地上，拔出匕首，却没法拿稳。他把胳膊肘抵在地面上。大师眼里噙着泪水，他试图站起身来，结果再次跪了下去。

一阵马蹄声响起。

"我并不是傻瓜，"王子道，"现在我有力量来做后盾了。"

"怎么回事？"

"剩下的骑兵来了。如果我带上所有人马，你们会像柴火堆里的甲虫一样躲起来，可能得花上好几天时间才能拆开这宫殿，逮住你们。现在我可是把你们攥在手掌心里了。"

大师举起了他的法杖。

王子缩回手臂。

"放下，"他说，"否则我就掷出匕首。我自己也不知道能否命中，但这可能性依旧存在。你还不急着拿真正的死亡做赌注吧？"

大师放下了手中的法杖。

"你一定会遭遇真正的死亡，"大师道，"只等业报大厅的守卫让你那些骑马的兵全变成狗粮之后。"

王子咳嗽起来，兴味索然地看着自己身体里流出的血泡。"在此期间，咱们还是来谈谈政治吧。"

战斗声渐渐平息，史芮克向王子走来，高大的身体上满是尘土，头发几乎像是剑上凝结的血块一般。白马用鼻子轻轻碰了碰他。他先向王子敬礼，然后说道："结束了。"

"听见了吗，业报大师？"王子问，"你的卫兵成了狗粮。"

大师没有回答。

"现在为我服务，你可以留下一条命，"王子道，"如果拒绝，我将拿走它。"

"我会为你服务。"

"史芮克，"王子命令道，"派两个人去城里，一个去把我的医师那罗达找来，一个去织工之街找修帆工加拿嘎。留在哈卡拿旅舍的三个士兵，两个立即过来会合，一个留下看守依拉贝克之王，直到太阳下山为止，然后把国王绑起来，过来同我们会合。"

史芮克笑着再次向王子敬礼。

"现在让他们把我抬进大厅去，再找人监视这个大师。"

他换下的身体同其他人的尸体一道烧掉了。业报宫的守卫战斗到最后一刻，直到全部阵亡。七个不知名的大师中，唯有那胖子活了下来。精子库、卵子库、培养箱和肉体储存器都没法运走，但那罗达医生指挥众人将传输器拆解开，放在了战死者的马背上。王子骑在白色牝马上，望着火舌吞噬这些身体。八个柴堆在拂晓前的天空下熊熊燃烧。曾是修帆工的那个人看向离大门最近的柴堆——它是最后点燃的，火焰才刚烧到顶部，那里躺着一具身着黑袍，胸前印着黄色圆环的尸体，身形十分臃肿。当火焰触及尸体，袍子开始化为青烟时，缩在花园废墟里的一只狗嗥叫了一声，几近哽咽。

修帆工道："今天你的罪业户头肯定已经溢出来了。"

"可是，啊，想想我的祈祷户头吧！"王子答道，"目前就这样了。这个问题只好留给后世的神学家们解决，让他们决定我塞进投币式祈祷机里的那些小毛虫是不是也可以充当供奉。让天庭去猜测今天这里究竟发生了什么——我是否存在，我在哪儿，我是谁。现在我们上马吧，我的船长。先进山，然后保险起见，我们就得各奔东西了。我还无法确定自己要走哪条路，只知道那条路会通向天界之门，而我必须备好武器。"

对方笑了："缚魔者。"

骑兵长走了过来，王子对他点点头。命令被大声传开。

所有人都骑上马，列队向前，他们迈出了业报之宫的大门，随后离开主路，顺着摩诃砂城东南的山坡一路上行，身后的柴堆里，留下的同伴犹如闪耀的黎明。

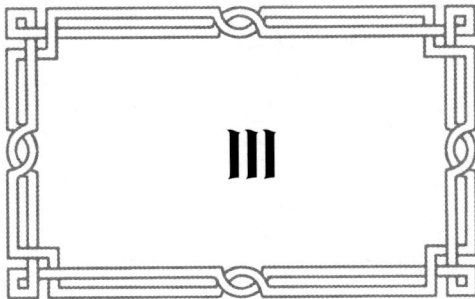

据说，天人师出现后，所有种姓的人都去聆听他的教诲，离开时无不得到完善与提升，连动物、神灵也不例外，其中偶尔还有某位圣人。大家普遍承认他已经觉悟，但也有人视他为骗子、渎神者、罪犯，或认为他不过是在恶作剧。这部分人并不都是他的敌人；然而，从另一方面讲，也并非所有得到完善与提升的人都将他视为朋友。他的追随者称他为无量萨姆大神，一些人奉他为神灵。因此，在他作为天人师被人接受，受到景仰之后，在他获得许多富人的支持，盛名传遍大陆之后，人们开始尊称他为如来——乘真如之道而来。值得注意的是，虽然迦梨女神（在她心情稍好时也称杜尔迦）从未对他作为佛陀的身份发表过正式的意见，却赐予了他一个非同寻常的荣誉——她曾派出自己御用的行刑者去向对方致意，而非仅仅随意雇用某个杀手……

无假法王出世，

则无真法王之消失。

唯假法王现，

方使真法王隐。

——《杂阿含经》（II，224）

　　阿兰邸城附近有一片茂密的小树林，蓝色的树皮，羽毛一般的蓝色树叶，这里的美和树荫下神殿般的静谧使它远近闻名。树林本属于商人瓦苏，他在皈依佛门后，将其献给了人称无量萨姆大神、如来和觉者的那一位。天人师同他的追随者就居住在林中，每到正午时分，他们就手持乞钵往城里去，并且从来不会空手而归。

　　树林里总有很多朝圣者。信奉如来的人，好奇的人，还有紧盯钱财伺机下手的人，熙来攘往。有人骑马，有人乘船，有人步行。

　　阿兰邸城并不很大。城里有茅屋，也有木头房子；主路没有铺石板，路面上满是车辙；城中有两个大集市，还有不少小市场；附近是大片农田，蓝绿色的谷物在田中流动、翻滚，它们的所有者是吠舍，耕种者却是首陀罗；因为路过的旅客很多，城中还有不少旅店（虽然没有一家能与遥远的摩诃砂城里哈卡拿那富有传奇色彩的旅舍媲美）；这里有圣贤，也有讲故事的人；最后，这里还有一座神庙。

　　神庙位于靠近城中心的矮丘上，四面各有一扇巨大的庙门。庙门和周围的墙上装饰着层层雕刻，有乐师与舞者、战士与恶魔、男女神祇、动物与艺人、恋人与半人、护卫与天神。这些门通向第一层庭院，然后能看到更多的墙和门，从那里可以进入第二层庭院。

第一层庭院中有一个小型市场，出售献给诸神的供品。供奉低阶神祇的神龛也摆放在第一层庭院内，数量之多，难以尽数。一天中的任何时候，这里都能看见正在乞讨的乞丐、冥想中的圣人、大声笑闹的孩子、喋喋不休的妇女、燃烧的熏香、唱歌的小鸟、流水汩汩的净身池，当然还有嗡嗡作响的投币式祈祷机。

与之相反，第二层庭院中则弥漫着浓厚的宗教氛围。这里全是供奉主神的高大神龛，人们在巨大的石像前或站或跪，甚或全身伏地，有人吟唱着祷词，有人高声祷告，还有人喃喃地诵读《吠陀经》中的诗句。这些石像上通常都挂着无数花环，涂满鲜红的朱砂，四周堆放着数不清的供奉，让人几乎无法分辨究竟是哪位神祇被淹没在这些实实在在的崇拜底下。每隔一段时间神庙里就会吹响号角，众人安静地聆听它们的回声，之后，喧嚣重又开始。

迦梨是这座神庙中无可争议的女皇。她的白色石像立在一个巨型神龛内，统治着整个内院。她微露笑意，似乎是在对其他神祇和他们的崇拜者表示不屑；她的颈上挂着骷髅串成的项链，这些骷髅咧嘴而笑，几乎同迦梨脸上的笑意同样惹人瞩目；她手持匕首，向前跨出半步，仿佛拿不定主意，究竟是在前来朝拜的人面前舞上一曲，还是将他们全部杀死；她的嘴唇丰满，双目圆睁。在火把的照耀下，她看起来仿佛在移动。

因此，她的神龛与死神阎摩相对真是再合适不过了。按照显而易见的逻辑，司祭与建筑师们决定，在所有神祇中，唯有他最适合分分秒秒地面对着她，以能致人死命的坚定目光对上她的眼睛，以扭曲的微笑回应她唇边的笑意。即使最虔诚的人通常也会绕道而行，不愿从这两座神龛之间穿过。夜幕降临之后，他们所在的地方从不会被晚来的崇拜者打扰，因此也就成了寂静与安宁之地。

一个名叫罹得的人沿着春风吹过大陆的方向，从极北边来到这里。他个子小小的，尽管年纪不大，却已是一头白发。他发着烧，昏倒在沟中。被人发现时，他一身朝圣者的黑衣，然而绕在前臂上的那条深红色喉索却暴露了他的真实身份：罹得。

那是在春天，祭典的日子，罹得来到了阿兰邸。这里有蓝绿色的农田、茅屋和木屋，有泥路和许多旅店，有集市、圣人和说故事的人，有伟大的宗教复兴和引领复兴的导师，导师的声名早已传遍四方——他来到了阿兰邸，这里还有一座神庙，他的守护神正是神庙中的女皇。

祭典之日。

二十年前，阿兰邸的小祭典在外地几乎没有任何影响力。然而，现在觉者来到这里，向人们传授八正道的教义，他吸引来无数旅客，阿兰邸的祭典也由此汇集了许许多多的朝圣者，以至于城中的旅舍个个人满为患，帐篷的租金高得惊人，马厩也出租给人居住，就连在空地上露营也要向地的主人付钱。

阿兰邸热爱自己的佛陀。其他不少城镇都曾企图诱使他离开这里：号称群山之花的莘葛度献上一座宫殿和后宫的美色，希望他将自己的教导带上山，然而觉者并没有去山里；蛇河上的卡祔卡许诺给他大象和船只、城里的房屋和乡下的别墅、马匹和仆人，希望他到港口说法，然而觉者也没有去河岸。

佛陀留在他的树林里，一切都汇集到他身旁。一年又一年，祭典的规模越来越大，时间越来越长，仪式也愈加复杂，就像一头吃饱喝足的巨龙，所有的鳞片都闪着微光。当地的婆罗门并不赞同佛陀反仪式主义的教导，可是既然他的存在能把他们的钱箱装得满满的，他们也就学会了在他的影子下生活，心中的"提提卡"——异教徒——三个字也从未宣之于口。

就这样，佛陀留在他的树林里，一切都汇集到他身旁，这其中包括罹得。

祭典的日子。

鼓声在第三天的夜晚响起。

第三天，卡塔卡里舞的大鼓发出阵阵雷鸣。鼓声断断续续地飘到数里之外，传遍农田，传遍小城，传遍紫色的树林和林后荒芜的沼泽。鼓手们上身赤裸，腰上裹着白色的芒杜，汗水让他们黑色的肌肤闪闪发光。他们站在排列紧密的大鼓前，动作充满激情；尽管几组人轮番上阵，鼓声却从未有片刻的间断，即使在新一轮鼓手接替同伴时也不例外。

鼓点刚一响起，旅人和城中的居民就开始从各处赶往祭典的场地，当众人到达这块古战场一般空旷的地方时，夜幕也随之降临到世上。人们从树下的小摊买来气味香甜的茶饮，找个位置坐下，一面品茶，一面等着深夜舞剧开始的时刻。

一只一人高的黄铜巨碗矗立在场地中央，里边盛满了油，几根灯芯从碗的边缘垂下，有人过来点上了火。在演员的帐篷边，火炬摇曳着。

靠近了听，鼓声震耳欲聋，仿佛有一种摄人心魄的魔力，它那复杂而有力的节奏充满魅惑。午夜将近，祈祷的唱咏开始随鼓点起落，编织出一张包裹住人们感官的大网。

觉者和他的僧侣们来了，黄袍在火光的映衬下几乎化为橘红，他们的出现让众人感到一丝短暂的平静。然而僧人们只是摘下僧帽，盘腿在地上坐下。过了一会儿，观众的心中便再次填满了唱咏与鼓点。

舞者出场时没有掌声，只有全神贯注的目光。他们妆容浓艳，脚踝上的铜铃随着舞步叮当作响。除了学习卡塔卡里舞世代流传的舞姿，舞者们还自幼接受杂技训练，能用九种不同的方式转动颈项和眼球，摆出上百种不同的手势。靠着这些，他们便能重现爱与战的古老史诗，重现神与魔的较量和传说中英勇的战役与血腥的背叛。舞者们一言不发地表演着罗摩和潘达瓦兄弟的卓越事迹，乐师们则大声喊出台词。舞者的脸上涂着绿与红或黑与白的油彩，他们在场地中移动，衣裙的下摆翻滚着，闪闪发亮的冠状头饰反射着灯火。油灯时不时猛地闪亮，或是火星四溅，仿佛一道神圣的抑或不洁的光在他们的头顶形成光环，让人完全忘却了典礼的意义。一时间，观众感到自己不过是世上的幻影，而那些跳着巨人之舞的高大身影才是唯一的真实。

舞蹈将持续到拂晓时分，以日出作为结束。不过，日出之前，一个身着藏红花色僧袍的人从阿兰邸方向赶来，穿过人群，在觉者耳边说了些什么。

佛陀准备起身，但似乎经过重新考虑，又坐了下来。他对来人说了几句，对方点点头，离开了祭典的场地。

佛陀没有显露出丝毫烦躁，把注意力转回舞蹈上。坐在他身旁的一个僧人发现他不断以手指敲击地面，于是认定觉者正打着拍子，因为谁都知道，缺乏耐心这样的品性是与他无缘的。

舞蹈结束了，在世界的东边，太阳苏利耶把天穹染成了粉红色。刚刚过去的一晚仿佛一场紧张而可怖的梦，将众人俘虏，直到现在才释放这些疲乏不堪的观众，让他们在白昼中徘徊。

佛陀和他的追随者立刻朝阿兰邸方向走去。他们没有在中途停下休息，只是以急促而不失庄重的步伐穿过小城。

回到紫树林后，佛陀吩咐僧侣们好好休息，随后独自走向了树林深处的一间小凉亭。

演出时前来报信的僧人正坐在凉亭里，照料自己在沼泽中发现的旅行者。这位僧人常去沼泽地区，在那里他可以更好地冥想，冥想死后自己这具皮囊腐臭的样子。

如来仔细打量躺在草席上的男子。他嘴唇很薄，不带一丝血色；高高的额头，高高的颧骨，灰白的眉毛，尖尖的耳朵；如来寻思着，等他睁开眼睛，想必会露出浅灰色或者淡蓝色的瞳孔。他失去意识的身体带着种——半透明的？——也许是脆弱的味道，一部分大概是由这折磨人的高烧引起的，但不能完全归咎于疾病。如来拿起原本缠在此人前臂上的东西，眼前的小个子男人不像是会用这东西的人。相反，第一眼看去他似乎年事已高。如果有人再仔细看看他，一定会发现他满头的白发和瘦小的身体其实与年龄无关，进而惊讶于他身上流露出的些许孩子气。看着他的脸，如来怀疑他甚至无须时常修剪胡须。在他的面颊和嘴角间，一道淘气的小皱纹似乎隐约可见，但那也可能只是错觉而已。

只有迦梨女神的御用行刑人才会使用深红色喉索。如来将它拿在手中，抚摩着那柔滑的表面，它像蛇一般从他掌中滑过，稍稍带些黏性。它本该以这种方式围住佛陀自己的脖子，对此他毫不怀疑。几乎是下意识地，他扭动双手，做出一个缠勒的动作。

一旁的僧人瞪大眼睛注视着他的一举一动，他抬起头，沉着地微微一笑，随手把喉索放下。僧人拿起一块湿布，抹去了病人苍白额头上的汗水。

湿布接触到额头时，草席上的人一阵痉挛，眼睛也猛地睁开了。高烧让他的眼中尽是狂乱，他其实并没有看见任何东西，然而这目光却让如来震撼。

深色的眼珠，深得如同黑玉一般，谁也无法分清哪里是瞳孔，哪里是虹膜。如此脆弱而精疲力竭的身体中却隐藏着一双如此有力的眼睛，这样的组合使人莫名地感到不安。

他伸出手去拍拍对方的双手，感觉就像是在抚摩钢铁，冰凉而坚硬。他用指甲使劲刮过对方的右手背，指甲像刮过一块玻璃似的，毫无阻碍地滑开去，没有出现任何抓伤或刮痕。他用力挤压那人的指甲盖，颜色并未突然改变。这双手似乎早已死去，或者根本就只是机器。

他继续着自己的检查。这种现象在手腕之上的某个地方消失了，然后又出现在别处。对方的双手、胸部、腹部、脖子和后背的某些部位都被死亡之浴浸泡过，坚不可摧。当然，全身浸泡将是致命的，现在看来，此人以自己的部分触觉为代价，换来了隐形的金属护手、胸甲、护喉和护背。这人确实是那位可怕的女神精心挑选的杀手。

佛陀问："还有谁知道这个人在这儿？"

"僧人悉摩哈，"对方答道，"是他帮我把病人送过来的。"

"他有没有看见，"如来用眼神指指那条深红色的喉索，"那东西？"

僧人点了点头。

"那么你去找他。立刻带他来见我。告诉其他人，有个朝圣者病了，我们将让他在这里休养，其余什么也别说。从现在起，他由我亲自护理，我会帮他恢复健康的。"

"是，世尊。"

僧人匆匆走出了凉亭。

如来在草席旁坐下，等待着。

过了两天，热度终于退去，神志又回到了那双深色的眸子里。不过，在这两天之中，任何经过凉亭的人都会听见觉者不停地低声说着些什么，仿佛是在同睡梦中的病人交谈。病人自己也时不时地大声说上几句，含含糊糊的。发烧的人总是如此。

第二天，他突然睁开了眼睛，直直地盯着天花板，随后又皱起眉毛，把头转向侧面。

"早安，罹得。"如来道。

"你是……"出乎佛陀的意料，罹得竟有一副浑厚的男中音。

"教导解脱之道的人。"

"佛陀？"

"别人是这样称呼我的。"

"如来？"

"是的，这也是他们给我起的名字之一。"

罹得试图站起身来，没有成功，于是重新躺下。他的双眼一刻也没有离开过对方那带着安详神情的脸。最后，他问道："你怎么会知道我的名字？"

　　"你在发烧的时候说了不少话。"

　　"是的，我病得很重，肯定一直在胡言乱语。是那片该死的沼泽地让我着了凉。"

　　如来微笑道："生病的时候无人照料，这也是孤身旅行的缺点之一。"

　　"是的。"罹得一面表示赞同，一面闭上眼，他的呼吸变得舒缓起来。

　　如来依然跏趺而坐，他等待着。

　　罹得再次醒来时，夜幕已经降临。"我渴。"他说。

　　如来把水递给他。"饿吗？"

　　"不，现在不要。我的胃受不了。"

　　他抬起上半身，用胳膊肘撑住身体，盯着照料自己的人。过了一会儿，他重新在草席上躺下："你就是那个人。"

　　"是的。"对方回答道。

　　"你准备怎么做？"

　　"等你饿了就给你些食物。"

　　"我是说，在那之后。"

　　"在你睡觉时守着你，免得热度再升上去。"

　　"我问的不是这个。"

　　"我知道。"

"等我吃过，休息过，力量恢复之后——那时你会怎么做？"

如来微笑着从袍子下的什么地方拿出那条光滑的喉索。"不做什么，"他答道，"我什么也不会做。"他将喉索挂在罹得肩上，然后把手缩了回去。

对方摇摇头，向后一靠。他抬起手来，顺着喉索向下滑动，将它缠绕在指间和手腕上，轻轻地抚摩着。

过了好一会儿，他开口道："这是神圣的。"

"看来的确如此。"

"你知道它的用途，还有它的目的吗？"

"当然。"

"那你为什么不采取行动？"

"我无须奔忙，也不必行动。一切都会汇集到我身边。如果有什么事情需要完成，行动的人也是你，而不是我。"

"我不明白。"

"这我也知道。"

那人盯着天花板上的阴影。他宣布说："现在我要试着吃些东西。"

如来递给他肉汤和面包，他努力把它们咽了下去。之后他又喝了些水。做完这一切，他的呼吸变得沉重起来。

"你冒犯了天庭。"

"这我知道。"

"你还夺走了一位女神的荣耀，她原本在这里拥有至高无上的地位。"

"我知道。"

"可是你救了我的命，而且我还吃了你的面包……"

佛陀没有回答。

"为了这个，我必须背弃一个最为神圣的誓言，"罹得说完那个句子，"我不能杀死你，如来。"

"如此说来，我救了你的命，而这件事又救了我的命。我们就算扯平了，如何？"

罹得一声轻笑："那好吧。"

"既然你已经放弃了自己的任务，接下来你准备做些什么？"

"我不知道。我的罪孽太过深重，已经不可能回去。现在我也冒犯了天庭，女神再不会聆听我的祈祷。我辜负了她。"

"那就留下。至少有人同你一道遭受永罚。"

"很好，"罹得接受了提议，"反正我已经一无所有。"

他再度进入梦乡，佛陀笑了。

祭典仍在继续。之后的几天，觉者向来到树林中的人们说法。他谈到万物的合一不分大小，谈到因缘之法、生与死、世界的虚幻和灵魂的火花，谈到舍弃自我、与万有合一的解脱之道；他还向众人讲解觉与悟，把婆罗门的那套仪式比作没有内容的空壳，告诉人们那毫无意义。很多人听了，有些人则听进去了，其中一些还穿上了追寻真理之人那藏红花色的僧袍。

每次说法时，那个叫罹得的男人都坐在附近。他穿着自己那一袭黑衣，披着满身的皮甲，视线时刻停留在觉者的身上。

两周之后的一天，天人师正在林中漫步、冥想，罹得过来同他并肩往前走。过了一会儿，他开口道："觉者，我聆听了你的教诲，非常用心。对于你的话，我想了很多。"

对方点了点头。

"我一直是个虔诚的信徒，"他说，"否则也不会被选中从事我过去的职业。发现不可能完成任务时，我感到极度的空虚。我辜负了我的女神，生命对于我也就失去了意义。"

佛陀静静地听着。

"但是我听到了你的教诲，"他说，"它们让我的内心充满了喜乐。它们向我展示了另一条通往救赎的路，比我过去所遵循的更为优越。"

佛陀观察着罹得说话时的神情。

"你所说的舍弃十分严格，我感到它是善的，它符合我的需要。因此，请你准许我加入这个追寻真理的团体，追随你的道路。"

"你是否确定，"觉者问，"你并不只是为了任务的失败，或者说自己的罪过而良心不安，想要惩罚自己呢？"

"对此我非常肯定，"罹得道，"我将你的话放在心中，我察觉到它们蕴含的真理。在我为女神效力时，死在我手中的人多过那片林中的紫色叶片——还不包括女人和孩子。我听过太多的话语，不同的人，不同的腔调——哀求、争论、诅咒，所以我不会轻易被言语所影响。但你的话打动了我，它们远比婆罗门的教导优越。我乐于成为你的行刑者，用一根藏红花色的喉索——或者刀、矛，或用我的双手，因为我花了三辈子的时间学习，精通各种武器——为你解决你的敌人，但我知道这不是你的行事之道。对你而言，生死原为一体，你也并不试图毁灭你的敌人。所以我要求加入你的宗派。这对我并不像对其他人那样困难。你们要求放弃家庭和亲人、出身和财产，而我从未拥有过这些东西。你们要求放弃个人的意志，而我早已这样做了。现在我所缺少的不过是一身黄衣而已。"

"它属于你了，"如来说，"还有我的祝福。"

罹得穿上了佛教僧人的袍子，开始斋戒、冥想。一周之后，祭典已近尾声，他也拿起了自己的乞钵，同其他僧人一同去了阿兰邸。不过，他并没有与他们一起回到林中。白昼化为蔼蔼暮色，最后黑夜完全笼罩了大地，寺院的纳迦丝瓦拉吹过最后一次，许多旅行者也已经离开了祭典。

觉者在林中漫步，冥想了许久。最后，他也不见了踪影。

阿兰邸，头顶是潜伏的山石，四周布满蓝绿色的农田；阿兰邸，仍然充斥着激动的旅行者，他们中的许多人正处于狂欢的顶点。佛陀从背靠沼泽的紫色树林走向它，走上它的街道，来到它小丘上的神庙。

他走进第一层庭院，那里悄无声息。狗、孩子和乞丐都已经离开。司祭们正在熟睡。神庙的一位执事坐在市场里一张长凳上打着瞌睡。大多数神龛都空了，雕像已经搬进内院。在尚未搬走的几座雕像前，有人正做着晚祷。

他进入内院。在格涅沙的神龛前，一个苦行者端坐于祈祷的垫子上，一动不动，似乎他本人也成了一尊塑像。庭院的四角各点着一盏油灯，它们最主要的功能便是突出了落在大部分神龛上的阴影。在有的雕像上，许愿的灯火投下了些许微光。

如来穿过庭院，来到迦梨女神高大的身影前。女神脚下闪烁着一盏小灯，她注视着眼前的男人，唇边的笑容那样完美而生动。

一根深红色喉索就挂在她伸出的那只手上，并在她手中的匕首尖处打了个结。

如来回敬了她的笑容，那一刻，她几乎像是皱起了眉头。

"这是封辞职信，亲爱的，"他说，"这个回合你输了。"

她似乎点了点头。

"在如此短暂的时间内获得这样多的认可，我感到非常满意，"他接着说道，"不过，即使你的计划成功了，老姑娘，它对你也不会有什么好处。已经太晚了。我所启动的事业不可逆转，有许许多多的人听到了古老的教诲。你曾以为那教导早已消亡，我也一样。但我们都错了。被你们利用作为统治工具的宗教非常古老，女神，但我的抗辩同样来自一个历史悠久的传统。所以你可以叫我新教徒，还有，记住这点——现在我已不只是个凡人了。晚安。"

他离开了神庙和迦梨的神龛，阎摩的视线一直钉在他后背上。

奇迹出现在许多个月之后，当它真的出现时，谁也没把它视作奇迹，因为它是在众人之中渐渐生长起来的。

罹得与吹过大陆的春风一同来到这里，那时，他长着雪白的眉毛、尖尖的耳朵，臂上缠绕着死亡，眼中燃烧着黑色的火焰。后来春天逝去，漫漫的夏日在诸神之桥下卷起热浪。一个午后，罹得开口了，他用自己那让人意外的男中音回答了某位旅者的一个问题。

那人提出了第二个问题，接着是第三个。

他继续说着，几个僧人和朝圣者聚拢到他身边来。

所有人都向他寻求解答，答案越来越长，因为它们渐渐变成了隐喻、例子和寓言。

随后，大家都在他脚边坐下，他黑色的眼睛仿佛两汪奇异的深潭，他的声音宛若天籁，清晰而柔和，优美而使人信服。

他们听完，然后继续自己的旅程，又在途中将所见所闻告诉了其他旅者，于是，在夏天结束之前，前往紫树林的朝圣者也开始求见佛陀的这位弟子，开始聆听他的教言了。

如来与他一同说法。他们一同讲授八正道的道理，讲授涅槃的荣光，讲授世界之虚幻和它强加在众人身上的锁链。

有时，甚至那位声音轻柔的如来也会倾听自己弟子的言语。他所讲的一切罹得早已融会贯通，在长久的思索之后，罹得仿佛找到了通向隐秘之海的那扇门，他把自己钢铁般坚硬的双手浸入水中，随后将真与美洒在了听者的头上。

夏天过去了。现在谁也不会怀疑，世上出现了两位觉悟者：如来和他的小个子弟子，人们叫他善逝。甚至有人说善逝是位愈者，当他的眼睛发出奇异的光彩，他冰凉的双手抚过一只扭曲的手臂，那手臂就重又变得笔直。还有人说，在聆听他说法时，一个盲人竟突然重见光明。

善逝相信两样东西：解脱之道，还有佛祖如来。

"世尊，"一天，他对佛陀说，"在你教给我真如之道前，我的生命全是空虚。在你开始教导他人之前，当你觉悟的时候，是否感到自己像是燃烧的火焰、怒吼的河水，感到自己无处不在，变成了万有的一部分——云和树、动物和森林、每个人、山顶的积雪和原野上的枯骨？"

"是的。"如来道。

116

"现在，我也能体会到万物的喜乐。"

"是的，我知道。"

"你曾说过，一切都会汇集到你身边，我终于明白了。你给这世界带来了怎样一种教义啊——我明白诸神为何如此忌妒了。可怜的神明！他们实在值得同情。可是这些你都知道。你洞悉一切。"

如来没有回答。

春风再次吹过大陆，自从第二位佛陀来到阿兰邸，已经过去了整整一年。一天，空中传来了令人胆寒的鸣叫。

阿兰邸的居民们涌上街头，望着天空。田里的首陀罗放下手中的活，抬头往上看。小丘上的神庙中突然一片寂静。城后的树林里，僧人们也转过头去。

它在空中漫步，这是为了御风而生的生物……它从北方来——绿色和红色，黄色和棕色……它的滑翔宛如舞蹈，空气于它就是平坦的大道……

又是一声尖叫，巨大的羽翼拍打着，将它送上云端，成为一个小小的黑点。

接着，它一个俯冲，像流星般猛烈地燃烧，一身的色彩都在闪耀，发出刺目的光芒。它的身形越来越大，任谁也无法相信，有什么生物竟如此巨大，如此迅捷，如此华美……

半是灵，半是鸟，那是让日月暗淡无光的传奇。

毗湿奴的坐骑，它的喙能撕裂战车。

大鹏金翅鸟在阿兰邸上空盘旋。

它盘旋着，随后消失在城外的那片山石之后。

"金翅鸟！"这个词穿过小城，传遍农田、神庙和树林。

如果金翅鸟不是在独自飞行……人人都知道，它只有神灵才能驾驭。

一片寂静。在尖厉的鸣叫声、雷鸣般的羽翼声响起之后，人们自然而然地压低了声音。

觉者站在林前的小路上，僧人们在他周围来来往往，眼睛都看向山石的方向。

善逝到他身边站定。"仅仅是在一个春天之前……"他说。

如来点点头。

"罹得失败了，"善逝道，"天庭会送来什么新花样呢？"

佛陀耸了耸肩。

"我为你担心，我的老师，"他说，"在我的一生中，你是我唯一的朋友。你的教导给了我安宁。为什么他们不能放过你？你是所有人中最无害的，你的教义也最温和。你对他们能有什么害处呢？"

对方转身背对他。

这时，金翅鸟扇动那对巨大的翅膀，张开嘴尖啸一声，再次飞到了小丘之上。这一次，它没有在阿兰邸上空盘旋，而是爬升到极高处，振翅往北去了。它的速度快如闪电，眨眼间就不见了踪影。

善逝推测道："乘金翅鸟而来的那位留下了。"

佛陀走进了树林。

他从山石背后走来。

山石中有一条小径，他沿着这条小径前行，红色的皮靴落在石头上，悄无声息。

前方传来潺潺的水声，一条小溪阻断了他的去路。他一抬肩膀，把血红色的斗篷撩到身后，接着朝小径上的一个拐角走去，弯刀上的红宝石在深红色的腰带上闪闪发光。

绕过这个山石形成的弯角，他突然停住了脚步。

有人正等在通往小溪对岸的圆木旁。

他一眯眼睛，继续前进。

站在那儿的是个小个子男人，一袭朝圣者常穿的黑衣，一把弯曲的钢铁短刀在腰带上闪着光。此人头上只剩下一小撮白发，其余地方都剃得很干净。在他深色的双眼上方是两道白色的眉毛，他肤色苍白，耳朵似乎尖尖的。

旅行者抬起手问候道："午安，朝圣者。"

那人没有回答，只是站到那条架在小溪上的圆木前，阻住了他的去路。

"请原谅，亲爱的朝圣者，可我正准备过去，你挡在那里，我该怎么走呢。"

"如果你以为自己能过去，阎摩大人，那你就错了。"

红衣男人微微一笑，露出一排整齐而洁白的牙齿。"能被人认出来总是令我心情愉快，"他承认，"即使除了我的身份之外，此人所说的其他全部内容都不会成真。"

黑衣男人说："我对口舌之争毫无兴趣。"

"哦？"对方一挑眉，夸张地摆出探究的表情，"那你要用什么来争呢，先生？总不会是那片弯弯曲曲的破铜烂铁吧？"

"正是它。"

"一开始我还以为那是野蛮人用的祈祷棍，因为据说这个地区到处都是稀奇古怪的邪教和原始教派。刚才我当你也是哪种迷信的信徒呢。可是，假如像你所说的那样，这确实是某种武器，那么相信你对它的用法已经很熟悉了？"

"差不多。"对方答道。

"很好，"阎摩道，"我可不喜欢杀掉一个不知道自己在干什么的家伙。不过我还是感到有责任提醒你，等站在至高者面前接受审判时，你是会被算作自杀的。"

对方脸上露出一丝笑意。

"只等你做好准备，死神，我随时可以帮你的灵魂脱离肉体的束缚。"

"那么还剩下最后一件事，"阎摩说，"然后我会很快结束这次谈话。说出你的名字，好让司祭们知道自己是在为谁举行葬礼。"

"就在不久前，我刚刚放弃了自己的最后一个名字，"对方回答道，"为此，迦梨的配偶只好死在一个无名之人的手上。"

"罹得，你是个傻瓜。"阎摩说着拔出了自己的弯刀。

黑衣男人也将短剑拿在手里。

"连名字也没有的死亡，这于你再合适不过了。你背叛了自己的女神。"

"生活中充满了背叛，"在攻击前，罹得最后一次回答道，"当我以这种方式对抗你，也就背叛了我新主人的教诲。但我必须倾听内心的声音。因此，对我而言，过去和现在的名字都已不再适合——所以不要用任何名字称呼我！"

话音刚落，他的短剑便像火焰般四处游走，呼啸着，燃烧着。

阎摩在这样猛烈的攻势前一步步地后退，仅仅运用手腕的动作挡开四处落下的攻击。

接着，他在第十步时站稳了脚跟，不肯再退却半步。他防守的动作只稍稍加大了一点点，但他的还击却变得更加突然，其间还夹杂着佯攻和出乎对手意料的攻击。

刀光剑影中，两人都汗如雨下。渐渐地，阎摩开始主导进攻。他逼迫自己的对手不断退却。终于一步步夺回了自己后退的那十步距离。

两人再次回到起点，阎摩在金属的撞击声中称赞道："学得不错，罹得！甚至比我想象中还要好！祝贺你！"

乘他说话的当口，他的对手挥动短剑，接连做了两次假动作，最后成功地在他肩上划出一道浅浅的伤口。血从伤口中渗出来，立刻与衣服的颜色融为一体。

阎摩在中剑后向前猛地一跃，突破对方的防守，一刀砍在罹得的脖子上，这一击几乎足以砍下他的头来。

黑衣男人重新摆好防守的姿势，他晃了晃头，挡住了阎摩的下一击，向前一个突刺，自己也被挡了下来。

"这么说，死亡之浴护住了你的喉咙，"阎摩道，"那么，我会到别处寻找入口。"说着，他往对手的下盘攻去，手中的弯刀吟唱着战歌，节奏越来越快。

阎摩释放出弯刀的全部能量，那是好几个世纪的积淀和多少年的修习。然而罹得挡住了所有的攻击，他防守的动作幅度越来越大，后退的速度也越来越快，可仍然竭力使对手无法近身；他一面退却一面设法反击。

他一路后退，直到自己背靠小溪。这时阎摩放慢速度评价道：

"半个世纪之前，"他说，"你曾是我的学生，虽然时间不长，但我对自己说：'这个人拥有成为宗师的潜质。'我没有看错，罹得。在我所能记得的所有时代中，你也许是人类里最伟大的剑客。看到如此的技艺，我几乎可以原谅你背教的行为。真是遗憾……"

这时，他假装攻向对方的胸口，却在最后一秒钟绕过罹得的防守，刀锋上指，切中了他的手腕。

黑衣男人往后一跃，拼命抵挡住阎摩的进攻，然后一剑刺向对方的头部，这使他得以在圆木前端站稳脚跟，现在，他的身后就是裂缝下的溪流。

"你的手也是，罹得！真的，女神的保护实在慷慨。试试这个！"

两人的武器相交，发出尖锐的声响，阎摩把短刀一转，划伤了对手的二头肌。

"啊哈！这儿有一处她漏掉了！"他喊道，"让我们再试试别的地方！"

刀剑相撞又分开，佯攻、突刺、防守、还击。

阎摩以一次反击挡住了对方精心策划的攻势，他的弯刀比对手的短剑更长，这次罹得的前臂上又出现了斑斑血迹。

黑衣男人一面朝对方的头部猛力一刺，一面退上了圆木。阎摩挡开了这一击，随后，他更加凶猛的反击迫使罹得退到了圆木中央，阎摩乘机踢向圆木的侧面。

罢得往后一跃，落到了对岸。他的双脚刚一着地，就像阎摩那样踢动了圆木。

阎摩还没来得及踏上圆木，它就滚动起来，接着脱离了河岸的支撑，向小溪坠落。它在水中上下晃动一番，随水流朝西边去了。

"这一跳不过七八尺而已，来啊！阎摩！"

死神笑了。"趁着还有机会，赶紧喘上几口气吧，"他说，"在神赐予的所有礼物中，空气最是乏人欣赏。无论国王还是乞丐，伟人还是猫狗，谁都离不开它，然而却没有任何人歌唱它，赞颂我们的好空气。可是，哦，如果没有它！把每一口气都当作最后一口来享受吧，罢得——因为你的最后一口气已经离你不远了！"

"人们说你在这类事情上充满智慧，阎摩，"那个被称作罢得和善逝的人说道，"人们说你是一位神灵，死亡就是你的国度，你的见地远超凡人。那么，在我们站着无所事事的时候，希望你回答我的问题。"

先前，阎摩对对手的每句话都报以嘲讽的笑容，然而这次他没有笑。因为这句话里带着一丝宗教仪式的意味。

"你希望知道些什么？作为死前的恩惠，我将解答你一个问题。"

于是，那个人称罢得和善逝的人以《羯陀奥义书》中的古老文字吟唱起来："'人死之后是何模样，众人争论不休。有人说他依旧存在。有人说他已然消逝。这便是我想要知道的事情，请你教给我。'"

阎摩也以古老的文字回答道："'关于这个问题，诸神也同样疑惑。这的确不易理解，只因灵魂的性质太过微妙。另找一个问题。

将我从这誓言中解放。'"

"'原谅我，可这便是我心中最紧要的问题，哦，死神，像你这样的老师再也没有第二个，且此时此地，再无其他的恩惠更令我心动。'"

"'留下你的性命，速速离开，'"阎摩重新将弯刀插入腰带中，"'我饶你不死。儿女与子孙，大象、马匹、牛群和黄金，别的恩惠任你挑选——美人、战车还有乐器，我赐予你这一切，它们将侍奉你。只是不要问我死亡。'"

"'哦，死神，'"罹得唱道，"'所有这一切，明日便会消亡。留下你的女人、马匹、舞蹈和音乐。除了我所求的，什么也无法打动我——告诉我，哦，死神，生命之后究竟如何，那让人神困惑的究竟是什么。'"

阎摩站在原地，纹丝不动，他没有继续吟唱那首诗歌。"很好，罹得，"他直视着对方的双眼道，"但这不是语言所能表述的。我只能将它展现在你的眼前。"

有一会儿工夫，他们就这样站着。黑衣男人的身体摇晃起来。他伸出手臂挡在脸上，遮住了双眼，一声呜咽从喉咙里传出。

这时，阎摩扯下肩上斗篷，将它像一张网般撒向了小溪对岸。

斗篷的边缘很重，正是为这样的情况专门准备的。这张网落到了对手的身上。

黑衣男人挣扎着，他听到了快速的脚步声，然后随着砰的一声，阎摩血红色的靴子落在了罹得所在的一侧。他甩开斗篷，摆好防御，挡住了阎摩新一轮的攻击。在他身后，地面向上倾斜，他一路后退，直到地势变得陡峭起来，这时，阎摩的头部几乎与他的腰带齐平了。他的攻击纷纷落下，阎摩缓缓地向前逼近。

"死神，死神，"他唱道，"原谅我这个无礼的问题，请告诉我，刚才的一切并非谎言。"

"很快你就会知道。"说着，阎摩一刀砍向他的双腿。

换了别人，阎摩的下一击会将他斩断，劈开他的心脏。然而刀锋却从罹得的胸部滑开了。

等他们来到一个泥土松软的地方，小个子男人开始一脚又一脚地朝地面踹去，泥土和沙砾如大雨般砸向对手。阎摩用左手遮住双眼，可随后大块大块的石头也开始落下。这些石头滚落下来，有几块到了他的脚边，使他失去平衡，他摔了一跤，顺着斜坡向下滑去。于是他的对手把注意力集中在那些沉重的石块上，他甚至踢下一大块岩石，然后高举短剑，跟着它冲了过来。

阎摩知道自己不可能及时站稳脚跟，挡住对手的进攻，于是他就地一滚，朝小溪滑了回去。他总算在裂缝边刹住，可那块大石头正向他袭来，他用双手一撑地面，竭力闪开，弯刀却坠入了下边的溪流中。

他踉踉跄跄地矮身往前一跃，同时拔出自己的匕首，并设法以这把匕首挡住了对方的凌空一击。岩石落入了小溪中。

接着，他的左手迅速抓住了对方的右手腕——那是对方持剑的手。他以匕首猛地朝上一削，感到自己的手腕也被牢牢扭住。

他们就这样站着，双方的力量锁在一起，直到阎摩坐到地上，往旁边一滚，将对手抛了出去。

两人仍然扭着对方，那一抛的力道让他们继续滚动。裂缝的边缘出现在他们身边，然后到了他们的身下、他们的上方。他感到匕首撞在溪底，脱出手去。

他们再次浮到水面上，大口喘着粗气，双方的手中都只剩下了溪水。

"该进行最后的洗礼了。"阎摩左手握拳，朝对手猛力一击。

罹得挡住他的拳头，同时回敬了他一拳。

他们在水中朝左边移动，直到双脚触到了岩石。两人一面格斗，一面沿着溪流在水中跋涉。

随着他们移动脚步，小溪渐渐变宽，变浅，最后水降到他们的腰部附近。在有的地方，岸边与水面的距离也不那么远了。

阎摩的拳头和手刀一次次打在罹得身上，却仿佛在攻击一尊石像，迦梨曾经的御用行刑人面无表情地接受了所有的打击，而当他握起拳头回敬对手时，那力量足以击碎骨头。在大多数时候，他的攻击要么被溪水减慢了速度，要么被阎摩格开了，但其中一击打在了对手的胸腔和髋骨之间，还有一击擦过左肩，弹到了脸颊上。

阎摩往后一跃，用仰泳的姿势朝浅水处游去。

罹得跟着猛扑上去，只见红色的靴子一闪，阎摩一脚踹在他的上腹部。尽管他的那个部位刀枪不入，仍被这一脚的力量蹬得飞了起来，越过阎摩的头部，背朝下落在一片页岩上。

阎摩跪着直起身，转向罹得，这时，罹得已经站住脚，从腰带上拔出一把匕首来。他弯下腰，脸上仍然没有丝毫表情。

有一会儿，两人目光相交了，但这次罹得并没有退让。

"现在我能面对你的死亡之眼了，阎摩，"他说道，"并且不会被它吓退。你是个优秀的老师！"

就在他往前冲时，阎摩将手从腰间抬起，湿漉漉的腰带像鞭子似的挥向对方的大腿。

他缠住了罹得，使他往前摔倒，匕首也丢了。阎摩将他拉向自己，随后一蹬腿，把两人重新带回了深水中。

"无人歌颂气息，"阎摩道，"可是，哦，如果没有它！"

他带着对方往下一跃，双臂如铁圈一般环住了罹得的身体。

之后，过了许久，一个湿淋淋的身影出现在岸边，他气喘吁吁地轻声说道："在我能记起的岁月中——你是——我所有对手中——最强的……真是可惜……"

说完，他蹚到对岸，继续行进于山石之中。

旅行者进入阿兰邸小城，在经过的第一家旅店停下脚步。他要了一间房和一浴缸热水，在仆人清理他的衣物时泡了个澡。

晚饭前，他来到窗边俯瞰街道。蜥蛇的气味弥漫在空气中，鼎沸的人声从街面向上升腾。

人们陆续离开。在他身后的院子里，一支准备明早起程的车队正在忙碌。这个夜晚标志着春季祭典的结束。在他窗下的街道上，商人们还在做买卖，母亲们正抚慰疲倦的孩子，当地的一位王子和他的手下刚刚狩猎归来，两只火禽被捆在蜥蛇滑溜溜的背上。他看见一个满脸倦意的妓女同一个司祭商量着什么，司祭似乎比妓女还要疲惫不堪，只顾不断摇头，最后走开了。一轮月亮高高地悬在空中——透过诸神之桥看去，它呈现出美丽的金色——第二轮月亮比第一个稍小，也已经出现在地平线上。夜晚的空气中有一丝清凉的刺痛感，盖过城市的气味，带来了春季万物生长的气息——细小的嫩芽，柔弱的小草，潮湿的泥土和奔流的河水，还有蓝绿色春小麦那清新的味道。把身体稍稍前倾，他还能望见小丘上的神庙。

他叫来一个仆人，要他把晚餐送到自己房间，再去找一个当地的商人。

他用餐的速度很慢，对食物也不怎么在意，等他吃完后，商人被带了进来。

那人的斗篷里挂满了样品，最后他终于选中一把长长的弯刀和一把短小笔直的匕首。这两样东西都被他插进了腰带里。

他步入夜色中，走上了小城那条印满车辙的主路。情人在门前拥抱，一幢房子里，哀悼者正为某个刚刚逝世的人失声痛哭。一个乞丐一瘸一拐地跟在他身后走过了半条街，直到他转过身去，看着对方的眼睛说道："你不是瘸子。"那人赶忙走开，混入了经过附近的一群人当中。头顶，烟花正在空中绽放，将长长的樱桃色光芒洒向地面。从神庙中传来葫芦号奏响的纳迦丝瓦拉音乐。一个男人从一扇门里跌跌撞撞地走过来，与他擦身而过，他感到对方的手摸到了自己的钱夹，于是捏断了他的手腕。那人大声咒骂着招呼同伴，他将对方推进一条排水沟里，只用一道幽暗的目光就把那人的两个同伙吓得落荒而逃。

他终于来到了神庙门前。阎摩微一迟疑，然后走了进去。

一位司祭正将外院神龛里的一尊石像搬进内院，阎摩跟在他身后进了第二层庭院。

他稍稍环视四周，很快朝女神迦梨雕像所在的位置走去。他长时间地注视着她，最后拔出自己的弯刀放在她脚下。等他重又拿起刀，转过身来，发现刚才的司祭正望着自己。他朝那人点点头，对方立刻走近他身旁，祝他晚安。

"晚上好，司祭。"他回答道。

"愿迦梨赐福给你的武器，战士。"

"谢谢，她已经这么做了。"

司祭微笑起来。"听你的口气，似乎对此非常肯定。"

"而这样想简直就是傲慢至极，对吗？"

"唔，大概不能算是非常得体。"

"无论如何，在凝视她的神龛时，我能感到她的力量充满了我。"

司祭哆嗦了一下。"我是神职人员，"他说，"可对我而言，如果没有这种力量的感觉，或许会更好些。"

"你畏惧她的力量吗？"

"这么说吧，"司祭道，"尽管迦梨的神龛如此宏伟，然而大多数人却宁愿敬礼那些更加温和的女神——例如拉克西米、萨拉斯瓦蒂、夏克蒂、西塔娜和拉特莉。"

"但她比所有这些神祇都更伟大。"

"也更可怕。"

"那又如何？虽然她有强大的力量，但她并非一位不公正的女神。"

司祭微微一笑。"无论什么人，只要活上二十来年，谁还会想要正义呢，战士？对我而言，仁慈的吸引力显然大多了。仁慈的神祇鄙人随时欢迎。"

"这也不无道理，"阎摩道，"但正如你所说，我是一个战士，我的天性正好与她相近。女神和我，我们的思维是那样一致。总的来说，我俩在大多数问题上都能达成共识，假如发生分歧，我总不忘记她同时也是女人。"

"我在这里生活，"司祭道，"可我从不以如此亲昵的语气谈论由我照料的神祇们。"

"你是指在公共场合吧，"阎摩说，"别跟我说什么司祭了。我同你们中的很多人喝过酒，你们和其他人没什么两样，都是些亵渎神明的人。"

"做什么事都得分清时间地点。"司祭回头瞟了一眼迦梨的雕像。

"是啊，是啊。现在告诉我，阎摩的神龛上满是尘土，为什么最近没有打扫？"

"昨天才刚清理过，可从那时到现在已有太多人经过那里，所以看起来像是久未整理似的。"

阎摩笑了。"那么为什么他脚下既没有供品，也没有残留的祭献呢？"

"没人献花给死神，"司祭答道，"他们只是过来看看，然后就离开了。我们这些司祭一致认为，这两尊雕像的位置非常合适。他们真是可怕的一对啊，不是吗？死神与毁灭女神。"

"威力无边的组合，"阎摩道，"但你刚才是说没人向阎摩献祭吗？一个也没有？"

"我们司祭会在供奉历上标明的日子献上祭品，偶尔还会有一个城里人，在爱人快要死去又被拒绝赐予更新时来到这里——除此之外，我从未看见有人带着良好的意愿或爱戴之情，简简单单地、真心诚意地献祭给阎摩。"

"他必定感到受了侮辱。"

"并非如此，战士。所有的生物，它们自身不都是献给死亡的祭品吗？"

"的确，你说得没错。良好的意愿和爱戴之情对他有什么用处呢？他不需要礼物，因为他会拿走想要的一切。"

"就像迦梨，"司祭补充道，"面对这两位神祇时，我常常希望自己能找到信仰无神论的理由。不幸的是，他们在世间过于显明，让人无法有效地否认其存在。真可惜。"

战士大笑起来。"身为司祭，信仰起神灵来却是不情不愿！我喜欢这个，它挠到了我的痒处！拿着，给你自己买桶酒——当作祭献之用。"

"谢谢你，战士。我会的。来跟我喝上一小杯奠酒如何——神庙付钱？"

"以迦梨的名义，我愿意！"阎摩答道，"不过只能一小杯。"

他跟在司祭身后走进了庭院中央的建筑，他们走下楼梯，来到酒窖。司祭拿出两个大口杯，打开酒桶上的龙头。

阎摩举起了酒杯："祝你健康长寿。"

司祭道："献给你那恐怖的保护神——阎摩和迦梨。"

"谢谢你。"

两人将手中的烈酒一饮而尽，司祭又斟上两杯。"夜里冷，暖暖你的喉咙。"

"很好。"

"有些旅行者要离开了，真让人高兴，"司祭道，"他们的捐献富了神庙，不过也把我们累得够呛。"

"为朝圣者的离去干杯！"

"为朝圣者的离去干杯！"

他们喝下杯中的酒。

"我本以为大多数人都是来看佛陀的。"

"确实如此，"司祭答道，"但另一方面，他们也并不急于激怒诸神，因此在拜访那片紫色的树林前，通常都会先来神庙献祭，或者布施给神庙，为自己祈祷。"

"关于那个叫如来的人，还有他的教诲，你知道些什么？"

司祭转开了视线。"我是神灵的司祭，也是一个婆罗门，战士。我不想谈到这个人。"

"这么说，你也被他影响了？"

"够了！我已经讲得很清楚，我不愿谈论这个话题。"

"这没有关系——再过一会儿还会变得更加无足轻重。谢谢你的酒。晚安，司祭。"

"晚安，战士。愿诸神的微笑伴你左右。"

"你也一样。"

他走上楼梯，离开神庙，继续步行在小城中。

当他来到林中时，三轮月亮都已高悬在夜空之中，树木后边燃烧着一堆堆营火，小城上空，苍白的火焰仍在绽放，微风夹杂着些许湿气，正催动万物生长。

他静静地朝前走，进入林中。

他来到被火光照亮的地方，发现一排又一排纹丝不动的身影坐在地上。每个人都身穿黄袍，头戴黄色的僧帽。好几百人就这样坐着，听不到半点声响。

他朝离自己最近的那个人走去。

他说："我来见佛祖如来。"

那人似乎什么也没听见。

"他在哪儿？"

没有回应。

他弯下身，看向僧人那半开半合的双眼。他逼视着这双眼睛，然而对方仿佛在睡梦中一般，两人的眼光根本没有对上。

于是他抬高了声音，好让林子里的人都能听见。

"我来见佛祖如来，"他说，"他在哪里？"

他仿佛是在同一地的石头讲话。

"你们想这样把他藏起来吗？"他大喊道，"你们以为靠着人多势众，又全都穿着一样的衣服，我就没法从你们中间找出他来吗？"

空气中只有微风的叹息声。风从树林背后吹来，火光忽明忽暗，紫色的树木摇曳着。

他大笑起来。"你们也许是对的，"他承认道，"但是，如果你们想要活下去，就总会动弹——而我可以等上很久，同任何人一样久。"

于是，他背靠着一根粗大的蓝色树干就地坐下，弯刀横放在膝盖上。

睡意立刻笼罩了他。他的头在胸前一点一点地，最后下巴落到胸口上，打起呼噜来。

向前走，穿过一片蓝绿色的草原，小草在他身前弯下腰来，形成一条小径。小径的尽头是一株繁茂的大树，奇大无比。那不是世间的树，它以根部聚拢整个世界，树枝一直伸向宇宙，让叶片从星星中落下。

树下，一个男人盘腿坐着，唇边带着一丝微笑。他知道此人就是佛陀，于是走去站在他身前。

"你好啊，死神。"坐在树下的人头上有一圈玫瑰色的光环，在大树的阴影下散发着光彩。

阎摩没有回答，只是拔出了弯刀。

佛陀仍在微笑，阎摩上前一步，这时，他听到某种声响，像是从远处传来的音乐声。

他停下来四处打量，弯刀仍然举在手中。

护世四天王离开了须弥山，正从四方涌来：北方多闻天，身后是众夜叉，他们全身金色，胯下是黄色的战马，护盾也闪耀着黄金的光泽；南方增长天，麾下的鸠盘茶骑着蓝色的骏马，手持蓝宝石盾牌；东方持国天，他的骑士们手持珍珠护盾，一身银甲；西方广目天，手下的龙跨着血红的宝马，身着红色铠甲，珊瑚盾牌架在马前。马蹄似乎没有接触到草地，空气中唯一的声响就是那越来越近的音乐。

"护世四天王来这里做什么？"他发现自己在喃喃自语。

"他们来带走我的骸骨。"佛陀仍然微笑着。

护世四天王拉住缰绳，各自的部下在他们身后排开，阎摩转身面对他们。

"你们来带走他的骸骨，"阎摩道，"可谁又来带走你们的骸骨呢？"

四天王从马上下来。

"你不能夺走这个人，死神，"多闻天说道，"因为他属于这个世界，而我们，世界的守护者，将会守护他。"

"须弥山中的四天王啊，听我说，"阎摩聚起了法力，"你们手握守护世界之责，但死神会在他选择的时刻，从世间带走他所选中的人。你们无权过问我的神性，抑或它们作用的方式。"

四天王走到阎摩和如来之间。

"我们正是要过问你对待此人的方式，阎摩大人。因为他掌握着世界的命运。你若想动他，就必须先战胜世界的四种力量。"

"很好，"阎摩道，"哪一个先来？"

多闻天拔出金色的宝剑。"我。"

凭着法力，阎摩的弯刀像划过黄油一般切开了对方手中那柔软的金属，刀面击中天王的头部，使他仰面摔了出去。

从夜叉的阵中传来一声凄厉的叫喊，两个金色的骑士上前抬走了他们的首领。随后他们掉转马头，往北方去了。

"下一个是谁？"

持国天拿着一柄银色的长剑和一张月光织成的大网来到他面前。"我。"说着，他将网抛了出去。

阎摩一脚踏住大网，手指一拽，使对手失去了平衡。就在天王向前绊倒时，他将弯刀反转，用刀柄击中了对手的下颌。

两个银衣骑士对他怒目而视，随即又垂下眼睛。他们带走了自己的主人，一阵不和谐的乐声尾随他们而去。

"下一个！"阎摩道。

群龙那魁梧的首领走上前来，他扔掉自己的武器，脱下罩衣：

"我要与你角力，死神。"

阎摩把弯刀放在一旁，脱下自己的上衣。

在这一切发生之时，佛陀始终静坐在大树的树荫下，面带笑容，仿佛双方的争斗于他没有任何意义。

群龙的首领用左手抓住阎摩的后颈，把他的头向前拉；阎摩也是一样的动作。随后，广目天扭转身体，右臂绕过阎摩的左肩和脖子后部，抱紧他的头，使劲将它拉向自己的髋部，同时侧过身，把对方往前拽。

阎摩的手伸向广目天的后背。他用左手抓住天王的左肩，右手伸到他的膝盖后边，直起身来，使对手的两腿都离开了地面。

有一会儿工夫，他将天王像婴儿般抱在手中，随后又把对方举起到与肩同高，接着松开了双手。

他一等天王摔到地上便猛扑上去，膝盖砸向对手的身体。阎摩站起身来，他的对手却没有动弹。

从西方来的骑士们离开后，只剩下一身蓝装的增长天还立在佛陀身前。

死神再次拿起武器："你呢？"

"人们拿起钢铁、皮革和石头制成的武器，就像孩子拿起玩具一般，我不会用它们来对抗你，死神。我也不会以自己身体的力量与你一较高下，"增长天王道，"我知道，这样做我毫无胜算，因为你在武器上的造诣无人能及。"

"若你不愿战斗，"阎摩说，"那么爬上你那蓝色的牡马，离开这里。"

增长天没有回答，只是将自己的蓝色盾牌抛向空中。盾牌如蓝宝石制成的法轮般在他们头顶旋转，变得越来越大。

接着它落下来，嵌进地里。整个过程中，它没有发出任何声响，体积还不断膨胀。等它完全消失之后，那块土地上的小草又重新合拢了。

"这又是什么意思？"阎摩问。

"我不会主动与人争斗，我所做的唯有保护而已。我的能力是被动的反击。我的力量是生命，正如你的力量是死亡。哦，死神，你能毁灭任何东西，但却无法毁灭一切。我所拥有的不是剑之力，而是盾之力。生命会反抗你，阎摩大人，并且守护你的猎物。"

说完，蓝衣的天王转过身，跨上那蓝色的骏马，率领众鸠盘荼往南去了。这一次，音乐声没有随之消逝，而是在空中逗留，逡巡不去。

阎摩手持弯刀，再次上前一步。"他们的努力已付之东流，"他说，"你的死期到了。"

弯刀破空而出。

然而这一击并未命中，大树垂下一根枝条，挡在二人中间，同时击落了阎摩的弯刀。

他伸手想要拾起自己的武器，小草却将它遮掩起来，它们紧紧地合在一块儿，织成了一张牢不可破的大网。

他一面诅咒着一面拿出匕首，再次攻向对方。

一根巨大的枝条弯下腰来，斜在他的目标身前，匕首深深地插进了它的纤维里。接着，树枝朝空中一甩，把武器带到了高不可及的地方。

佛陀正闭目冥想，头顶的光环在树影中散发出柔和的光芒。

阎摩上前一步,将手伸向佛陀,可小草缠住他的脚踝,让他动弹不得。

他挣扎了一会儿,想要把它们连根拔起,小草却纹丝不动。终于,他停了下来,高高地举起双手,仰面朝向天空。死亡在他眼中跳跃。

"守护世界的力,你们听好了,"他喊道,"从今日起,这里将承受阎摩的诅咒,直到永远!任何生物都将远离这片土地!这里将化作荒芜贫瘠的岩石与流沙之地!既没有鸟的鸣叫,蛇的滑动,也没有一株草能从这里伸向天空!我敌人的守护者,现在我发出这诅咒,末日就要降临到你们身上!"

草开始枯萎,然而,在它们松开他之前,那株以树根聚拢世界,以枝叶为网、繁星为鱼的大树突然发出一声巨响,从中间断裂开来,它最高处的枝条撕裂了天空,树干在地上造出深谷,树叶如蓝绿色的雨点,在他周围纷纷落下。一大段树干向他倒下来,它的阴影如黑夜一般遮住了所有光芒。

远处,他还能看见,佛陀在静坐冥想,像是对周遭的混沌毫无察觉。

随后就只剩下一片黑暗,还有滚滚的雷声。

阎摩猛一抬头,忽地睁开了双眼。

他背靠着蓝绿色的树干坐在树林里,他的弯刀横放在膝盖上。

周围似乎没有任何不同。

在他身前,一排排的僧人还在打坐、冥想。微风依然凉爽而湿润,在它的吹拂下,火光仍旧是忽明忽暗。

阎摩站起身，不知怎的，他突然知道了自己要找的人在哪里。

他从僧人中间穿过，踏上一条通往树林深处的小径。路面十分平整，显然经常使用。

他看见一座紫色的凉亭，不过里面空无一人。

他沿着小径继续往前走，直到树林渐渐变成了原野。这里土地湿润，一阵薄雾在他周围升腾起来。不过在三轮明月的照耀下，一切依然清晰可见。

小径向下延伸，蓝色和紫色的树木变得低矮而虬结。路旁的一摊摊积水上漂浮着无数银色的鳞状残垢。沼泽的气味直往他鼻孔里钻，一簇簇灌木中，各种奇异的生物喘息着，声音此起彼伏。

从他身后远远地传来一阵歌声，他意识到那些僧人们已经醒来，正在林中活动。他们完成了自己的任务，将所有人的意识结合起来，造成一个幻象，让他以为他们的首领是不可战胜的。这吟唱或许是一个信号，一直传到——

那儿！

那是一大片空地，他就坐在空地正中的石头上，全身沐浴在月光中。

阎摩拔出弯刀，朝他走去。

在二人相距二十步时，对方转过头来。

"你好啊，死神。"

"你好，如来。"

"告诉我，你为何而来。"

"我们已经决定，佛陀必须死。"

"可是，这并没有回答我的问题。为什么你要来？"

"难道你不是佛陀吗？"

"人们称呼我佛陀、如来和觉者，还有许多其他名字。不过，对于你的问题，答案是否定的——不，我不是佛陀。你已经成功地完成了自己的任务。今天，你杀死了佛陀。"

"我得承认，我可不记得自己做过这样的事，也许我的记忆力真的大不如前了。"

"真正的佛陀名叫善逝，"对方回答道，"在那之前，他的名字是罹得。"

"罹得！"阎摩轻声笑了，"你是想告诉我，罹得不仅仅是一个被你说服而放弃自己任务的刽子手吗？"

"很多人都是被人说服，继而放弃自己任务的刽子手，"坐在石头上的人回答道，"罹得自愿舍弃了任务，成为道的追随者。就我所知，他是唯一一个真正觉悟的人。"

"你所传播的这东西难道不是一个和平主义的宗教吗？"

"是的。"

阎摩仰起头，放声大笑道："诸神啊！还好你没有选择一个军事主义的宗教！你最出众的信徒，已经大彻大悟了什么的那个人，今天午后差点儿要了我的命！"

佛陀宽大的脸上闪过一丝倦意。"你真的认为他能击败你吗？"

阎摩迟疑了一会儿。"不。"

"你认为他知道这点吗？"

"也许。"

"在今天会面之前，你们认识吗？你们难道没有在练武时见过面吗？"

"见过，"阎摩道，"我们认识。"

"那么他了解你的实力，也知道这次遭遇的结局如何。"

阎摩沉默了。

"他自愿选择了殉道之路，当时我并不知情。他果真指望击败你吗？我想不是的。"

"那他是为了什么？"

"为了证明一件事。"

"他能以这样的方式证明什么呢？"

"我不知道。我只知道自己的猜测是正确的，因为我了解他。我曾无数次聆听他说法，还有他精妙的隐喻，我无法相信他做出这样一件事会没有他的目的。你已经杀死了佛陀，死神。你很清楚我是谁。"

"悉达多，"阎摩道，"我知道你是个骗子。我知道你不是什么觉者。你的那些教义，大概任何一个原祖都还记得。你选择复兴这个宗教，把自己伪装成它的创始人。你决定将它广为传播，希望借此反对真正的神祇们用以统治世人的宗教。我钦佩你的努力，无论是计划还是执行都很精明。但在我看来，你犯了一个巨大的错误——竟妄想用一种和平主义的宗教去反抗对手的行动主义。我很好奇，有那么多更加合适的宗教供你挑选，你为什么要这样做？"

"也许我只是想看看这样一股逆流会走向何方。"

"不，萨姆，这不是原因。"阎摩回应道，"我感到这不过是某个更大的计划的一部分。多少年来——这期间你装作圣人，传播着自己并不相信的教义——你一直在进行其他计划。假如拥有大规模的军队，你可以在短期内发起抵抗；而若是孤身一人，要想博得成功的机会，就得让抵抗在时间中延续。你很清楚这点，你已经撒下了这偷来的信仰的种子，现在正预备进入下一个阶段。你试着孤身一人站在天庭的对立面，把自己藏在不同的面具下，在时间的长河中以不同的方式反抗诸神。不过此时此地，一切都结束了，假佛陀。"

"为什么，阎摩？"

"我们仔细地考虑过，"阎摩道，"我们不想把你变成殉道者，那样只会促使你所教导的东西加速发展。另一方面，如果没人阻止你，它同样会发展壮大。因此，我们决定由天庭派来的人亲手结束你的生命——好让世人知道究竟哪种宗教更为强大。这样一来，无论你殉道与否，佛教都将从此沦为一个二流宗教。这就是为什么你现在必须迎接真正的死亡。"

"我问'为什么'时指的不是这个，你所回答的并非我的问题。我问的是，为什么你，阎摩，亲自来做这件事？你，一个武器大师、科学巨擘，为什么竟甘愿为一群醉醺醺的肉体贩子充当奴仆？他们连为你磨刀、清洗试管都不配呢。你的精神本该是我们所有人中最自由的，为什么竟甘愿自贬身份，为那些不如你的人效劳？"

"就凭这些话，我不会让你死得痛快。"

"为什么？我不过是提了个问题。我敢打赌，很久以来，不少人都有相同的疑惑。当你称我假佛陀时，我并不生气。我知道自己是怎样的人。你是谁，死神？"

阎摩把刀挂回腰带上，拿出了早些时候在旅店买来的烟斗。他往斗里填上烟草，点上火，吸起烟来。

"显然，即使只为了解答各自心中的疑问，我们也应该再花些时间谈谈，"他说，"所以我倒不如让自己舒服些。"他在一块矮矮的岩石上坐下。"首先，一个人可以在某些方面优于自己的同伴而依然为他们服务，只要他们全都服务于一项大于任何个体的共同事业。我相信自己正服务于这样一项事业，否则我也不会前来。我猜，你对自己所做的事也有相同的感觉，否则你绝不会甘愿当个如此可悲的苦行僧——虽然我也注意到，你并不像自己的追随者那样瘦骨嶙峋。几年前在摩诃砂，你本有机会成为神祇，可你嘲弄了梵天，洗劫了业报之宫，还往城里所有的祈祷机里塞满毛虫……"

佛陀轻声笑了。阎摩也微微一笑，随后继续说道："除你之外，世界上再没剩下别的推进主义者。这个问题已经寿终正寝了——其实从一开始它就不该成为问题。这些年来，你成功地逃脱了惩罚，对此我倒的确抱有些许敬意。我甚至想过，假如能让你意识到当前的形势毫无希望，或许我们仍能说服你加入到天界诸神的行列中。虽然今天我是为了杀死你而来，但倘若你现在能认识到这点，并且承诺结束这场愚蠢的战斗，我将亲自为你担保。我会带你回到极乐之尽善城，你可以重新接受过去拒绝的一切。他们会尊重我的意见，因为他们需要我。"

"不，"萨姆道，"我并不认为形势已经没有指望，而且已打定主意要继续下去。"

吟唱声从林中一路传来。有一轮月亮消失在了树梢后。

"你的追随者们干吗不四处搜索，试试救你的命呢？"

"如果我出声呼喊，他们会来的。但我不会那样做，没有必要。"

"他们为什么让我做那个蠢梦？"

佛陀耸耸肩。

"他们为什么不趁我睡着的时候杀死我？"

"那不是他们的行事方式。"

"不过，你也许会那样干吧，嗯？——只要能逃脱责任，只要没人知道是佛陀干的？"

"也许，"萨姆答道，"但你知道，领袖个人的力量与弱点并不能真正代表他所领导的事业的价值。"

阎摩抽了口烟。烟圈在他头顶盘旋，最后同越来越浓的雾气混在一起。

"我知道这儿只有我们俩，而你没有武器。"

"这儿只有我们俩。我的旅行装备藏在离这里稍远些的路上。"

"旅行装备？"

"这儿的事情已经结束了。你猜得很对。我已经启动了自己打算开启的事业，等我们谈完之后，我就会离开。"

阎摩嗤嗤地笑了起来。"革命家的乐观主义总让人惊异不已。你打算怎样离开呢？乘飞毯吗？"

"我的方式同其他人别无二致。"

"可真是纡尊降贵啊！守护世界的力量会起来保护你吗？这儿似乎并没有能用树枝庇护你的大树，也没有机灵的野草来抓住我的脚踝。告诉我，你要用什么方法离开？"

"我宁愿让你大吃一惊。"

"我们还是来战斗吧，如何？我不喜欢宰杀一个没有武器的人。如果你真有补给藏在附近，那就去拿你的剑来。这总比毫无希望的好。我甚至听说，悉达多大人在还是悉达多的时候，曾是位了不起的剑客。"

"谢谢你，不了。也许另找一个时间，但不是现在。"

阎摩再抽上口烟，他伸着懒腰，打了一个哈欠。"那么，我想不出任何别的问题好问了。同你争论毫无意义。我已经没什么可说的。对于我们这次谈话，你还有什么补充吗？"

"是的，"萨姆道，"迦梨那条母狗是什么样的？世间流传着那么多不同的说法，我开始怀疑她对每一个男人都不一样……"

阎摩松开烟斗，把手伸向弯刀。烟斗砸中了他的肩膀，一大堆火星顺着他的手臂滑落下来。他向前冲去，弯刀挥舞在头顶，宛如一道明亮的闪电。

刚一踏上岩石前的地面，他的动作便停住了。他几乎跌倒，随后努力扭直了身子，勉强站稳。他挣扎着，却没法动弹。

"有的流沙，"萨姆道，"比其他流沙流得更快。所幸你只是陷进了不那么快的一种里，因此你手上还有不少时间。如果我认为自己有法子劝你加入我，我会很愿意继续跟你谈下去。但我知道自己办不到——就像你无法说服我前往天庭一样。"

"我会摆脱这东西，"阎摩不再挣扎，轻声说道，"我会找到法子摆脱它，然后再次追上你。"

"是的，"萨姆道，"我知道这是真的。事实上，等一会儿我就要告诉你该如何脱身。但现在，你是每一个布道者都梦寐以求的东西——一个被俘获的听众，代表着敌对的阵营。所以，阎摩大人，我为你准备了一篇简短的讲道辞。"

阎摩掂了掂自己的弯刀，决定还是不要把它扔过去的好，弯刀又回到了腰带里。

"讲吧。"他成功地对上了萨姆的眼睛。

萨姆坐在地上，身子微微一晃，但他还是开口说起来。

"有件事常令我惊奇不已，"他说，"你那颗经过变异的大脑是如何产生出这样的心智，无论你选择寄居在哪具身体中，它都能将你的力量传输到你所使用的大脑中去？距离我上一次像今天这般施展力量，已经是许多年之前了——但它也是以类似的方式运作的。看起来，无论我换上怎样的身体，我的力量也会随之而来。据我所知，我们中间的大多数人依然保持着这种状态。听说西塔娜能控制身边很大范围内的天气。每当换上一具新身体，她的力量也会跟着她进入新的神经系统，虽然刚开始时，力量会变得相当微弱。我知道阿耆尼能让物体燃烧，只要他盯着它们一段时间，同时辅之以意念。喏，就拿你正用来对付我的死亡之眼来说吧，多少个世纪以来，在不同的时间、不同的地点，你始终保有这项天赋，这难道不令人惊奇吗？我常常想，这种现象的生理基础究竟是什么？你在这方面做过研究吗？"

"是的。"阎摩道，他的双眼在漆黑的眉毛下燃烧着。

"那你怎样解释？一个人出生时大脑畸形，后来他的自我被传送到一具正常的身体里，然而传送却没有毁掉他那由畸形产生的力量。为什么会发生这种事？"

"因为事实上你只有唯一的一个身体意象，其性质既是电子的也是化学的，它会立刻开始改造新的生理环境——它把新身体的许多方面当成疾病，试图将其治愈，将它们变得同原来的身体一样。

如果能用某种方法让你现在的这具身体长生不老，那么总有一天它会变得肖似你最初的身体。"

"有意思。"

"这就是为什么力量在刚刚传输后很弱，之后又会随着你使用新身体而慢慢增强。这就是为什么我们最好开发出一种神性，也许还要采取机械作为辅助手段。"

"嗯，过去这时常让我迷惑不解。谢谢你。顺便说一句，你可以继续用你的死亡之眼对着我——挺疼的，你知道。嗯，我总算弄明白了。现在还是来谈谈我们的讲道辞吧。有一个像你这样骄傲而自大的人——并且众所周知，还相当喜欢教训别人——他接到一项任务，去研究一种会毁掉容貌、引发退化的疾病。有一天他自己也感染上了这种病。由于他还没有找到治愈的方法，于是他停下来，望着镜子里的自己说：'它在我身上看起来其实很不错嘛。'你就是这样一个人，阎摩。你不会试着反抗自身的处境，反而为此感到自豪。你的愤怒出卖了你，因此当我说你的病名就是迦梨时，我知道自己是对的。如果那个女人没有提出要求，你不会将自己的力量送给那些一文不值的人。我认识过去的她，而且我敢肯定，她并没有改变。她不会爱人。她只喜欢那些能将混沌作为礼物献上的家伙。死神，如果有一天你不再符合她的需要，她就会把你抛到一边。我这样说，并非由于我们是敌人，这只是一个男人同另一个男人之间的谈话。我了解她。相信我，我的确了解她。你从未真正年轻过，没能在生命的春季结识自己的第一个恋人，这也许是一种不幸吧……因此，这便是我这篇小小的登山宝训的寓意——如果你不愿看到真相，即使一面明镜也无法照出你自己的样子。就一次，试着违背她的意愿，哪怕只是在一件小事上，看看她会不会立即有所反应，看看她如何反应，那时你会知道，我所言非虚。如果你自己的武器被用来对付你，你要怎么办，死神？"

"你说完了？"

"就这么多。一篇讲道就是一个警示。我已提醒过你。"

"无论你的力量是什么，我发现它现在还能抵挡我的死亡之眼。你该感到幸运，我的力量被削弱了——"

"我的确很庆幸，因为我的头都快裂开了。你那双该死的眼睛！"

"总有一天，我会再次挑战你的力量，即使它仍然能对抗我的力量，那一天也会是你的死期。就算不是死于我的神性，你也会死在我的剑下。"

"如果那是一封战书的话，我选择暂不接受。还有，在你准备实施自己的恐吓之前，我劝你先照我的话去做。"

这时，阎摩的大腿已经有一半陷进了流沙里。

萨姆叹口气，从自己栖身的小丘上爬了下来。

"只有一条路通向这块石头，我这就要沿着它离开这儿。现在，我要告诉你怎样逃过一死，除非你太过骄傲不愿听从。我指示过僧人们，听到呼救之后就来这里帮助。刚才我告诉过你，我是不会呼救的，我没有撒谎。不过，如果你用自己的大嗓门叫人过来帮你，他们会在你陷得太深之前赶到这里，把你安全地带回坚硬的地面。这些人不会企图伤害你，因为这就是他们的方式。我喜欢这个主意——死亡之神被佛陀的僧人们拯救。晚安，阎摩。现在我要离开了。"

阎摩微笑着。"新的一天会来临的，佛陀，"他说，"我能等。现在逃吧，越快越好，越远越好。世界还不够大，没法让你躲过我的愤怒。我会跟着你，我会教给你觉悟之道——教给你以纯粹的地狱之火铸成的觉悟。"

"在此期间，"萨姆道，"我劝你向我的追随者们请求帮助，或者立刻开始学习在烂泥里呼吸这门高难度技术。"

他小心地穿过空地，阎摩灼热的视线紧紧地追随着他的背影。

他走到小径上，转过身来。"也许你愿意跟天上通报一声，"他说，"我出城去了，生意上的事。"

阎摩没有回答。

"我想我得去做笔买卖，弄些武器，"他接着说道，"一些相当特别的武器。所以下次来找我的时候，带上你的女朋友。如果她喜欢自己看到的东西，或许会说服你改换阵营。"

说完，他吹着口哨踏上了小径。一轮银白、一轮金黄的明月伴随他消失在黑夜之中。

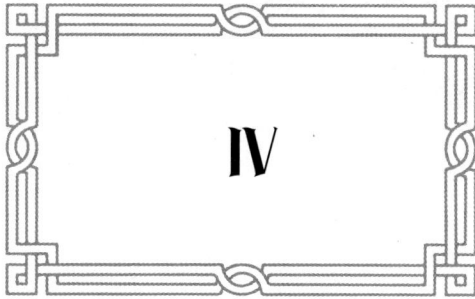

IV

传说中，光明王下到魔物之井，同罗刹的首领做了一笔交易。他信守了自己的承诺，然而罗刹毕竟是罗刹，也就是说，他们毕竟是一种邪恶的生物，拥有强大的力量、超长的寿命，并能变成差不多任何形态。罗刹几乎是无法摧毁的。他们最缺少的就是一具真正的肉体；而他们最大的美德，便是对赌债的尊重。光明王竟真的去了鬼狱，这件事本身就说明，世界的状况也许已经让他有些癫狂了……

　　诸神与群魔，皆由生主出，二者争不休。神握兀迦沙，欲以此生法，一举胜群魔。

　　冥想鼻之曼陀，群魔刺之以恶。香与臭共嗅之。呼吸为恶所污。

　　冥想言之曼陀，群魔刺之以恶。真与假共言之。言语为恶所污。

冥想眼之曼陀，群魔刺之以恶。美与丑共视之。眼目为恶所污。

冥想耳之曼陀，群魔刺之以恶。善与恶共闻之。双耳为恶所污。

冥想心之曼陀，群魔刺之以恶。正邪、真假、善恶共念之。本心为恶所污。

——《旃多格耶奥义书》（ii，1-6）

鬼狱坐落在世界之巅，一直延伸到世界的根基。

它大概与世界本身同样古老，至少看上去如此，所以，即使它的历史其实并没有那么长，人们也很愿意把事实忽略掉。

它由一个入口开始。原祖在那里竖起了一道巨大的金属门，这扇锃亮的大门如罪恶般沉重，三人高，一人半宽，整整一肘尺厚，上头有一个人头大小的黄铜门环和一个复杂的压盘锁。门上还刻着几行字，大意是"走开。这儿不是你来的地方。倘若你果真试图进入，那你必定失败，还会受到诅咒。假如你竟然成功，那么别抱怨没有得到警告，也别用你的临终祈祷来麻烦我们"。署名是"诸神"。

这里是拉特纳迦利丝地区，到处都是极其险峻的高山，其中有座极高的，名唤查纳，山顶就是大门的所在。在那里，地面终年被积雪覆盖，在冰冻的悬崖顶端，冰柱竞相生长，彩虹编织的皮毛飘浮其上。空气如刀剑般锐利，天空如猫眼般清澈、明亮。

极少有人踏上过通向鬼狱的小道。在到过这里的人中间，大多数只是来看看，看看那扇巨门是否真的存在，等他们回到家乡，告诉人们自己的所见时，通常都会被嘲弄一番。

世间流传着不少关于压盘锁的传说，这证明的确曾有人试图进入。不过，足以撬开大门的装备根本无法运达，也不可能安装在门前。通往鬼狱的小道并不宽敞，在最后三百尺只有不到十寸宽；而门前那原本宽阔的岩脊，现在大概只能勉强容下六个人并排而立。

据说，智者帕衲拉曾以冥想和各种苦行磨炼自己的内心，由此获得灵感，参透了锁的奥妙。他进入鬼狱，在山底停留了一天一夜。自此以后，人们开始称他为疯子帕衲拉。

在距离大门所在的查纳山之巅五天路程的地方有一座小村庄，它属于远在南方的玛瓦王国。然而，这个离查纳最近的村庄却连名字也没有——村民们都是豪气而独立的人，无意让自己村庄的名字出现在王公税吏的地图上。关于那位王公，我们只需要知道他身材中等、年纪中等，精明，略微有些发福，既非什么善男信女，也并不比旁人更加臭名昭著。此外，他还极其富有。王公的财富源于征收自人民的重税。当这些人开始抱怨，当反叛的低语传遍全境时，他就对某个邻国宣战，然后将税收加倍。如果战况不佳，他就处决几个将军，再派自己的议和大臣前往和谈。如果靠了某种运气，战争竟出人意料地顺利，他就会向对方索要贡品，因为原本就是对方的什么侮辱引发了这场战争。不过，战争通常都是以停战协定告终，他得以用战斗让国民疲惫不堪，使他们甘愿屈服于过高的税率。王公的名字叫作韦德迦，膝下儿女成群。他喜欢八哥，因为它们能学会下流的歌曲；他也喜欢蛇，时不时会把那些不通音律的八哥赏给它们作点心；他还很喜欢玩骰子，只是并不特别喜欢孩子。

鬼狱那巨大的入口就坐落于韦德迦的王国最南端的高山上,在那之后便再也没有人类的国度。鬼狱从那里开始,而后在查纳山的心脏中呈螺旋形下降,就像一粒螺丝,钻出人类从未涉足的巨大空洞,在拉特纳迦利丝山脉下方延伸着,延伸着,最深的通道直指世界的根基。

一个旅行者朝这扇门走来。

他衣着简单,孤身一人,不过似乎很清楚自己要去哪里,也很明白自己在做些什么。

他沿着小道爬上了查纳,在它那贫瘠的地表上缓缓移动。

他花了大半个上午,终于来到自己的目的地:那扇大门。

他站在门前稍事休息,从水壶里喝口水,用手背一抹嘴角,脸上露出了笑容。

接着,他背靠大门坐下,开始吃午餐。吃完以后,他把包裹食物的叶子扔下悬崖,望着它们不断下落,在气流中上下翻腾,直至消失在视线之外。他点燃烟斗,抽起烟来。

等休息够了,他便起身再次面对大门。

他的一只手落在压盘上,慢慢做出一系列手势。当他的手离开压盘后,门里传来一阵乐声。

他抓住门环,用力往后拉,肩上的肌肉绷得紧紧的。门动了,起初很慢,渐渐地快了些。他退到一旁,门朝外打开,一直越过了悬崖的边缘。

门的内侧有一个完全相同的门环。在门移过自己身边时,他抓住了这个门环,双脚拖在地上,以免门环跑到自己够不着的地方。

身后,一股热浪从门里涌出来。

他走进去，从里边把门关上，而后点燃自己所带的第一支火把。他沿着一条长廊往前走，路渐渐变宽了。

地面倾斜得厉害，一百步之后，天花板已经极高，以至从视线中消失了。

两百步之后，他站在了井的边缘。

他正置身于一片无垠的黑暗中，唯有火把的光亮穿透了这黑幕。除了他的右后方，墙壁全都消失了。前边不远处，地板也不见了踪影。

右边似乎是无底深渊。他没法透过它看到对面，但他知道它大致呈圆形。他还知道，越往下走，这个圆的半径就会变得越大。

他沿着环绕井壁的小径往下走，感觉到灼热的空气从底部喷涌而出。尽管小径十分陡峭，但它显然是人工开凿的。路面起伏不平，并且非常狭窄，很多地方都有裂缝，有几处还堆积着碎石。但它环绕着墙面，稳定地向下延伸，这足以证明它的存在自有其目的和规范。

他小心翼翼地走着。左边是墙壁，右边什么也没有。

过了似乎一个半世纪那么久，他远远地望见下方有一小点亮光飘浮在半空中。

墙面的弧度渐渐将他带到另一个方向，现在那点亮光不再是悬在前边，而是到了他身下稍稍偏右的地方。

又一个转弯，它出现在他的正前方。

亮光被置于墙上的壁龛中，当他经过时，他听见自己的脑海中有一个声音高声呼喊道："放我自由，主人，我会把整个世界呈献在你脚下！"

可他丝毫没有放慢脚步，甚至没有瞅一眼墙上那张酷似人类的面孔。

在他脚下那片漆黑的海洋中，更多浮在空中的亮点出现在他的视线内。

井的半径还在变大。里边充满了火焰般的明亮闪光，但那并非火焰，里边充满了各种形象、面孔和模模糊糊的印象。在他经过时，每一个都高喊着："放我自由！放我自由！"

然而他并未停下脚步。

他来到井底，穿过断裂的岩石，跨过石头地面上的裂缝，走向井的另一端。最后，他来到对面的墙壁前，墙里舞动着一簇巨大的橙色火焰。

随着他的接近，它渐渐变成樱桃红，等到他在它跟前站定之后，它已呈现出如同蓝宝石的心脏一般的湛蓝色。

它在两倍于他身高的地方跳动着，扭曲着。无数小火舌向他席卷而来，却又全都退了回去，仿佛撞上了什么隐形的屏障。

这一路下来，他早已不记得自己经过了多少火焰。他知道，还有更多藏在通向井底的洞穴中。

他在路上遇到的每一簇火焰都曾对他讲话，它们用自己独特的交流方式，使言语如鼓声般在他脑中回荡，有恐吓，有恳求，也有许诺。然而，从这团最为庞大的蓝色火光中没有传来任何信息，它的中心也没有出现各种变幻或扭曲的形象吸引他的注意。它就是一团火，只管放射光芒。

他重新点燃一支火把，将它插进两块石头之间。

"这么说，可恨的人类，你回来了。"

这些词像鞭子一般抽击着他。他稳住身体，面对着那团变成蓝色的火焰答道："你叫作陀罗迦？"

"将我束缚在此的人理应知道我的名字，"说话声再次响起，"哦，悉达多，别以为换上另一具肉体，你便可以隐瞒自己的身份。我所看到的是你的能量流，是你真正的自我，而非那隐藏自我的肉体。"

"原来如此。"

"你是来嘲笑被囚禁的我吗？"

"在你被束缚之时，我曾嘲笑过你吗？"

"不，你没有。"

"为了保卫我的种族，我做了必须做的事。人类的力量很弱，数量也不多，被你的种族攻击会使他们遭受灭顶之灾。"

"你们偷走了我们的世界，悉达多。你把我们锁在这里，现在还想带给我们什么新的侮辱？"

"有一种方法，也许可以稍稍弥补你们的损失。"

"你想要什么？"

"同盟。"

"你要我们在一场争斗中支持你？"

"正确。"

"等一切结束之后，你会再次束缚我们。"

"除非我们无法事先达成某种协议。"

"告诉我你的条件。"那团火焰说。

"过去，你的人曾在尽善城中来去自如，时而现身，时而隐形。"

"的确如此。"

"它的防御加强了。"

"在哪些方面？"

"守护之神毗湿奴和死神阎摩法王一起用一块穹顶盖住了整个天空，而不像过去只是遮住尽善城本身。据说那穹顶是无法突破的。"

"没有什么穹顶是无法突破的。"

"我只是转述我所听到的消息。"

"要想进入一座城市，可以有许多不同的方法，悉达多殿下。"

"你会为我把它们都找出来吗？"

"这就是我自由的代价？"

"你自己的自由——是的。"

"那我的族人呢？"

"倘若它们也要获得自由，那么你们都必须同意助我一臂之力，帮我围困尽善城，为我占领它。"

"给我们自由，天庭必将陷落！"

"你代替它们做决定吗？"

"我是陀罗迦，我代表他们全体。"

"你能提供怎样的保证，陀罗迦，保证你们会信守誓言？"

"我的誓言？我很愿意以你指定的任何东西发誓——"

"对于做交易的人来说，轻易地发誓并非一种令人放心的品质。你太过强大，无法赋予他人控制你的能力。你不信神灵，不能以他们的名义起誓。你唯一尊重的就是赌债，但我们又无法在这里一赌输赢。"

"你拥有控制我们的力量。"

"一对一，也许可以。但假如你们将力量集合起来呢？"

"这确实是个问题。"陀罗迦道，"我愿意用任何东西换取自由。不过，我所拥有的全是力量——纯粹的力量，本质上无法控制。更强大的力量可以压制它，但这并不是我们所需要的答案。我实在不知道如何给出一个让你满意的保证，证明我会信守诺言。如果我是你，我一定不会信任我自己。"

"真是进退两难。好吧，我现在就释放你——只有你自己——你去地极看看，为我侦察天庭的防御。你走之后，我会继续考虑这个问题。你也要这样做。如此一来，等你回到这里时，也许我们可以达成让双方满意的协议。"

"我接受！解放我，让我摆脱这末日！"

"看清楚，这就是我的力量，陀罗迦，"他说，"我能束缚，亦能解放——就像这样！"

那团火从墙内翻腾而出。

它卷成一个火球，像彗星般旋转在墙上；它仿佛一个小小的太阳，照亮了四周的黑暗；它一边飞舞，一边变幻出各种色彩，将岩石映衬得时而阴森可怖，时而令人愉悦。

接着，它盘旋在那个被称作悉达多的人头顶，响彻四方的声音倾泻到他身上："我的力量终于重获自由，你无法体会我此时的欢乐。我想，我要再试试你的力量。"

站在它下方的男人耸了耸肩。

火球融合成一个整体。它收缩起来，变得越来越明亮，同时缓缓地降落在地面上。

如同花瓣从一朵巨大的花朵上飘落，它在地上颤抖着。它慢慢地滑过鬼狱的地表，重又回到了壁龛里。

"你满意了？"悉达多问。

"是的，"过了一会儿，壁龛中传来了回应，"你的力量未曾消退，缚魔者。再放我出来。"

"我对这游戏有些厌倦了，陀罗迦。也许我最好把你留在这儿，到别处去寻找助力。"

"不！我给你我的承诺！你还想要什么？"

"我希望我们之间没有争斗。要么你现在就为我服务，要么拒绝。如此而已。选择吧，此后谨记你的选择——还有你的诺言。"

"很好。解放我，我会去冰山上的天庭，再回来告诉你它的弱点。"

"那就去吧！"

这次，火焰放慢了动作。

它在他身前摇摆，大致变幻出人的形象。

"你的力量是什么，悉达多？为何你能做到那些事情？"

"你可以称之为电导，"萨姆回答道，"以心灵控制能量。很难找到一个合适的名字。但无论你叫它什么，绝不要再次向它挑战。虽然任何物质的武器都无法伤害你，我却能用它将你置于死地。现在去吧！"

陀罗迦转眼间消失得无影无踪，仿佛燃烧的枯木浸入了水里。悉达多立在岩石中央，火把照亮了他周围的黑暗。

在他休息时，他的大脑中充斥着各种喋喋不休的声音，有许诺，有诱惑，也有哀求。财富与荣光的幻象浮现在他眼前。一排排美艳的女人从他身前走过，盛宴在他脚下铺开。麝香与黄兰的芬芳抚慰着他的灵魂，熏香那略带蓝色的薄雾飘散在他周遭的空气中。他漫步在花丛里，明眸少女捧着酒杯，微笑着跟随在身后。银铃般的嗓音为他歌唱，不远处的湖面上，某种生物正翩翩起舞。

它们不断吟咏着："放我们自由，放我们自由。"

然而他却什么也不做，只是面露笑容，注视着眼前的一切。

渐渐地，所有的祈祷、哀求和允诺都化作一曲诅咒与威胁的大合唱。身披铠甲的骷髅朝他走来，闪亮的长剑上挂着婴儿的尸体。四周出现了无数的深坑，火舌夹杂着硫黄的气味从里边往外蹿。一条蛇从树枝上垂到他面前，吐出致命的毒液。蜘蛛和癞蛤蟆纷纷落到他身上。

那些声音高喊道："解放我们——否则你的痛楚将永无止息！"

"如果你们坚持，"他说，"就会惹怒悉达多，那时你们将失去自己重获自由的唯一机会。"

于是一切都静止下来，他心中一片清明，打起了瞌睡。

他在洞中吃了两顿饭，接着又睡了。

后来，陀罗迦化作一只长着巨爪的大鸟回到洞中，向他报告道："我们罗刹可以从通风孔里进出，"他说，"但人类不行。山里还有很多升降梯，大的那些可以容纳很多人。当然，升降梯有人守卫。不过如果干掉卫兵，解除警报器，应该可以成功。还有，有时候穹顶本身也会在某些地方打开，好让飞行器出入。"

"很好，"悉达多道，"我有一个王国，离这里几周路程，我统治着那个地方。一个摄政王在我的位置上待了很多年，不过只要我回去，就能召集起一支军队。一个新的宗教正流行开来，人类也许已经不像从前那样畏惧神灵了。"

"你想洗劫天庭？"

"是的，我要把那里的财富分发给整个世界。"

"我喜欢这主意。要想赢得胜利并非易事，但有了人类和罗刹的军队，我们应该能成功。让我们解放我的族人吧，然后就可以开始行动了。"

"我恐怕只好相信你一回，"悉达多说，"那好吧，让我们开始行动。"

他穿过鬼狱的地板，朝通向地下的第一条长隧道走去。

那天他释放了六十五个罗刹，它们的色彩、动作和光亮充满了整个洞穴，震耳欲聋的欢呼声和四处飞舞时的呼啸声让空气也随之颤动。它们不停地变幻外形，为自由狂喜不已。

毫无征兆地，其中之一化作一条腾蛇，挥动着伸直的利爪朝他猛扑下来。

几秒钟之内，他全部的注意力都集中在它身上。

它挤出一声破碎而短暂的哭喊，接着就崩溃成一阵蓝白色的火花从空中落下。

火花散去之后，它完全消失了。

洞穴中一片寂静，光点纷纷降落在墙上，不断闪烁着。

悉达多将注意力转向最大的一点光——陀罗迦。

"那一个是为了测试我的实力而攻击我吗？"他问，"为了看看我是否真如自己所说的那样，同样有能力杀戮？"

陀罗迦靠近他，悬浮在他身前。"这攻击并非出自我的命令，"他说，"我想，监禁已经让他有些发疯了。"

悉达多耸耸肩。"你们暂时可以自由行动，"他说，"为了刚才的事，我要稍事休息。"

他回到井底，躺在毯子上打起盹来。

一个梦。

他在奔跑。

他的影子落在身前，他踩上自己的影子，它膨胀起来。

它不断膨胀，终于不再是他的影子，它成了一个奇异的轮廓。

突然，他明白自己的影子是被追踪者的影子超越了：被超越，被制服，被掩没，被击败。

接着，他不停奔跑在这片无边无际的平原上，猛然间感到无比惊惶。

他知道它就是他自己的影子。

那不断追赶他的末日已不在他身后。

他知道他自己就是末日。

他知道自己终于赶上了自己，他纵声大笑，内心却想要尖叫。

他再次醒来，发现自己在行走。

他走在鬼狱贴墙而建的羊肠小道上。

一路上，他经过了许多被囚禁的火焰。

每一个都再次向他呼喊："主人们，给我们自由！"

渐渐地，他冻成冰块的大脑从边缘开始融化。

主人们。

复数。不是主人。

它们说的是主人们。

于是他明白，自己并非独自一人。

在他周围和身下的黑暗中，看不见任何舞动的闪光。

被囚于石壁内的仍被束缚着。他所释放的已经离去。

现在他正走上鬼狱的高墙，没有火把照亮，但他依旧能看见。

石径仿佛沐浴在月光下，每一个细节都印入他的双眼中，无比清晰。

他知道自己的眼睛绝没有这样的本领。

而且它们对他用了复数。

而且他的身体在动，却并非出自他的指令。

他试着停下来，站住脚。

他继续朝上走，就在这时，他的嘴唇动起来，发出了声音："看得出你醒了，早安。"

一个问题浮现在他脑海中，从他自己的口中立即传来了回答："是的。还有，被束缚在自己体内的感觉如何，缚魔者？"

悉达多在脑中形成另一个问题："本以为你们谁也无法违背我的意愿来控制我——即使在我熟睡时。"

"老实告诉你吧，"对方答道，"我同意你的观点。不过，我可以把很多族人的力量集合起来。这看上去值得一试。"

"它们呢？它们去了哪里？"

"离开了。他们将在世间游荡，直到我发出召唤为止。"

"那些仍被囚禁的怎么办？如果再等等，我同样会释放它们。"

"他们与我何干？我自由了，还再次拥有了身体！其他还有什么要紧的？"

"这么说，你向我保证的协助也是假的？"

"并非如此，"那魔物回答道，"我们会在……嗯，大概次月循环一周之后再来谈这件事。这主意对我的确很有吸引力。但首先我要享受享受肉身的欢愉。你让我经历了好几个世纪无聊至极的监禁生活，现在不会对一点娱乐心怀不满吧？"

"但我得承认，你以这样的方式使用我的身体，确实令我不太满意。"

"无论如何，这段时间里你只好忍耐。我所享受的一切，你同样可以享受到，所以干吗不好好利用这机会呢？"

"你刚才说你确实打算向诸神开战吗？"

"的确。真希望过去我自己曾想到这点。那样一来，也许我们根本不会被束缚，也许现在世界上已经没有人或神的存在。不过，我们对于协调行动向来不怎么热衷，个体之间的独立自然而然地伴随着精神的独立。在我们同你们人类的战争中，每一个都各自为战。我是首领，没错——因为我比他们更年长，更强大，更有智慧，他们会来征求我的意见，在我下达命令时为我效劳。但我从未命令他们一同作战。但今后我会的。这很新鲜，在我感到厌倦时一定能派上用场。"

"我建议你别再等了，因为不会有什么'今后'，陀罗迦。"

"为什么？"

"我来鬼狱时，诸神的怒火早已在我身后云集，不断逼近。现在，有六十五个魔物在世间游荡，你们的存在很快就会被察觉。诸神知道这是谁干的，他们会采取措施。我们会失去突袭带来的优势。"

"在过去的岁月中，我们同众神战斗过……"

"而现在已不再是过去，陀罗迦。天神更加强大，比过去强大许多。你们被束缚了很久，这期间他们的力量则在不断增长。即使你指挥着史上首支罗刹军，而我也集结一支庞大的人类军队作为后盾——即使这样，最终的结局也难以预料。现在推迟无异于放弃一切。"

"希望你不要以这种方式讲话，悉达多，你让我感到困扰。"

"这正是我所希望的。虽然你拥有强大的力量，可一旦遇上那红衣之人也无济于事，他的双眼能攫取你的生命。他会来拉特纳迦利丝的，因为他就跟在我身后。被释放的魔物会像路标一样引他到这里。他也许还会带来其他人。你会发现，你们加在一起也难以取胜。"

魔物没有回答。他们已经来到井的顶端，两百步外就是敞开的大门。陀罗迦走出大门，站在崖边向下望去。

"你怀疑罗刹的力量，嗯，缚魔者？"他问，"看着！"

他向前一步，越过了悬崖边缘。

他们并没有下落。

他们飘浮在空中，就像是他曾经扔下悬崖的叶片一般——那是多久之前的事了？

向下。

他们降落在查纳半山腰的小径上。

"我不仅占据了你的神经系统，"陀罗迦道，"还渗透进了你的整个身体，我已用自己存在的能量将它包裹起来。你那位能以双眼攫取生命的红衣人，让他尽管来好了。我很愿意会会他。"

"就算你能在空中行走，"悉达多道，"这样讲话仍然太过轻率。"

"韦德迦王子的宫廷离这儿不远，就在帕拉美得苏，"陀罗迦说，"从天庭回来的路上我曾去拜访过。看来他酷爱赌博，所以，让我们朝那儿前进吧。"

"如果死神来加入赌局呢？"

"让他来！"对方高喊道，"你的话让我厌烦，缚魔者。晚安。睡吧！"

一点黑暗和无边的寂静，膨胀着，收缩着。

后来的日子仿佛好些明亮的碎片。

几句对话，一段歌词，狭长的画廊里的缤纷，还有房间、花园。有一次，他眼前出现了一个地牢，许多人被挂在绞架上，他听见自己放声大笑。

在这些片断之间，是梦境与半梦半醒的时刻。它们被火焰照亮，血与泪充斥其间。在一个光线暗淡、无边无际的大教堂里，他摇着太阳和行星制成的骰子。流星在他头顶放射光芒，彗星在黑色的玻璃拱顶上刻下一段段闪亮的弧线。

他感到一种夹杂着恐惧的快乐，他知道这快乐大部分属于对方，但其中也有他自己的感情。而恐惧则全是他的。

当陀罗迦喝得酩酊大醉，或是伏在后宫那宽阔的矮榻上喘息时，他对偷来的身体的控制就会稍稍松动。然而精神上的创伤使悉达多依然虚弱，再者，这种时候他的身体要么烂醉如泥，要么疲惫不堪；因此，他明白时机尚未成熟，现在还不能与魔王争斗。

有的时候，他并非用那双曾经属于自己的眼睛来看这个世界，而是像一个魔物般，同时看到所有的方向。他走在人类中间，剥去他们的肉与骨，看到代表他们自身存在的火焰，他们的激情赋予它色彩和阴影，他们的贪婪、肉欲和妒忌使它不停闪烁，贪欲和渴求让它急切地跃动，仇恨让它喷出滚滚浓烟，恐惧与痛苦使它衰败颓唐。他的地狱是个色彩缤纷的地方，只有少数例外：一位学者的智力所产生的蓝色冷焰，一个临死僧人的白光，一位望风而逃的高贵夫人周身粉红色的光环和孩子们游戏时那上下跳跃的单纯色彩。

他昂首走在帕拉美得苏的皇家宫殿中，走过高高的大厅和宽阔的游廊，宫殿是他赢来的，韦德迦王子被锁在自己的地牢里。整个王国的臣民，谁也没发觉现在占据王座的是一个魔物。一切如常，似乎没有任何改变。悉达多看见自己骑在大象的背上穿过城中的街道。他命令城里所有的女人都站在自家门前，他选出自己喜欢的，让人带回他的后宫。悉达多猛地一惊，他突然意识到自己正帮着挑选，为了这个或那个主妇、少女或是夫人的优点与陀罗迦争论不休。他感受到了魔王的欲望，这些欲望也成了他的。这件事让他更加清醒，之后，端起羊角酒杯送到唇边的手，或者在地牢里挥动皮鞭的手就并不总是属于魔物了。他保有意识的时间变得越来越长，他有些惊恐地发现，同所有人一样，自己体内也隐藏着一个能够与同类产生共鸣的魔物。

有一天，他集中了所有精神去对抗统治自己身体的力量。他恢复了不少，开始在所有行动中与陀罗迦共存，既是沉默的旁观者，又是主动的参与者。

他们站在俯瞰花园的露台上，眺望着日间的景致。刚才，陀罗迦大手一挥，满园的鲜花都变成了黑色。蜥蜴般的生物来到树丛中、池塘里，藏在树影下喵喵地叫着。弥漫在空气中的熏香和香料气味又浓又腻。黑烟像蛇一样在地面盘旋。

他遇到了三次刺杀。王宫的护卫长是最后一个做出尝试的。然而他用来行刺的利剑却化作一条毒蛇，朝他的面孔扑去。毒蛇挖出了他的双眼，往他的血管里注入毒液，使他全身变得漆黑、肿胀，他不断哀求，想讨一杯水喝，最终哭喊着死去。

悉达多考量着魔物的行为方式，就在那一刻，他发动了攻击。

那日在鬼狱，他最后一次运用了自己的力量，之后，他的力量仍在渐渐增强。正如阎摩所说，这力量独立于他身体的大脑，像一个转轮般在他存在的中心缓缓转动。

它的转动再次加快，他把它朝对方的力掷了过去。

陀罗迦不由得发出一声尖叫，接着，纯粹的能量像一支长枪般向悉达多飞来。

他努力使部分反击偏离了方向，再吸收掉其中一部分。然而当这波冲击接触到他的自我时，他仍旧感到疼痛与骚动。

他没有停下来感受这痛苦，而是像一个长矛手，向猛兽那阴暗的藏身之处发起新一轮攻势。

他再次听到从自己嘴里发出的尖叫声。

魔物在他的力量周围竖起道道黑墙。

在他的猛攻下，这些墙一一坍塌。

搏斗的同时，他们仍在交谈。

"哦，拥有许多身体的人哪，"陀罗迦道，"你为何不由我在这具身体里多停留几日呢？这并非你降生时的身体，你也不过是借用一段日子罢了，那么为何将我的碰触视作污秽之物呢？总有一天你会拥有另一具身体，一具我未曾染指的身体，你又何必将我的存在视为一种污染、一种疾病？是不是因为你心中也有同我相似的东西？是不是因为你，同我一样，也在享受罗刹的方式，你也喜欢上了品味自己所造成的痛苦，喜欢上以自己的意志任意摆布你所选择的任何东西？是因为这个吗？是因为你也知道、也渴望着这些，却同所有人类一样背负着那被称为负罪感的诅咒？如果是这样，缚魔者，我嘲笑你的软弱。而且我会胜过你。"

"这是因为我就是我，魔物。"悉达多将他的能量挡了回去，"因为我是一个人，偶尔也会追求口腹和性欲之外的东西。我并非佛教徒们心目中的圣人，也不是传说中的英雄。我是一个人，常常恐惧，时而内疚。但基本上，我是一个立志做成某件事情的人，而你挡了我的道。因此，你将继承我的诅咒——无论我这次是胜是败，陀罗迦，你的命运已经改变了。这是佛陀的诅咒——你将永远无法回到从前的样子。"

整整一天，他们都站在露台上，汗水浸透了衣衫。他们像雕塑般纹丝不动，直至太阳西沉，金色祥云将幽深的夜空一分为二。一轮明月跳到花园的墙上。过了一会儿，另一个也跟了上来。

"佛陀的诅咒是什么？"陀罗迦一遍遍地追问着。但悉达多始终没有回答。

他已经摧毁了最后一道墙，现在，能量如炽热的箭矢般在两人之间飞舞着。

从远处一座神庙传来单调的鼓声，花园中时不时能听到动物的低语和鸟儿的鸣叫，间或会有一群虫子落到他们的身上，吸饱了血再嗡嗡地离开。

然后它们来了，就像纷纷落下的群星，乘着夜风而来——那是逃出鬼狱的囚徒，被释放到世间的其他魔物。

它们来回应陀罗迦的召唤，将自己的力量与他的结合起来。

他变成了旋风、海潮和雷暴。

悉达多感到滔天的洪水向自己冲来，他被压垮，窒息，被深深地埋葬。

他所记得的最后一件事就是自己喉咙里发出了狂放的笑声。

他再次恢复过来。时间已经过去了多久？他不知道。这次的恢复异常缓慢，醒来时，他发现自己置身于一座宫殿中，在那里，魔物充当仆人，四处走动。

精神上的疲惫带来深深的麻痹感，当这麻痹感终于消失后，他察觉到周围有些异样之处。

各种怪诞的狂欢仍在继续。宴会照常在地牢里举行，魔物们操纵死尸去追赶、拥抱可怜的猎物。黑魔法产生的奇迹四处可见，例如，接见厅的大理石地板上长出了树林，在这片扭曲的树林里，人们一睡不醒，哭喊着迷失在接连不断的噩梦中。但宫殿中真正的异样之处并不在此。

陀罗迦不再为这一切而高兴。

他感到悉达多的存在又一次压迫着自己的存在，于是再次问道："佛陀的诅咒是什么？"

悉达多并没有立即回答。

陀罗迦继续道："我觉得自己很快就会把这身体还给你，那一天已经不远了。这个游戏，这座宫殿都让我生厌。我感到厌倦，也许是时候向天庭开战了。你怎么说，缚魔者？我告诉过你我会遵守誓言的。"

悉达多没有回答。

"我的乐趣在一天天减少！你知道原因何在吗，悉达多？告诉我，为什么我会被那些奇异的感情笼罩？有什么东西让我感到软弱无力，在我最得意的时候使我沮丧，在我应该兴高采烈、满心欢喜时使我情绪低落。这就是佛陀的诅咒吗？"

"是的。"

"那么解除你的诅咒，我今天就离开，把这副皮囊还给你。我渴望再次感受高空中寒冷、清冽的风！你愿意现在就给我自由吗？"

"哦，罗刹的首领，已经太晚了。这件事是你咎由自取。"

"究竟是什么事？你这次用了什么方法束缚我？"

"你还记得吗，当我们在露台上对抗时，你是如何嘲笑我的？你告诉我说，我和你一样，也在你带给人的痛苦中感到快乐。你是对的，因为所有人内心中都同时存在着光明与黑暗。你过去曾是一束纯粹的、毫无杂质的火焰，但人类与你不同，人有着众多的维度。人的智慧时常反对他的情感，他的意志会抵抗他的欲望……他的理想总与周遭的环境格格不入，若他追随自己的理想，他深知旧有的一切将永不复返——但如果他放弃，他又会因为失去了崭新的、高贵的梦而痛苦万分。无论怎样选择，他的行动都既是收获又是失去，既是到达也是出发。他总会哀悼自己所失去的，那崭新的又总令他有些畏惧。理性反抗着传统。感情要他打碎同胞强加于自己的种种限制。这所有的矛盾中都会升起一种感情，你曾嘲弄地称之为人类的诅咒——负罪感！

"当我们存在于同一具身体里时，我也参与了你的行为，有时并非毫不乐意。但你要知道，在我们同行的道路上，车流绝不会永远往同一个方向前进。你扭曲了我的意志去参与你的作为，然而与此同时，你的某些行为在我心中引发了憎恶之情，这感情也在影响着你。你现在理解了负罪感，它会如一道阴影，永远投在你的酒肉之上。这就是为什么你的快乐不再完满，这就是为什么你现在想要逃离。但逃跑毫无用处，它会紧跟着你，直至世界尽头。它会与你一道升上高空，进入寒冷、清冽的风中。无论你走到哪里，它都会如影随形。这就是佛陀的诅咒。"

陀罗迦用双手捂住了脸。

过了一会儿，他说道："原来哭泣是这个样子的。"

悉达多没有作声。

"诅咒你，悉达多，"他说，"你又一次将我束缚，这次的囚笼比鬼狱更加可憎。"

"你束缚了自己。是你违反了我们的协议。我遵守了约定。"

"只有人类才会在违反与魔物的协议时受到惩罚，"陀罗迦道，"从没有哪个罗刹有过如此的遭遇。"

悉达多没有回答。

第二天早晨，他刚坐下来用早餐，通向房间的大门突然发出一声巨响。

"是谁这么大胆？"他叫道。门砰地朝里炸开，铰链从墙里蹦了出来，门闩像干燥的木棍，瞬间断成了两截。

一个罗刹摔进屋里，他有着一颗长牛角的虎头、猴子的肩膀、巨大的蹄子，双手则是两只利爪，嘴里还冒着烟。他的身影变得透明，而后暂时恢复成清晰可见的形象，接着又渐渐消失，再次恢复。从他的爪子上滴下什么东西，不过并非血液，胸前还有一道很宽的烧伤。空气中满是头发的煳味儿和身体烧焦的味道。

"主人！"它高喊道，"来了一个陌生人，他要求觐见！"

"而你竟没能说服他，让他明白我没空？"

"大王啊，有二十个人类士兵向他扑过去，他做了个手势……他朝他们一挥手，就出现了一道闪光，极其耀眼，连罗刹也不敢正视。那光只持续了一瞬间——他们全都消失了，仿佛从未存在过……他们原本站在一堵墙前，墙上出现了一个大洞……并没有碎石溅出来，只是一个光滑、平整的大洞。"

"之后你们向他发起攻击了？"

"很多罗刹都扑了上去——可他身上有什么东西使我们不得靠近。他又做了那个手势，我们中有三个不见了，消失在他发出的光里……他没有从正面击中我，只是轻轻擦过。因此，他派我来为他送信……我没法再保持这个形体了——"

说着他消失了，在那个生物刚才躺着的地方出现了一个火球。现在他的声音直接出现在大脑中，而不再经由空气传播。

"他要你立刻去见他。否则，他说他会毁掉整座宫殿。"

"被烧伤的那三个也变回原形了吗？"

"没有，"罗刹答道，"他们不存在了……"

"告诉我他的样貌！"悉达多费力地从自己的嘴唇中挤出这几个字。

"他的身材十分高大，穿着黑色的马裤和黑色的靴子。上半身的衣裳很是古怪，仿佛一只无缝的白手套，但只戴在右手上，并且一路向上延伸，从手臂一直环绕住肩头，裹起他的脖子，最后将整个头部紧紧地包了起来。至于他的面孔，我们只能看见下半部分，因为他戴着一副很大的黑色护目镜，护目镜从他的脸上向外凸起，足有半掌长。他的腰带上挂着一个套子，是与上身衣物相同的白色材料——不过里边装的不是匕首，而是一根法杖。在他的衣服下藏有一个突起，就在肩膀和脖子相接的地方，仿佛是一个小背包。"

"阿耆尼大人！"悉达多道，"你所说的是火神！"

"啊，必定是的，"罗刹说，"当我透过他的肉体注视他真正的自我时，我看见了有如太阳中心一般的光亮。如果真有一个火神，那一定是他了。"

"现在我们必须离开，"悉达多道，"因为这里很快就会有一场熊熊大火。我们没法同这个人对抗，所以还是赶紧走吧。"

"我并不惧怕诸神，"陀罗迦道，"而且很愿意试试这位的力量。"

"你无法打败火王，"悉达多说，"他的火杖是不可战胜的，那是死神送给他的礼物。"

"那我就把它夺过来，再用它来对付他自己。"

"任何人若试图使用它，都会付出视力和一只手的代价！所以他才穿着那样古怪的上衣。我们别再浪费时间了！"

"我必须亲眼看看，"陀罗迦道，"我必须这么做。"

"别为了你刚刚尝到的负罪感而轻率地走向自我毁灭。"

"负罪感？"陀罗迦道，"就是你教给我的那个微不足道的东西？那只啃噬你们人类内心的大老鼠？不，这不是负罪感，缚魔者。真正的原因是，除你之外，我曾是最为强大的，然而现在世上出现了新的势力。过去，众神并没有这样的力量，而倘若他们果真变强了，那么他们的力量必须受到检验——由我亲自动手！我的本性便是力量，这本性让我与每一个新生势力对抗，要么战胜它，要么被它束缚。我必须试一试阿耆尼大人的力量，我要战胜他。"

"但这个身体里可不止你自己而已！"

"的确……我保证，如果这个身体被毁掉，我会带你一起走。我已经以罗刹的方式增强了你的自我。如果这身体死了，你会像罗刹那样活下去。我们过去也曾有过肉体，我还记得应该如何加固自我的火焰，好让它们能独立于身体。我已经这样做了，所以你无须恐惧。"

"多谢了。"

"现在让我们去面对烈火，然后熄灭它！"

他们离开皇家套间，走下了楼梯。地下深处，韦德迦王子被囚禁在自己的地牢中，正在睡梦中抽泣。

挂在宝座后的幔帐掩藏着一扇门。他们拨开幔帐，发现巨大的接见厅里只剩下暗黑森林中的沉睡者和站在大厅中央的一个人。他那白色的手臂同裸露的手臂交叉在胸前，戴着手套的那只手用手指夹着一根银杖。

"看到他的站姿了吗？"悉达多问，"他对自己的力量满怀信心，而且他有理由这样自信。他是四大天王之一的阿耆尼。他的目力极佳，只要没有障碍物，最遥远的地平线对他而言也近在咫尺。并且他还可以够到那么远的地方。据说，某个夜晚，他曾用那根法杖伤了月亮。他的手套里有一个接触器，只要法杖的底部与之相碰，劫火就会喷涌而出，发出炫目的光芒，吞没一切物质，驱散所有能量。现在离开还不晚——"

"阿耆尼！"他听见自己大声喊道，"你要求觐见这里的统治者？"

黑色的护目镜转向他。阿耆尼翘起嘴角，摆出一个微笑，最后微笑化成了语言。

"我就知道能在这儿找到你，"他声音带着鼻音，很有穿透力，"所有这些圣神的玩意儿终于让你不堪忍受，只好逃之夭夭，对吗？我该怎么称呼你呢？是悉达多、如来、无量萨姆大神——还是就叫你萨姆？"

"你这个傻瓜，"他回答道，"你们所认识的那个缚魔者——无论你用哪一个名字称呼他都好——总之，缚魔者自己成了被束缚的人。你现在有幸见到罗刹的陀罗迦，鬼狱之王！"

咔嗒一声之后，护目镜变成了红色。

"是的，我看出你所言不虚，"对方回答道，"我眼前正站着一个被魔物附身的人。有意思。无疑也很难受。"他耸耸肩，加了一句，"不过，对我而言，消灭两个与消灭一个同样易如反掌。"

"你真这样想？"陀罗迦将双臂抬高到身前。

随之而来的是隆隆的声响。转瞬间，漆黑的树木越过地板，吞没了阿耆尼，黑色的树枝在他周围翻腾着。隆隆声还在继续，他们脚下的地板上升了好几寸。头顶上传来吱吱的响声和石块断裂的声音。尘土和沙砾开始纷纷落下。

一道炫目的闪光过后，树木全都消失了，地上只剩下短小的树桩和黑色的污迹。

天花板呻吟一声，轰然倒塌。

在他们从王座后的门退出去之前，萨姆看见那人影依旧立在大厅中央，他将法杖举到头顶正上方，画出一个小圈。

一个闪亮的圆锥直射上去，融解了途中的一切。阿耆尼的嘴角仍然带着笑容，巨大的石块如暴雨般纷纷坠下，却没有一个落在他周围。

隆隆声还在继续。地板爆裂开来，墙体开始晃动。

他们砰地关上门。萨姆发现，原本远在走廊尽头的那扇窗忽然就到了他身后，这样的速度让他不由得头昏眼花。

他们正朝天空、朝远处走，他的体内充满了刺痛、飘忽的感觉。他感到自己仿佛变成了液体，而一道电流正从中穿过。

凭着魔物那可以同时看到四个方向的视力，他看见了被他们远远抛在身后的帕拉美得苏，从这样的距离望去，它几乎可以加上画框，挂在墙上。城中央的高山上，韦德迦的宫殿正向内坍塌，一道道巨大的亮光从废墟中跃上天空，仿佛是颠倒的闪电一般。

"这就是你的答案，陀罗迦。"他说，"要不要回去，再试试他的力量？"

"当时我别无选择，我必须亲自试过。"

"现在让我再给你一个忠告。我曾说过他能看到最远的地平线，这绝非玩笑。如果他能很快脱身，把视线转向这个方向，他定会发现我们。我不认为你的速度能赛过光速，所以我建议你降低高度，以地面做掩护。"

"我已经让我们隐身了，萨姆。"

"阿耆尼的眼睛远超人类，可以看见红外线与紫外线。"

话音未落，他们已经开始快速下降。不过，萨姆还是最后看了一眼帕拉美得苏。韦德迦的宫殿消失了，灰色的山坡上只剩下漫天尘埃。

他们如旋风般往南方急驰而去，终于，拉特纳迦利丝出现在他们脚下。他们来到查纳山，飘过山顶，落在鬼狱敞开的大门前。

他们走进去，把大门关上。

"追兵很快就到，"萨姆说，"即使鬼狱也无法抵挡。"

"他们对自己的力量真是自信，"陀罗迦道，"竟然只派来一个人！"

"你觉得这自信并无根据？"

"不，"陀罗迦答道，"但你提到的那个红衣人呢？能用双眼攫取生命的那个？你不认为他们本该派阎摩大人来，而不是阿耆尼吗？"

"是的，"他们往魔物之井走去，"我原本认定他会跟来的，现在我依然这么想。在我们上次见面时，我让他有些难堪。相信无论我到哪里，他都会尾随而至。谁知道呢，也许他现在就藏在鬼狱深处，等着伏击我们。"

他们来到魔物之井边缘，走上了墙上的小径。

"他不在里边，"陀罗迦告诉他，"若有罗刹之外的人来到这里，那些仍被束缚在鬼狱中等待的罗刹一定会与我联系。"

"他会来的，"萨姆道，"当他来到鬼狱时，绝不会允许任何人挡住他的去路。"

"但很多都会尝试，"陀罗迦道，"那是第一个。"

路旁的壁龛中出现了第一团火焰。

他们走过时，萨姆释放了它，它像一只明亮的小鸟冲入空中，随后盘旋着往井底飞去。

他们一步步朝下走，火焰从每个壁龛中溅出来，流入空气中。其中一些遵照陀罗迦的命令向上消失在井口，从外侧刻着诸神警告的那扇巨门飞了出去。

来到井底后，陀罗迦说道："让我们将囚禁在洞穴中的那些一起释放吧。"

于是他们穿过隧道和深深的洞穴，释放了囚禁在那里的魔物。

过了一些时候——究竟是多久，他难以判断——它们全都获得了自由。

罗刹们聚集在洞穴周围，所有的火焰密密麻麻地排在一起，他们的呼喊汇聚成响亮而稳定的声音，在他脑海中不断地循环，再循环。最后，他突然意识到它们在歌唱，这想法让他吃了一惊。

"是的，"陀罗迦说，"多少个世代以来，他们第一次这么做。"

萨姆倾听着自己头颅中的共鸣，在所有的哔哔声与光芒背后抓住了一星半点的含义，接着，与之相伴的感情化作了他更加熟悉的词语和重音。

我们是鬼狱的军团，受人诅咒
坠落的火焰，遭人驱逐。
我们是被人类毁灭的种族。
于是我们诅咒人类。埋葬他的名字！

诸神之前，人类之前，
世界原属于我们。
等神与人逝去，
它还会重回我们手中。

群山总会塌陷，大洋总要干涸，
月亮会从空中消失，
诸神之桥也不免分崩离析，
但凡会呼吸的都难逃一死。

鬼狱的我们终将凯旋，
只等诸神失败，只等人类失败，
被诅咒的军团永不消亡，
我们等着，我们等着，直到再来的那天。

这歌声让萨姆战栗不已。它们一遍遍地重复，追忆着逝去的辉煌；它们满怀自信，相信自己能在任何境遇中长久坚持，相信无论面对什么力量，都只需一推，一拖，再加上长久的等待，等着不被它们认同的一切自食其果，消失在时间的长河中。那一刻，他几乎相信了它们所唱的，相信总有一天，世界会恢复一片死寂，只有罗刹会存活下来，在满地废墟上空翱翔。

后来，他把心思转到了其他事情上，强迫自己从这种情绪中走出来。但在接下来的几天里，有时甚至在好多年过后，这情绪都会回来，困扰他的努力，嘲笑他的欢乐，促使他思索，让他悲伤，带给他负罪感，也由此使他变得谦卑。

过了一阵子，先前离开的一个罗刹回到鬼狱，下到井底。他飘在空中，报告自己的所见所闻。说话时，他的火焰散开，变成了一个T形。

"这就是那辆战车的形状，"他说，"它燃烧着穿过天空，然后降落下来，停在了南峰背面的山谷里。"

"缚魔者，你了解这艘飞船吗？"

"我曾听人形容过，"萨姆道，"这是湿婆大人的雷霆战车。"

"告诉我战车里有什么人。"他对那魔物说道。

"一共有四个，主人。"

"四个！"

"是的。其中之一是被你称为阿耆尼和火王的那个。另一个锃亮的头盔上竖着一对牛角——他的铠甲好似年代久远的青铜，但却不是青铜；铠甲上满是蛇的图案，而且似乎对他的活动没有丝毫妨碍。他的一只手上握了把闪着微光的三叉戟，但是并没有带来盾牌挡在身前。"

"这是湿婆。"萨姆道。

"与他们同行的是一个全身红色的人。他的目光幽暗，虽然没有开口讲话，但偶尔会将视线投向走在他左侧的那个女人。她的头发与肌肤都很美丽，铠甲正好与他的红色相配。她的眸子有如大海，嘴唇的颜色仿佛人类的鲜血，唇上时常露出笑意。她的喉咙上有一串骷髅项链。她背着弓，腰带上还有一柄短剑。她双手拿着一个奇怪的东西，看起来像是一根黑色的权杖，顶端有一个银骷髅，那骷髅同时又是一个轮子。"

"这两人是阎摩和迦梨，"萨姆道，"陀罗迦，罗刹中的至尊，现在听我说，让我告诉你我们面对的是什么。阿耆尼的力量你已了然于心，红衣的阎摩我也早已说过。至于另外二人，走在死神左侧的女人，她的目光同样具有攫取生命的能力。她的权杖和法轮会发出尖叫，好似时代灭亡时奏响的鼓点，在它的哀嚎前，所有人都会倒下，陷入混乱。她同她的情人一样残忍且无法战胜。然而手拿三叉戟的却是毁灭之王本人。的确，阎摩是死亡之主，而阿耆尼是火王，但湿婆的力量是混沌之力。是他使原子与原子分离，他的力量所到之处，一切都将分崩离析。面对他们，即使从鬼狱中释放的威力也难以抵挡。因此，让我们赶紧离开这个地方，因为他们的目标毫无疑问正是这里。"

"缚魔者，难道我未曾答应你，"陀罗迦道，"说我会帮助你对抗众神吗？"

"是的，但我指的是一次突袭。这些人已经聚起法力与神性。如果他们愿意，无须降落雷霆战车，查纳就将不复存在，在拉特纳迦利丝中间，在这座山所在的地方，只会剩下一个深坑而已。为了今后能卷土重来，我们现在必须逃走。"

"还记得佛陀的诅咒吗？"陀罗迦问，"还记得你是如何教我认识了负罪感吗，悉达多？我没有忘记，我感到自己欠你一个胜利。是我让你遭受痛苦，而我会将这些神灵交到你手中，作为补偿。"

"不！若你果真有意为我效劳，那就另找一个时间，不要在今天！现在就赶紧带我离开这里，走得远远的！"

"你惧怕这次碰面，悉达多？"

"是的，是的，我怕！别逞匹夫之勇！你们的歌里不是说——'我们等着，我们等着，直到再来的那天！'罗刹的耐心到哪里去了？你们说自己会等到山峦塌陷，海水干涸，月亮从空中消失——但你却不能等我来指定与诸神作战的时间与地点！这些神灵，我对他们的了解远胜于你，因为我也曾是他们中的一分子。现在不要鲁莽行事。若你真想为我效劳，那就带我逃离他们。"

"好吧，我听你的，悉达多。你的话说服了我，萨姆。但我要试试他们的力量，我会派些罗刹去对付他们。与此同时，你和我，我们俩会走得远远的，一直走下世界的根基，在那里等候胜利的消息。如果罗刹竟然失败了，那时我会带你离开这儿，并且把你的身体还给你。不过，我现在会继续停留在你体内，再待几个钟头，好品尝你对这次战斗的激情。"

萨姆垂下头，表示接受。

"阿门。"他说。随着一阵刺痛、飘忽的感觉，他感到自己离开了地面，被带进了人类从未涉足过的隧道中。

他们从一个房间飞到另一个带穹顶的房间，奔下隧道、裂缝和深井，穿过迷宫、岩穴与巨石回廊，萨姆放松了精神，任它沿着记忆的长廊回到过去。他回想起自己说法的那段日子，诸神用以统治世界的宗教就像是树干，他则试图把乔达摩的教导嫁接到这树干上。他想起了那个奇异的人，善逝，他的手里同时握着死亡与祝福。将来，他们的名字会合二而一，他们的事迹也会融合在一起。他已经活了太久，很清楚时间将如何把传说搅在一起。曾经真有一位佛陀，他现在已经明白了。他的教学，虽则在他自己而言是虚伪不实的，却吸引了这个真正的信徒。善逝觉悟了，他将自己的圣道铭刻在人类的精神之上，而后又自愿走向死亡。他知道，如来与善逝将属于同一个传奇，如来会在自己信徒的光辉中闪耀，而最终只会剩下一位达摩。接着，他的思绪回到业报大厅的那场战斗，回到那些藏在某个秘密地点的仪器上。这让他想起了自己之前经历的无数次传输；想起许多年间自己亲历的战斗、爱过的女人；想起世界本可以成为什么样子；想起世界的现状和引起这一切的原因。对诸神的愤怒再次攫住了他。曾几何时，他们寥寥数人对抗罗刹和群龙，干闼婆和海之民，伽塔普纳魔物和灼热之母，塞陀和食血肉鬼。他们胜利了，将这个世界从混沌中拉出来，建起第一座人类的城市。他眼看着它走过了一座城市所能经历的所有阶段，直到现在。城里的居民能在一段时间内延伸自己的精神，将自己变成神灵；他们凭借法力加固自己的身体，强化自己的意志，并将欲望延伸成神性。在那些被这力量攻击的人眼中，它们就仿佛魔法一般。他想着这些神灵和这座城市，他清楚它是多么美丽、合理，也明白它是多么丑陋而不正当。他回想起它的辉煌与色彩，它同世界的其余部分是那么不同；他满心恼怒，竟至落下泪来，因为他知道，自己永远都会觉得，反抗它既非全然错误，也不完全正确。这也是为什么他曾等待了那么久，没有采取任何行动。现在，无论他做些什么，结果都既是胜利又是失败，既是成功也是挫折；无论他所做的一切将使这座城市的梦终结还是继续，他都永远无法摆脱愧疚的重担。

他们在黑暗中等待着。

长久、无声的等待。时间仿佛爬山的老头般踯躅不前。

他们等待着，脚踩的岩石下是一汪黑潭。

"我们不是早该得到消息了吗？"

"也许，也可能还不到时候。"

"我们该怎么办？"

"什么意思？"

"如果一直没有消息，我们要等多久？"

"他们会来的，还会带来胜利的歌。"

"希望如此。"

然而四周既没有歌声也不见丝毫动静，唯有寂渺的时间毫无目的地缓缓流过。

"我们等了多久？"

"我不知道。很久。"

"我感到事情不妙。"

"也许你是对的。我们要不要上去几层看看情况？或者我现在就带你离开，还你自由？"

"让我们再等等。"

"好。"

又是一片寂静。他们在其中来回踱着步子。

"那是什么？"

"嗯？"

"有声音。"

"我什么也没听见，而我们用的是同一双耳朵。"

"不要用身体上的耳朵去听——又来了！"

"我什么也没听见，陀罗迦。"

"还在继续。像是一声尖叫，但是却没有停下。"

"远吗？"

"是的，相当远。这边，听。"

"是的！我猜那是迦梨的权杖，也就是说，战斗还在继续。"

"这么长时间？这些神灵比我想象中还要强大。"

"不，应该说罗刹比我想象中还要强大。"

"无论我们是输是赢，悉达多，神灵现在都无法脱身。如果我们能从他们身边溜出去，他们的战车也许正无人把守。你想要吗？"

"偷走雷霆战车？这想法倒真不错……那是件威力无比的武器，同时也是很好的交通工具。我们有多大机会？"

"我敢肯定，罗刹能一直拖住他们，为我们争取到足够的时间——再说爬上鬼狱的路很长，而我们却不需要从小道走。我有些疲倦，但还是能带我们飞上去。"

"让我们上去几层，看看情况。"

他们离开了黑潭旁的岩石，开始往上走。在他们的周围，时间的脚步声再次响起。

他们正在前进，一个光球迎了过来。它降落在洞穴的地上，化作了一株燃起绿色火焰的大树。

"战况如何？"陀罗迦问。

"我们困住了他们，"它报告道，"但却没法靠近。"

"为什么？"

"他们身上有某种东西让我们不得近身。我不知道该叫它什么，但它让我们无法靠得太近。"

"那你们是怎样作战的？"

"岩石像暴风雨般不断落下。我们还掷去火、水和强力的旋风。"

"他们如何回应？"

"湿婆的三叉戟能在任何地方杀出一条路来。但无论他毁灭多少，我们都会带来更多。所以他就像雕塑般站在原地，摧毁我们永无止境的风暴。有时，火王为他挡住进攻，他就会突然大开杀戒。女神的权杖会迫使我们减慢速度，一旦慢下来，就会遭遇三叉戟，或是死神的手与眼。"

"而你们没能伤到他们？"

"没有。"

"他们在什么位置？"

"还在墙侧的小径上，离顶端不远。他们的速度很慢。"

"我们的损失是多少？"

"十八个。"

"看来这是个错误，我们不该停止等待，开始作战。代价太高却一无所获……萨姆，想试试偷走战车吗？"

"值得冒险……是的，让我们试试看。"

"现在去吧。"陀罗迦对罗刹下了命令，对方已经长出许多枝条，正前后摇摆着。"我们随后跟上。我们会沿着他们对面的墙上升。一旦我们开始上升，你们就要把攻势加倍。在我们过去之前，必须完全吸引他们的注意力，拖住他们，好让我们有时间偷走停在山谷里的雷霆战车。在那之后，我会以真身回到这里，那时我们就可以结束这场战斗。"

"遵命。"对方一面回答，一面倒地化作一道绿蛇般的光束，从他们身前滑开。

他们快速朝前赶，有时跑步前进，好保存魔物的力气，留待最后时刻对抗重力。

他们刚才在拉特纳迦利丝地下走出了很远，回程似乎永远望不到头。

不过，他们终于还是站在了鬼狱的地面上。光线并不太暗，萨姆只需使用肉眼便能看清身边的一切。噪声震耳欲聋。如果他和陀罗迦要靠语言来交换意见，他们之间将不存在任何交流的可能。

火焰绽放在墙上，仿佛乌黑的树枝上盛开的奇异兰花。它翻腾着，随阿耆尼的火杖改变着形状。罗刹如闪亮的昆虫般飞舞在空中。狂风怒号，巨石也不甘示弱，嘎嘎地响个不停，但在这一切声音之上的，是迦梨那扇子一般挥舞在面前的银色骷髅法轮。它的哀鸣令人心烦意乱，更可怕的是，即使声音抬高到听觉范围之外，它也依然在脑中尖叫不已。石块被劈开，融解、消散在半空中，它们白热的碎片如熔炉中涌出的火星般纷纷坠落，反弹、翻滚，在鬼狱的阴影中灼灼生辉。火焰与混沌涉足之处，墙上出现了许多斑点、沟槽和划痕。

"趁现在，"陀罗迦道，"我们走！"

他们升到空中，沿着墙面往上。罗刹的攻击增强了，回应他们的则是更加密集的反击。萨姆捂住双耳，可这对迦梨的武器毫无用处，每当银色的骷髅转向他，他的眼睛后面就像被无数炙热的钢针扎过似的。在他左边不远处，一整片岩石转瞬间消失了。

陀罗迦道："他们并未发现我们。"

"目前还没有，"萨姆说，"那个该死的火神能从一片汪洋中找出一颗翻滚的沙粒，如果他转到我们的方向，我希望你能躲开他的——"

突然之间，他们凭空升高了四十尺，位置也更加靠左。陀罗迦问："这招如何？"

现在他们开始飞速上升，一长串熔化的岩石紧跟在他们身后，直到魔物们呼啸着扯下无比巨大的石块，伴着飓风和片片火舌朝四位神灵扔去。

他们来到了井的边缘，越过它，飞快地退到神灵的射程之外。

"现在我们必须一路绕过去，通向大门的走廊在那边。"

一个罗刹从井里上来，快速飞到他们身边。

"他们在撤退！"他喊道，"女神摔倒了。红衣的那个正扶着她逃走！"

"他们不是在撤退，"陀罗迦道，"他们想过来截断我们的去路。挡住他们！毁掉小道！快去！"

罗刹像颗流星般往井里落下。

"缚魔者，我累了。我不知道能否带我俩从门外一直下到山脚。"

"如果只是一部分路程，你行吗？"

"可以。"

"最开始的三百尺左右，路最窄的那段？"

"我想没问题。"

"好！"

他们跑起来。

他们正沿着鬼狱的边缘飞奔，又一个罗刹来到他们身边，同他们保持着相同的速度。

"报告！"他大喊道，"我们两次把路摧毁，但每次火王都重新烧出一条路来！"

"那就别无他法了！现在跟我们一起走！我们在别的事情上需要你的协助。"

他冲到他们前头，化作深红色的光，照亮了他们的道路。

他们绕过井，冲上隧道。等来到隧道末端，他们猛地推开大门，跑到门外的岩脊上。刚才领路的罗刹砰一声关上门，喊道："他们追来了！"

萨姆跨过悬崖的边缘。就在他下落时，上方的大门一闪，随后便熔化了。

靠着那罗刹的帮助，他们一路降落到查纳山脚，接着他们登上一条小径，转了个弯。现在，这一座大山的底部把他们同诸神隔开了。但转瞬间，这块大石头也遭到了火焰的攻击。

罗刹急速升到高空中，盘旋着消失了踪影。

他们沿着小径朝战车所在的山谷跑去。当他们来到战车前时，刚才的罗刹也回来了。

"迦梨、阎摩和阿耆尼正往下赶,"他说,"湿婆留在后边,堵住了隧道。阿耆尼跑在前头,女神跛了脚,阎摩扶着她。"

山谷里,雷霆战车静静地立在他们眼前,站在这片长满青草的开阔地上。战车车身细长,没有任何雕饰,泛着青铜的色泽,却并非青铜所制。它仿佛一座倒塌的尖塔,或者某个巨人的钥匙,再或者是天国的某件乐器不可或缺的一部分,从闪耀的群星中脱落下来,坠入了凡间。虽然肉眼看不出什么缺陷,但它总给人一种不完整的感觉。它拥有属于最顶尖武器的独特的美,只有在运转时才显得完满。

萨姆绕到侧面,找到舱口,登上了战车。

"你能操控这辆战车吗,缚魔者?"陀罗迦问,"让它掠过天际,在地面散播毁灭。"

"我肯定阎摩会把操纵杆做得尽可能简单。他一有机会就要把事情简化。我过去开过天庭的飞行器,希望它们属于同一种类型。"

他一头钻进机舱,坐在驾驶席上,盯着眼前的控制板。

"该死!"他伸出手去,然后又缩了回来。

刚才的罗刹突然再次出现,他穿过战车的金属外壳,悬停在控制台上方。

"神灵们的速度很快,"他报告说,"特别是阿耆尼。"

萨姆迅速拨动一连串的开关,然后按下一个按钮。整个仪表盘都亮了起来,里边还传出一阵嗡嗡声。

"他离我们还有多远?"陀罗迦问。

"几乎到了半山腰。他用火拓宽了道路。现在他仿佛是在大道上奔跑。他烧掉了障碍物，一路畅通无阻。"

萨姆拉起一个控制杆，调整了某个刻度，然后注视着眼前的各种读数。一阵震颤传遍了机身。

"准备好了？"陀罗迦问道。

"我没法这样启动，得先预热。还有，控制板没我想象中那么简单。"

"我们得争分夺秒。"

"我知道。"

远处传来几次爆炸声，盖住了战车逐步增强的咆哮。萨姆再将操纵杆往下拉了一格，重新调整了刻度。

"我去拖住他们。"说着，前来报信的罗刹像来时一样消失了踪影。

萨姆又把操纵杆拉下两格来，在某个地方，有什么东西噼啪一声熄了火。战车重新变得一动也不动了。

他将操纵杆推回原来的位置，扭转刻度，按下刚才的按钮。

战车又是一阵震颤，同时传出了咕噜声。萨姆把操纵杆拉下一格，调整刻度。

过了一会儿，他重复刚才的动作，咕噜声变成了柔和的低吼。

"完了，"陀罗迦道，"死了。"

"谁？什么？"

"去阻挡火王的那个。他失败了。"

耳畔传来更多爆炸声。

"鬼狱完了。"陀罗迦说。

萨姆的手放在操纵杆上，焦急地等待着，额头上全是汗水。

"他来了——阿耆尼！"

萨姆透过长长的、倾斜的护罩向外望去。

火王进入了山谷。

"再见了，悉达多。"

"还不到时候。"萨姆说。

阿耆尼看着战车，举起了火杖。

什么也没发生。

他站在那儿，右臂直指战车；随后他垂下手臂，甩了甩手中的火杖。

他再次将它举起。

仍然没有火焰喷出。

他伸出左手，调了调颈后的盒子。这时，火光从法杖中涌出来，在他身旁的地表上烧出了一个大坑。

火杖又一次指向了战车。

还是什么也没有。

于是他开始朝战车跑去。

"电导？"陀罗迦问。

"是的。"

萨姆拉下操纵杆，再次调整刻度。周围响起了巨大的轰鸣声。

他按下另一个按钮，从战车的尾部传来清脆的噼啪声。就在阿耆尼来到舱口时，他调好了另一个刻度。

一道火光闪现，随之而来的是金属的叮当声。

萨姆从座位上站起身，钻出机舱，走进战车的通道中。

阿耆尼已经进入了战车，他举起火杖。

"别动——萨姆！魔物！"他喊道，声音盖过了引擎的轰鸣。他的护目镜一闪，变成了红色，他微笑起来。"别动，否则你和你的寄主会一起燃烧！"

萨姆朝他扑了过去。

阿耆尼没料到对方能碰到自己，被萨姆轻易地击倒在地。

"短路了，呃？"萨姆一拳击中了他的喉咙。

"还是太阳黑子的影响？"这次是太阳穴。

阿耆尼倒向一旁，萨姆用手掌外沿给了他最后一击，正好打在锁骨上方一点。

他将火杖踢到通道的另一头，等他想过去关上舱门时，却发现大势已去。

"离开这儿，陀罗迦，"他说，"从现在起，这是我自己的战斗。你已经无能为力了。"

"我保证过会帮助你。"

"你现在无法提供任何帮助。趁你还有机会，赶快离开。"

"如果这是你的愿望，好吧。但最后我还要告诉你一句话——"

"留着你的话！等我下次来的时候——"

"缚魔者，这是我从你身上学到的——我很抱歉，我——"

一种可怕的扭曲感穿透了他的身心，使他痛苦不已，那是阎摩的死亡之眼落在了他的身上，击中了比他的自我更深的地方。

迦梨也看进了他的双眼，与此同时，她举起了尖叫的权杖。

就仿佛一片阴影刚被移开，另一片又随之落下。

这声音出现在他的脑海中："再见了，缚魔者。"

接着骷髅开始尖叫。

他感到自己摔了下去。

一阵抽痛。

在他的大脑里，在全身各处。

他被这抽痛唤醒，感到自己被疼痛裹得严严实实，就像浑身缠满了绷带。

手腕和脚踝上套着锁链。

他半坐在一个小隔间的地板上，红衣人正坐在门边吸烟。

阎摩点了点头，什么也没说。

"为什么我还活着？"萨姆问道。

"许多年前，你在摩诃砂定下了一个约会，你活着就是为了赴约，"阎摩说，"梵天特别急于见到你。"

"但我却不怎么急于看到他。"

"这么多年以来，这一点已经相当明显了。"

"看来你平安无事地从泥里脱身了。"

阎摩微微一笑。"你真是个讨人厌的家伙。"

"我知道。我时常练习。"

"这么说你的买卖没成？"

"很不幸，被你说中了。"

"也许你可以试着弥补自己的损失。我们离天庭还有一半路程。"

"你认为我还有机会？"

"不是没有可能。没准这周的梵天会变得仁慈。"

"我的主治医师告诉我，应该专攻那些注定失败的行动。"

阎摩耸了耸肩。

"那魔物怎么样了？"萨姆问，"跟我在一起的那个？"

"它狠狠地挨了我一下，"阎摩答道，"但我不清楚它是死了还是被赶开了。不过你不必担心，我已经在你身上涂满了驱魔剂。如果那东西还活着，它需要很长时间才能从这次接触中恢复，也可能永远无法复原。这究竟是怎么发生的？我以为你是唯一对魔物附体免疫的人。"

"我也曾这么想。驱魔剂是什么？"

"我找到一种化学制剂，对我们无害，但却令能量体无法忍受。"

"很方便嘛。在束缚魔物的那段日子里，要有它该多好。"

"是的。这次下鬼狱我们就用上了。"

"就我所看到的部分来说，真是场不错的战斗。"

"是的，"阎摩道，"感觉如何——我是说魔物附体，被另一个意志制服是什么感觉？"

"很奇怪，"萨姆答道，"也很可怕，同时还相当有教育意义。"

"怎么讲？"

"这原本就是他们的世界，"萨姆说，"却被我们夺去了。他们为什么不该成为我们所憎恨的样子呢？对于他们而言，我们才是魔鬼。"

"但那是种什么感觉？"

"自己的意志被另一个意志制服？你应该很清楚。"

阎摩的微笑突然退去，随后又回到了他脸上。"你想让我打你，不是吗，佛陀？那会让你产生优越感。很可惜，我是个虐待狂，不会遂了你的心愿。"

萨姆哈哈大笑。

"说得好，死神。"

他们默默地坐了一会儿。

"能给我支香烟吗？"

阎摩递给他一支，为他点上火。

"第一基地现在什么样？"

"你恐怕都认不出那地方了，"阎摩道，"即使里头的每个人都在这一秒死去，一万年之后它仍会是完美无缺的。鲜花会绽放，音乐声会响起，喷泉会依光谱而喷涌，热气腾腾的食物依然会出现在花园的凉亭里。这座城本身是不朽的。"

"我猜，对那些自称神灵的人而言，这是个很合适的居所。"

"自称？"阎摩问道，"你错了，萨姆。'神'不只是一个名字，它是一种生存状态。人并不会因为永生不死就变成神，因为即使那些整日在田间劳作的最低等的人也能持续地存在下去。那么它是对法力的塑造吗？不。任何称职的催眠术士能对人的自我形象做手脚。是施展神性的能力吗？当然不是。我设计的机器比人能培养出的任何本领都更准确，更具威力。所谓神，是指一个人能完全地活出自己，以至你的激情与宇宙的力和谐统一，以至那些看见你的人无须听到你的名字就能意识到这点。某个古代的诗人曾说过，世界满是回声与和谐。另一个写了一首关于地狱的长诗，诗里每个人都在忍受着折磨，而这折磨在本性上正与统治其生命的那些力量相一致。作为神，就是能够在自我中识别出重要的东西，然后敲响那唯一的音符，让这些要紧的东西与其他一切和谐共存。在那之后，他就超越了道德、逻辑或美感，他是风或火，是海，是山，是雨，是太阳或是星辰，是箭矢的飞行，是一天的结束，是爱的拥抱。他凭着在自己心中占着主导的志趣而统治。人们尽管还不知道他们的名字，但看见他们，就不由得说：'他是火。她是舞蹈。他是毁灭。她是爱情。'所以，回应你刚才那句话，他们并不是自称为神。但其他人会这么称呼他们，其他所有人。"

"原来这就是他们的法西斯班卓琴所弹的调子，嗯？"

"你选错了形容词。"

"你已经把其他词都用光啦。"

"看来，我们在这个问题上永远无法达成共识。"

"如果有人问你们为什么要压制一个世界，而你却拿一堆富有诗意的废话作为回答，那么我猜，共识是没法达成的。"

"那就让我们另选一个话题吧。"

"不过，我的确会看着你，然后说：'他是死亡。'"

阎摩没有作声。

"奇怪的志趣。我曾听说你在年轻之前就已经衰老了……"

"你知道那是事实。"

"你曾是一个机械奇才，一个武器大师。你在一场大火中失去了少年时代，然后在同一天变成了一个老人。死亡就是在那时成了你的最爱吗？或是在此之前，在此之后？"

"那无关紧要。"

"你为什么要为众神服务？是因为相信刚才的那些话——或者

因为你憎恨人性的绝大部分？"

"我并未对你撒谎。"

"这么说，死神是个理想主义者。有意思。"

"并非如此。"

"或者，阎摩大人，也许两种猜测都不正确？你的最爱其实是——"

"你曾提到过她的名字，"阎摩说，"在那次谈话中，你将她比作疾病。那时你错了，现在你依旧是错的。我没兴趣再听一次你的讲道，而且既然现在没有流沙的限制，我是不会坐在原地听你胡说的。"

"放松点，"萨姆道，"告诉我，众神的志趣会改变吗？"

阎摩笑了。

"舞蹈女神曾是战神，所以，看起来任何事情都是可以改变的。"

"等我真正死去之后，"萨姆说，"我会被改变。但在那之前，我的每一口呼吸都会伴随着对天庭的憎恨。如果梵天下令烧死我，我会往火里吐唾沫；如果他要扼死我，我会试着在行刑人的手上狠咬一口；如果要割开我的喉咙，我的血会腐蚀那把剑。这也算是一种志趣吗？"

"你是做神的好材料。"

"天啊！"

"在可能发生的一切发生之前，"阎摩道，"他们保证说，将允许你参加婚礼。"

"婚礼？你和迦梨？最近吗？"

"在次月满月之时。"阎摩回答道，"所以无论梵天做出怎样的决定，至少在那之前我还能为你买杯酒喝。"

"为此我谢谢你，死神。不过我一直以为婚礼不会在天庭举行。"

"那项传统就要被打破了，"阎摩说，"没有什么传统是神圣不可侵犯的。"

"那么祝你好运。"

阎摩点点头，打个哈欠，为自己点上第二支香烟。

"顺便问一句，"萨姆道，"在天庭里，死刑的最新流行趋势是什么样的？我纯粹只是想了解了解情况。"

"我们不在天庭行刑。"阎摩打开壁橱，拿出一个棋盘来。

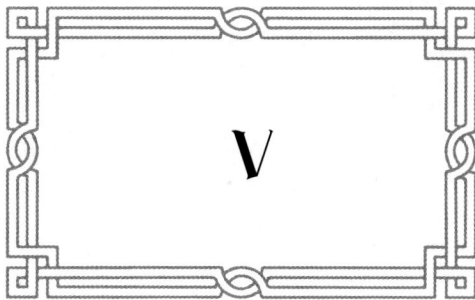

V

他从鬼狱来到天庭，与诸神交流。尽善城中隐藏着无数谜团，其中一些关乎他自己的过去。他在那里的种种并不全都为人所知。但人们知道，他的确曾为了世界的缘故向诸神呼求，赢得了一些神灵的同情，也遭到了另一些的敌视。有人说，若他选择背弃人类，接受诸神的提议，便能成为城中的一位神祇永留天国，而不必死在卡尼布拉丛林中那幻影大猫的利爪之下。毁谤他的人却说，他确实曾接受诸神的提议，后来却又遭到了对方的背叛，这才在余生不多的日子里将感情转回到受苦受难的人类身上，直到生命终结……

身披闪电，规则之主，带来利剑、法轮与弯弓，

毁灭者、维持者。迦梨，世界尽头的毁灭之夜，在暗夜行走于世间，

守护者、背叛者、安宁，可爱而为人所爱，婆罗门女、吠陀之母，驻留在寂渺与最隐秘之地，

　　吉兆、温柔、无所不知，如思维般迅捷，戴着骷髅、盈满力量、仿若黎明，无敌的领袖，满心怜悯，

　　为迷途之人打开道路，赐予恩宠，老师，化作女身的勇猛，

　　变色龙般的心肠，苦行者、魔法师、贱民，不死的永恒……

　　——Âryatârâbhattârikânâmâshtottarásatakastotra(36-40)

这时，微风如往常一般拂过了她雪白的皮毛。

柠檬色的水晶在她四周微微颤动。她沿着一条蜿蜒的道路前进，走在深色的树木和丛林中的鲜花之下，右边是一簇簇水苍玉结晶，矿脉裸露在四周，现出贯穿橘红色条纹的乳白色石头。

这时，就像过去的无数次那样，她脚底厚厚的肉垫踏在地上，风抚摩着她大理石般白净的皮毛，丛林与平原上的千种芬芳荡漾在周围，就在那里，在微光中，在那个亦真亦幻的地方。

她孑然独行在这条永恒的小径上，穿过那半是幻境的丛林。白虎是孤独的猎手，即使有同类擦身而过，也不会想要结伴同行。

这时，就像过去的无数次那样，她抬头看了看天空光滑的灰色外壳，看了看如冰晶般闪耀其上的星辰。月牙形的眼瞳猛地一张，她停下脚步，坐在地上，朝空中望去。

她在追捕什么？

从她的喉咙里溢出低沉的声响，仿佛是一声被咳嗽堵住的轻

笑。她突然纵身一跃，跳上块高大的岩石，然后坐下舔起自己肩上的皮毛来。一轮明月滑入她的视线中，她静静地注视着，宛如一尊由永不融化的白雪浇铸而成的塑像，两粒黄玉在眉下灼灼生辉。

然后，同过去一样，她疑惑着，怀疑自己是否真坐在卡尼布拉的丛林中。她感到自己仍在真正的丛林之内。但她无法确定。

她在追捕什么？

天庭位于一片高原之上，那里原本曾是一系列山脉。群山被熔化、修理齐整，变成一个平坦的底座。从南方运来的肥沃表层土被铺在这片荒芜之上，使植被葱翠起来。一个透明的穹顶笼罩着整个地区，既抵挡了极地的严寒，又让任何不受欢迎的客人无从进入。

天庭高高在上，享受着温和的气候、长长的黄昏和漫长而慵懒的日子。抽入的新鲜空气经过加热后循环于尽善城与森林中。穹顶之内，人们能造出云彩。从云层中可以唤来雨滴，落在几乎任何地方。人们甚至能制造降雪，只是他们从未这样做过。天国永远停留在夏日。

尽善城就矗立在天国的夏日中。

人类建造城市时，会让他们的城围绕着某个港口，靠近上好的农田，或是紧邻牧场、猎场、商路以及某个自然资源丰富的地方，尽善城却截然不同。它出自第一批居民心中的构想。它不是一点一点随意建成的——在这里加上一座房子，在那里更改一条街道的走向，拆掉这个来为另一个腾出地方，最后所有部分凑到一起，变成一个不规则而缺乏美感的整体。不。对功能的每一个要求都被考虑在内，每一寸的华美都经过了最初的规划者和设计增幅器的仔细计算。在完成统筹规划之后，这份蓝图被带到一个无与伦比的建筑艺术家那里。守护者毗湿奴将整个极乐之尽善城装进了自己的脑海中，直到有一天，他跨上大鹏金翅鸟，盘旋在仞立之塔的上空俯视地表，尽善城就随着他额上的一滴汗珠出现在了人世间，完美无瑕。

因此，天国来自一位神祇的精神，其构想源于诸神的愿望。它被置于一片冰、雪和岩石构成的荒野之上，这是诸神的选择，而非出于需要。那里是世界永恒的地极，唯有强者才能将它变成家园。

（她在追捕什么？）

在天国的穹顶下，伟大的森林卡尼布拉与尽善城比邻而居。智慧的毗湿奴看得很清楚，诸神需要城市与荒野之间的平衡。荒野固然能脱离都市独立存在，都市中人所需的却远不止庭院里人工栽种的植物而已。他寻思着，假如城市占据了所有空间，人们便会将一部分都市变为荒原，因为在所有人心中都有某种东西，渴望着能在什么地方看到秩序的终结和混沌的开端。因此，一片森林出现在他心中，为城市带来溪流，带来生长与腐败的气息；野生动物穿梭于森林的阴影之下，在风中耸着肩膀，在雨中闪耀光芒，生生不息。

荒野延伸到尽善城的边缘，然后停了下来。它被禁止前行，正如尽善城也留在自己的界限之内。

然而，林中的生物包括一些凶猛的掠食者，它们从不理会边界的限制，来去无不随心所欲。其中的王者便是白虎。因此，诸神规定，这些幻影大猫不得看到尽善城，通过它们双眼之后的神经系统，它们的眼中将不会出现城市的影子。在这些白猫的脑子里，卡尼布拉森林就是整个世界。它们走在天国的街道上，却以为脚下是丛林中的小径。假如诸神经过，轻轻抚摸它们的皮毛，那是风向它们伸出了双手。宽阔的阶梯是岩石形成的斜坡，房屋是峭壁，雕塑是树木，行人全都隐去了身形。

不过，若是城中之人进入真正的森林，猫与神便会处在生存的同一平面上——荒野、平衡者。

她又咳嗽起来，同过去毫无二致，风又一次拂上她雪白的毛皮。她是一只幻影大猫，三天以来，她穿行在卡尼布拉森林的荒原中，捕获猎物，吃掉鲜红的生肉，用沙哑的嗓音发出挑战，用粉红色的大舌头梳理皮毛。天空的中央，云层不可思议地合拢过来，大雨倾泻而下，雨滴从云里、从高悬的叶片上落到她的后背。她的腰像是着了火。前一天夜里，她同一只体格硕大，毛色如死亡般惨白的大猫交配，对方的爪子划过她的肩膀，血腥味让双方都陷入了癫狂。她发出咕噜咕噜的声音，清冷的微光照耀在她身上，随之而来的是三轮明月，仿佛她那不断变幻的新月形瞳孔，金黄、银白与暗褐色。她坐在岩石上，舔了舔爪子，心里想着自己刚才捕到的是什么。

四大天王的花园。天女们在池中嬉戏，池边一张幽香的长榻上躺着女神拉克西米和世界的第四位守护神——四大天王之一的俱毗罗。今晚，其余三位都不在这里……天女们一面吃吃笑着，一面捧起芬芳的池水朝榻上泼去。然而，黑天奎师那这时吹起了笛子，女孩子们于是把胖子俱毗罗和可爱的拉克西米抛在一旁，趴在池沿上盯住了黑天。他正慵懒地躺在一株繁花似锦的大树下，身边摆满了葡萄酒囊和残羹剩肴。

他的手在笛孔处上下移动，奏出一声长长的悲鸣和一串类似山羊叫的咩咩声。美人卡黎从他身边站起来，一头扎进了池水中，水下有许多洞穴，她在其中一个洞里消失了踪影。黑天刚刚花了一个钟点为她宽衣解带，现在却似乎完全将她忘在了脑后。他打个嗝儿，吹出一个调子，而后停下来，又吹起了另一个。

"关于迦梨的传言属实吗？"拉克西米问道。

"什么传言？"俱毗罗咕哝着，朝一碗酒伸出手去。

她从他手中夺过酒碗，抿上一口，然后还给了他。他将酒一饮而尽，放回到托盘里，一个仆人上来把酒斟满。

"说她想要活人作祭品，来为自己的婚礼助兴？"

"很可能，"俱毗罗道，"没法说服她放弃，那条嗜血的母狗，总喜欢把灵魂注入猛兽的躯壳里找乐子。有一次她变成只火禽，抓破了西塔娜的脸，就因为她说了些不中听的话。"

"什么时候？"

"哦，十次——十一次化身以前。新身体的准备慢得要命，西塔娜只好在面纱后待了许久。"

"奇怪的一对，"拉克西米轻轻撕咬着俱毗罗的耳朵，喃喃地说道，"你的朋友阎摩大概是唯一会同她一起生活的人。想想看，要是她生起气来，用她的死亡之眼盯住自己的爱人，除了阎摩，谁还能抵挡她的目光呢？"

"别开这样的玩笑，"俱毗罗道，"我们就是这样失去战神卡尔提克耶的。"

"哦？"

"是的。她很奇特，像阎摩，但又不像他。他是死神，没错，但他的杀戮干净利落。迦梨却更像一只猫。"

"阎摩谈到过她是如何令他神魂颠倒的吗？"

"你来这儿是为了探听流言蜚语，还是为了成为别人的谈资呢？"

"二者都有。"她回答道。

就在这时，奎师那聚起法力，将自己的神性——神圣的酩酊——倾泻到园中。感人至深的旋律从笛子中喷涌而出，苦恼而幽暗，甜美而酸涩。他的酩酊在整个花园中弥漫开来，一波波的欢乐与悲伤交替着。他站起身，优雅而黝黑的双腿开始翩翩起舞。板平的脸上没有一丝表情，湿漉漉的黑发像金属丝般卷得紧紧的，连胡须也卷成一团。天女们走出水池，跟在他身后舞动起来。笛声沿着古老的旋律飘忽不定，越来越狂乱，他的动作也越来越快，终于，他跳起了阿沙丽拉——欲望之舞；身后的天女们用双手扶住臀部，跟着他加快了速度，完全沉浸在旋转的舞步中。

俱毗罗抓紧了拉克西米。

"这才叫神性呢。"她说。

暴风之神楼陀罗开弓射箭。那箭不断朝远方的箭靶飞驰，直至正中靶心。

他身旁的穆卢干王轻笑着放低了手中的弓。

"你又赢了，"他说，"我没法做得更好。"

他们松开弓弦，顺着箭矢飞去的路线朝箭靶走去。

"你见过他了吗？"穆卢干问。

"很久以前我就认识他。"楼陀罗答道。

"推进主义者？"

"那时还不是。他在政治上并没有任何明确的观点。但他是原祖之一，一个曾亲眼见过尤拉斯的人。"

"哦？"

"他在与海民和灼热之母的战争中表现卓越。"说到这儿，楼陀罗抬手在空中一挥。"后来，"他继续道，"因为这些，他被委以重任，指挥北路诸军清剿魔物。在那些日子里，他的名字还是迦尔基；自此之后，人们开始称呼他缚魔者。他发展出一种能对付魔物的神性，借此消灭了大部分夜叉，束缚了所有罗刹。阎摩和迦梨在玛瓦的鬼狱抓住他时，他已经成功地释放了后者。因此，罗刹现在已重回世间。"

"他为什么要这样做？"

"阎摩和阿耆尼说，他同罗刹的首领做了一笔交易。他们猜想他将自己的身体借给对方，用以换取魔军参与对抗诸神的战争。"

"我们会遭到攻击吗？"

"存疑。魔物们并不蠢，既然它们无法在鬼狱战胜四位神祇，恐怕也不会来这里向所有的神灵挑战。况且，阎摩这会儿正在死亡之间设计特殊的武器。"

"他的准新娘又在哪儿？"

"谁知道呢？"楼陀罗道，"再说，谁在乎呢？"

穆卢干微微一笑。

"我曾以为你自己也对她念念不忘呢。"

"她太冷淡，也太尖刻。"

"她拒绝你了？"

楼陀罗那张从未有过笑意的深色脸孔转向了俊美的青春之神。

"你们这些丰产之神比马克思主义者还要糟，"他说，"你们以为除此之外，人与人之间再没有别的可言。我们曾经是朋友，仅此而已，但她对朋友们过于苛刻，因而失去了他们。"

"她真的拒绝了你？"

"我想是的。"

"后来，她让摩根，那个平原诗人，做了自己的情人——有一天，他转世成一只灰冠雀飞走了——你于是开始捕猎灰冠雀，一个月之内，天庭中所有的灰冠雀几乎都死在了你的箭下。"

"我仍在捕猎灰冠雀。"

"为什么？"

"我不爱听它们的声音。"

"她太冷淡，也太尖刻。"穆卢干赞许似的点点头。

"我不喜欢被任何人嘲笑，青春之神。你能快过楼陀罗的箭吗？"

穆卢干又笑了。"不，"他说，"我的朋友四大天王同样办不到——他们也无须这样做。"

"当我积聚自己的法力，"楼陀罗道，"拿起死神亲手赠予的巨弓，我便能射出热跟踪的箭，它能呼啸着追踪到数里之外的移动目标，像一束霹雳般击中它，必死无疑。"

"那么，还是让我们谈谈其他话题吧，"穆卢干似乎突然对箭靶产生了兴趣，"听说我们的客人几年前曾在摩诃砂嘲弄过梵天，并且玷污了圣所。可是，我还听说，他同时也是那个标榜和平与觉悟的宗教的创始人。"

"不错。"

"有意思。"

"真是轻描淡写。"

"梵天会如何行事呢。"

楼陀罗耸耸肩。"唯有梵天知道。"

天庭的最边缘，被称作世界尽头的地方。穹顶闪烁于远方，而在穹顶之下那片空旷的土地上，四面镂空的寂阁正掩映在烟白色的雾气里。雨水从未滴落到它灰色的圆顶上，清晨，白雾在露台与栏杆间翻腾，晨风在微光中拂过。通风的房间里，有时能看到沉思的神灵、受到重创的战士或是伤心欲绝的恋人，他们来到诸神之桥后方的这片天空下，来到岩石中这个色彩单调、除去风声外别无响动的所在，或是坐在朴实无华的深色家具上，或是徘徊在灰色的圆柱间，思考着所有悲伤的、徒劳的事情——原祖到来后不久，这里便成了众人静坐神思之处，有哲学家和女巫、智者与术士、想要自杀的人，还有超脱了重生与更新之欲的苦行者；在这离与弃、退与隐的领地中，人们能找到五间屋子，分别叫作回忆、恐惧、心碎、尘埃和绝望；胖子俱毗罗建造了这个地方，他本人对这些感情没有丝毫兴趣，但他是迦尔基大人的朋友，于是答应了狂暴的娣蒂——有时也被人称作杜尔迦或迦梨——的要求，因为在所有的神祇中，唯独他拥有透过非生命体进行交流的能力，这使他能赋予自己的作品感觉与激情，使身处其间的人感同身受。

他们坐在名唤"心碎"的房间里，喝着酒，却毫无醉意。

寂阁沐浴在微光中，环绕天庭的风流过他们身边。

他们穿着黑袍，身下是黑色的椅子，在两人之间的桌面上，他的手覆在她的手上。一堵墙隔开了天庭与天空，墙上的天宫图回放出二人往昔的岁月，他们默默地注视着自己的历史一页页翻过。

"萨姆，"她终于开口道，"我们的过去难道不是非常美好吗？"

"是的。"

"在那段古老的岁月里，在你离开天庭，到人类之中生活以前——那时你爱我吗？"

"我记不真切了，"他说，"已经过了太久。那时的我们与现在截然不同——不同的心灵，不同的身体。那两个人，不管他们是谁，很可能曾经相爱过。我不记得了。"

"但我还记得这个世界的春季，仿佛那就在昨天——日间我们一同驶向战场，夜里我们将空中那些刚画好的星辰摇落！当时的世界是那么新奇，那么不同，每一朵花中都潜藏着危险，每一次日出后面都有爆炸的轰鸣。我和你，我们共同征服了一个世界，因为没有谁真正欢迎我们，一切都在抗拒我们的到来。我们以剑与火在陆地和海洋杀出一条血路，我们在海底、在空中战斗，直到再不剩任何抵抗。然后我们建起城市与王国，挑选出自己中意的统治者，等他们不再令我们开心时便将他们抛却。那些年轻的神祇，他们哪里知道那段日子呢？他们怎么能了解我们原祖所熟知的力量？"

"他们不能。"他答道。

"那时，我们在海边的宫殿中统治万民，我为你带来了许多儿女，我们的舰队横扫大洋，征服诸岛，那难道不是段美好而充满荣耀的时光吗？那些夜晚，火焰、芳香和美酒……那时，你难道不爱我吗？"

"我相信他们两人的确相爱，是的。"

"他们俩？我们并没有那么不同。我们的改变还没有那么厉害。尽管岁月流逝，但一个人的自我中总有些东西维持着原来的样子，永远不会改变，无论他更换了多少具肉体，有了多少个情人，无论他看见或是做出多少美好的、丑陋的事，也不管他有过多少思索，经历过多少感情，他的自我都会站在这一切的中央冷眼旁观。"

"剥开一个水果，你能找到一粒种子。这是中心吗？打开种子，里边什么也没有。这是中心吗？我们已不再是战场上的男女主人公。我很高兴那两人曾存在过，但也仅此而已。"

"你离开天庭是因为对我感到厌倦吗？"

"我想要换个角度思考。"

"有许多许多年，我为了你的离开而憎恨你。有时，我会坐在那名叫'绝望'的房间内，然而我太过怯懦，不敢走出世界尽头。还有些时候，我原谅了你，并让七圣哲将你的影像带到我眼前，我看着你在日间活动，仿佛我们又一次走在了从前。其余的日子里，我希望你死去，但你将我的行刑者变成了朋友，正如你将我的愤怒化为宽恕。你的意思是，你对我毫无感觉吗？"

"我的意思是，我已不再爱你。若宇宙中存在着某种持续不变的东西，那当然再好不过。但假如这样的东西果真存在，它也必须比爱情更加强大，而我还没有找到它。"

"我没有变，萨姆。"

"好好想想，女士，想想你自己所说的一切，想想你今天带给我的回忆。你所记得的并不是那个男人，而是你们俩一道驰骋于血腥战场的日子。世界已经驯服多了，而你渴望着昔日的铁与火。你以为自己心中所想的是那个男人，但真正打动你的却是你们曾经共同分享的命运。那命运已然成为过去，但你却将它称作爱情。"

"无论怎样称呼，它都没有改变！它的时光没有过去。它是宇宙中那持续不变的事物，而我要你再度同我分享！"

"那么阎摩大人呢？"

"他？你对付过与他旗鼓相当的人，他们还活着吗？"

"这么说，你想要的不过是他的法力？"

她在阴影与微风中露出了笑容。

"当然。"

"女士，女士，女士，忘记我！去与阎摩一起生活，去爱他。我们的日子已经过去，而我也不愿再回忆。那些日子的确美好，但它们已经逝去了。每件事都会在适当的时刻发生，也必将在适当的时刻结束。现在人类应该巩固自己在这个世界上的所得。现在该分享知识，而不是举剑相向。"

"你会为了这知识对抗天庭吗？你会试着攻破尽善城，将它的宝藏向世界开放吗？"

"你知道我会的。"

"那么也许我们仍旧有一项共同的事业。"

"不，女士，不要欺骗自己。你很清楚，你的忠诚属于天庭，而非这个世界。倘若我赢得自由，并让你加入进来与我共同作战，那么你或许会拥有短暂的快乐。但无论胜负，我恐怕你最终都会比过去任何时候都更加不满足。"

"紫色树林里好心肠的圣人啊，听我说。你真是仁慈，竟来预测我的感觉，但迦梨不欠任何人任何东西，她的忠诚属于她所选择的人，全凭她的愿望决定。她是唯利是图的女神，记住这点！也许你所说的全是真实，也许她说自己依然爱你不过是个谎言。然而，她冷酷无情，内心充满对战斗的渴望，她会追随鲜血的气味。我感觉到她也许可以成为一个推进主义者。"

"小心你自己的话，女神。谁知道什么样的耳朵正在倾听？"

"没人监听我们的谈话，"她说，"因为言语几乎从不会出现在这里。"

"正因为如此，当它们出现时，人们便会更加好奇。"

她静静地坐着，过了一会儿，她说："没人在听。"

"你的力量增强了。"

"是的，你呢？"

"我想也差不多。"

"那么，你会以推进主义的名义接受我的剑、我的弓和我的法轮吗？"

"不。"

"为什么？"

"你太过轻易地许下承诺，你会同样毫不迟疑地违背誓言，为此我永远无法相信你。如果我们为推进主义而战，最终取得胜利，它也可能成为世上最后一场伟大的战争。你不会接受这样的结局，也不会允许这样的事情发生。"

"你真是个傻瓜，萨姆，竟说什么最后一场伟大的战争，最伟大的永远都是下一场战争。也许我该以更加清丽的形象出现，好说服你相信我？也许我该以一具烙有贞洁封印的身体来拥抱你？这会让你信任我吗？"

"怀疑是心灵的贞洁，女士，而我自己的身体上早已有了它的封印。"

"那么你听着，我带你来这儿不过是为了折磨你，你是对的——我唾弃你的推进主义，并且早已算好了你剩下的日子。我本想给你虚假的希望，好让你从更高处摔下。只是你的愚蠢和软弱救了你，让你摆脱了这样的命运。"

"我很抱歉，迦梨——"

"我不需要你的道歉！不过我本想得到你的爱情，这样我就能利用它，让你最后的日子加倍难熬。可是，正如你所说的，我们改变了太多——你已配不上我这许多心思。别以为我无法像过去那样，用微笑和亲吻让你再次爱上我，因为我感到了你体内的燥热，我很容易便能煽动它，让它在一个男人身体里燃烧。但这会让你从激情的顶端落入绝望的深渊，而你不配拥有如此伟大的死亡。除了鄙视，我再没有时间浪费在你身上。"

星辰在他们周围旋转，流畅而热烈，她从他手下抽回自己的手，倒上两杯酒，为他们驱除夜晚的寒意。

"迦梨？"

"嗯？"

"我依然关心你，如果这能让你感到些许满足的话。或许根本就不存在所谓的爱，或许我无数次感受到的并非这个词的真正含义。这是一种无名的感情，真的——最好由它保持原状。拿上它，离开这儿，尽情地嘲弄它吧。你很清楚，一旦共同的敌人被消灭，我们总有一天会拼个你死我活。我们曾和解过许多次，但为了赢得它们而遭受那样的痛苦，果真值得吗？你赢了，你是我所崇拜的女神，记住这点——因为，难道崇拜与宗教的虔敬不正是爱与恨、欲望与恐惧的结合吗？"

他们在那名为"心碎"的房间中喝着酒，俱毗罗的魔法散布在四周。

迦梨开口道："我是否应该扑上来吻你，告诉你当我说自己撒了谎时，那不过是个谎言？——这样你便能放声大笑，说自己也撒了谎，以此赢得最终的报复？尽管笑吧，悉达多殿下！原祖都太过骄傲，为什么我们中的一个不死在鬼狱？我们不该来这儿——不该来这个地方。"

"是的。"

"那么我们应该离开吗？"

"不。"

"这我同意。就让我们坐在这里崇拜对方一会儿。"

她伸手抚摩着他的手。"萨姆？"

"什么？"

"想同我做爱吗？"

"以此来为我的末日打上封印？当然。"

"那就让我们去'绝望'之间，那里的风静止不动，还有一张矮榻……"

他跟在她身后，从"心碎"来到"绝望"，感到自己喉咙里的血流加快了速度。当他将她裸身放在榻上，伸手摩挲着她雪白的小腹时，他意识到俱毗罗的确是四大天王中最为强大的——即使欲望正在体内奔涌，即使她就在身下，俱毗罗赋予房间的情感依旧占据了他的内心，于是，随着一松、一紧和一声叹息，他感到滚烫的泪水终于滑下了面颊。

"你想要什么，摩耶夫人？"

"卷宗的管理者塔克，告诉我推进主义的事。"

塔克伸展开颀长瘦削的躯体，身下的椅子吱吱地向后调整。

在他身后，数据库悄无声息，珍贵的文档静静地躺在架上，色彩斑斓的封面填满了好几个又长又宽的书架，向空气中散发出阵阵霉味。

他的眼神抚过站在自己身前的这位女士，微笑着摇了摇头。她一身绿色，衣服绷得很紧，满脸不耐烦的表情；头发是傲慢的红色，鼻尖和眼睛下微微有些雀斑。她的肩膀和臀部都很宽，一抹纤腰则顽强地朝反方向发展。

"你为什么摇头？每个人都向你索要情报。"

"你还年轻，女士。如果我没记错的话，仅仅经历了三次化身。我敢肯定，在人生中的这个阶段，你并不真的希望自己的名字出现在那张特别名单上，去与其他寻求这一知识的年轻人做伴。"

"名单？"

"名单。"

"为什么要把这些人的名字记在名单上？"

塔克耸耸肩。"诸神搜集最奇特的东西，其中一些爱好保存名单。"

"大家谈起推进主义时，总说它已经完全消亡了。"

"那为什么突然对已经消亡的东西发生兴趣呢？"

她大笑起来，绿色的眼睛深深地看进他那双灰色的眸子里。

卷宗在他周围爆炸，他站在了仞立之塔中间一层的舞厅中。那是在夜里。夜已深了，黎明几乎近在咫尺。晚会显然已经持续了很长时间，但现在，人群全都聚拢在房间的一角，他也挤在他们中间。他们倚在墙边，坐着，靠着，倾听迦梨女神身旁那个矮小、黝黑的男人沙哑的声音。这是圣雄萨姆，佛陀刚刚与他的看守一同来到这里。他谈起佛教和推进主义，谈起鬼狱和束缚魔物的日子，还有悉达多殿下在海边的摩诃砂对诸神的亵渎。他不断地说着，说着，用声音催眠自己的听众，他辐射出力量、自信和热度，同样令人沉醉。所有的女人都相当丑陋，只有摩耶除外，她窃笑着拍了拍手，卷宗又回到了他们的周围，塔克也回到自己的椅子里，嘴角仍旧挂着微笑。

"为什么突然对已经消亡的东西发生兴趣呢？"他重复道。

"那个人，他还没有死！"

"没有？"塔克反问道，"他还没有死吗？……摩耶夫人，从他踏上尽善城的那一刻起，他就已经死了。忘记他。忘掉他所说的话，就好像他从未存在过。不要在你心中留下任何他的痕迹。有一天你会需要更换新的身体——要知道，业报大师们会在每一个经过业报大厅的人心中搜寻他的踪影。在诸神的眼睛里，佛陀和他的教导是可憎的。"

"可是为什么？"

"他是一个四处点火的无政府主义者，一个满眼不屑的革命家。他连天庭也想摧毁。若要了解更多详情，我就得用机器检索数据。你愿意为此签署授权吗？"

"不……"

"那就把他从你的脑子里赶出去，别忘了再加把锁。"

"他真有那么糟吗？"

"比那更糟。"

"可当你谈到这些事时，又为什么面带微笑？"

"因为我这人原本就不怎么严肃，但我个人的性格同我发出的警示毫无关系，所以你最好留心。"

"看起来你自己对此倒是无所不知。卷宗的管理者们不受名单影响吗？"

"并非如此，名单上的第一个就是我。不过这与卷宗管理者什么的无关，他是我父亲。"

"那个人？你父亲？"

"是的。你说话的语气显示出你是多么年轻。我怀疑他甚至没有意识到自己生下了我。对神灵而言，父子关系算得了什么呢？他们连续不断地更换身体，与那些同样在一个世纪中更换四五具身体的人生下几十个后代，这样的关系算得了什么？我是他曾经使用过的一具肉身的产物，我的母亲同样经历过无数次这样的更迭，而我自己也不再使用出生时的身体了。因此，我们之间的关系几乎难以察觉，只在玄学思辨的层面上让人感受到趣味。一个人真正的父亲是谁？是那将生育他的两人带到一起的情势？是这两个人，为了某种缘故，在某个时刻一致选择了对方这样的事实？那么他们又为何这样做？仅仅是出于肉体的欲望吗？或是好奇与意志？会不会是别的什么？怜悯？孤独？还是支配对方的渴望？当我首次产生意识时，谁是那具身体的父亲？是什么样的情感、什么样的想法生下了我？我知道，在生下我的那一瞬间，作为我父亲的那具肉体被一个复杂而强大的人格占据着。对于我们，染色体并不真有什么意义，我们不会在岁月中一直带着这些标记。其实，除了偶尔赠予的财产和现金之外，我们根本没有继承任何东西。从长远看，肉体实在微不足道，思索那将我们从混沌中拉出来的精神过程则要有趣得多。我很高兴是他把我带到了世间，并且时常推想其中的缘由。你的脸色变得有些苍白，女士。我说这番话并非故意让你心烦，不过是为了稍稍满足你的好奇心，让你看看我们这些老资格是如何思考这类问题的。总有一天，你也会以相同的方式对待它们。但看到你如此苦恼真令我难过。请坐下来。原谅我的胡扯。你是幻影的女神，我所说的难道不正像是你掌管的那些东西吗？我敢肯定，你从我说话的方式就能猜出我的名字为何会被列在名单的首位。我想这就像是某种英雄崇拜。我的创造者非常特别……哪，你看上去有些燥热。愿意来杯冷饮吗？稍等片刻……拿着。喝一口。好了，说到推进主义——那是个关于分享的简单教条。它提议要我们这些天庭中人将自己拥有的一切全都赠予那些在知识、力量和物质上低于我们的人。这种慷慨的目的，是将他们的生存状态抬高到同我们自己相似的水平。你看，这样一来，所有人都会像神灵一般了。当然，这样做的问题在于，世界上从此将不再有神，只剩下凡人。我们可以教给他们科学和艺术的知识，可这样便会摧毁他们单纯的信念以及对一个更加美好的明天的希望——因为要摧毁信念或希望，最好的方法莫过于实现它们。那些推进主义者其实想要所有人共同担负作为神灵的重担，而我们却在有人配得上这一使命时将它赋予这个个体。一个人在十六岁时便要来到业报大厅，接受审判。如果他谨受教条和本种姓的约束，对天庭奉上合适的敬礼，在智力与道德上提高自己，那么这个人就会被提升到更高的种姓，并最终成为神灵，来到尽善城中。每个人最后都会得到自己应得的那份点心——当然，除非发生什么不幸的意外——这样，每一个人都会得到圣神的遗产，而不是像那些野心勃勃的推进主义者所追求的，让整个社会突然获得这一切，把一切都分发给所有人——包括那些尚未做好准备的。你看，这种态度不公得可怕，而且显然具有无产阶级倾向。他们想要的其实是降低成为神灵的门槛。条件本来很严格，这是必须的。你会将湿婆、阎摩或是阿耆尼的力量交给一个婴孩吗？除非你愚蠢透顶，除非你希望某个早晨醒来时，发现世界已经不存在了，否则你是不会的。但这就是推进主义者的理想，这也是必须阻止他们的理由。现在你了解关于推进主义的一切了……怎么，你看上去热得不行？让我再为你拿杯饮料，我帮你把外衣挂起来吧……很好……啊，说到哪儿了，摩耶？哦，是的，我们正讲到汤里的老鼠屎……嗯，推进主义者们声称，我刚才所说的都不假，只除了一点：这是一个腐败的系统。他们中伤那些对轮回转生拥有决定权的人，说他们不够正直。有的人甚至将天庭比作一个永恒的贵族政权，说里边全是些任性的享乐主义者，把世界玩弄于股掌之间。还有人胆敢声称，最优秀的人从来没能成为神祇，他们最后都遭受了真正的死亡，或是被困在某种低级生命的肉体中。还有人甚至说，有些人，例如你自己，亲爱的，被选中成为神灵，不过是由于你最初的身体和姿态符合某个淫荡神祇的口味，而不是因为你那些显而易见的美德……可你满脸都是雀斑，不是吗？……是的，这就是那些推进主义者所宣扬的道理，三倍地诅咒他们！我不得不承认，以上就是我灵魂的父亲所支持的东西，这些指控真让我羞耻。面对如此的遗产，一个人除了迷惑不解还能怎样呢？他经历过伟大的日子，他代表了诸神之间最后一次大分裂。尽管他无疑是邪恶的，他，我灵魂的父亲，依然是个了不起的人。我尊敬他，就像过去的儿子尊敬自己肉身的父亲……你现在觉得冷了吗？这儿，让我……嗯……嗯……嗯……来吧，美人，为我们编织一个幻境，一个不存在这种癫狂的世界……这边。转过来……现在，在这个洞里创造一个伊甸园，我绿眼睛的爱人啊，你的双唇是这般湿润……那是什么？……在这一刻，我体内至高无上的是什么？……是真实，我的爱——还有诚挚——还有分享的渴望……"

湿婆与号称神灵创造者的格涅沙一道走在卡尼布拉丛林中。

"毁灭之王，"他说，"在尽善城里，有些人对于悉达多的话并不仅只报以毫无兴趣的嘲笑，我发现你已经准备报复他们了。"

"当然。"湿婆道。

"你这样做便摧毁了他的影响。"

"'影响'？这是什么意思？"

"为我杀死那边树枝上的绿鸟。"

湿婆一挥手中的三叉戟，鸟落到了地上。

"现在杀死它的伴侣。"

"我没有看见它的伴侣。"

"那就杀死它那群中的另一只。"

"我也找不到鸟群。"

"既然现在它已经死了，你便再也找不到了。所以，如果你愿意，尽管去攻击那些最先倾听悉达多的人。"

"我明白你的意思了，格涅沙。在一段时间内，他将可以自由行动。是的，他将可以自由行动。"

神灵的创造者格涅沙注视着四周的丛林。虽然走在幻影大猫的国度里，他却没有任何畏惧之情。因为混沌之王就在他身边，而毁灭的三叉戟让他安心。

毗湿奴、毗湿奴、毗湿奴、看着、看着、看着、梵天、梵天、梵天……

他们坐在镜厅之中。

梵天滔滔不绝地谈起了八正道和涅槃的荣耀。

在抽过三支烟后，毗湿奴清了清嗓子。

"怎么了，大人？"梵天问。

"请告诉我，为什么要为佛教唱颂歌呢？"

"很迷人，不是吗？"

"恐怕我对此没什么感觉。"

"你真是太过吹毛求疵了。"

"什么意思？"

"对于自己的教诲，一个导师至少要表现出象征性的兴趣吧。"

"教诲？导师？"

"当然了，如来。毗湿奴大神不是化身为人，去教导凡人觉悟之道吗？否则，这些年他为何一再化身，停留在人间呢？"

"我……？"

"向你致敬，改革者。你使人们对真正的死亡不再恐惧。那些没有重生为人的，都已进入了涅槃。"

毗湿奴笑了。"与其费力根除，倒不如收为己用？"

"几乎称得上一阕警句了。"

梵天站起身，看着镜子，看着毗湿奴。

"所以，在我们处理掉萨姆之后，你就会成为一直以来那个真正的如来。"

"我们该怎样处理萨姆？"

"我还没有下定决心，欢迎提供建议。"

"我能提议让他成为一只灰冠雀吗？"

"你当然可以。不过，有人也许会希望让这只灰冠雀再次化身为人。我感到他并非没有支持者。"

"嗯，还有很多时间来考虑这个问题。既然他已经落入了天庭手中，我们便无须仓促行事了。等有了什么新想法，我会立刻通知你。"

"目前这就足够了。"

他们、他们、他们、走出了、走出了、走出了、大厅、大厅。

毗湿奴离开梵天的欢园，死亡女士走了进来。她朝那尊八臂雕像说出口令，七弦琴的声音随之响起。

听见乐声，梵天走了过来。

"迦梨！美丽的女士……"

"梵天为大。"她回答道。

"是的，"梵天表示赞同，"与任何人所能期望的一样伟大。而你几乎从未来过我这里，这次到访更是让我大为高兴。让我们在铺满鲜花的道路上一边散步一边交谈。你的衣裳可爱极了。"

"谢谢。"

他们走在鲜花铺就的小径上。"婚礼筹备得怎样？"

"很好。"

"你们会在天庭度蜜月吗？"

"我们计划去很远的地方。"

"能问问是哪里吗？"

"我们还没有达成一致意见。"

"光阴会从灰冠雀的羽翼中溜走的，亲爱的。如果你们愿意，你和阎摩大人可以在我的欢园中度过一段时间。"

"谢谢你，创造者，不过欢园太过辉煌，两个毁灭者在这里是不会自在的。我们应该找个地方，离开这里。"

"如你所愿。"他耸耸肩，"你还有什么别的心事吗？"

"那个叫作佛陀的人呢？"

"萨姆？你的老情人？真的，对他还有什么好说的？你想知道些什么？"

"他会被如何——处置？"

"我还没有最后决定。湿婆建议暂时按兵不动，等上一段时间，好让我们评估他对天庭中众人的影响。我已经决定，为了历史和神学目的，让毗湿奴成为佛陀。至于萨姆本人，我愿意倾听任何合理的意见。"

"你曾经向他提议，让他成为神灵，不是吗？"

"是的。但他并没有接受。"

"如果你再给他一次机会呢？"

"为什么？"

"假使他不是一个才华横溢的人，当前的问题也就不会出现了。他的才能值得加入万神殿中。"

"我也曾这样考虑。不过，无论他是否真心愿意接受，现在也必定会同意。因为我敢肯定，他希望继续生存下去。"

"但我们有的是办法确定人的心意。"

"例如？"

"心理探针。"

"如果探针显示他缺乏对天庭的忠诚——正如我所预料的那样……？"

"难道魔罗大人之流无法使心灵本身发生改变吗？"

"我从未想到过你竟也会感情用事，女神。但现在看来，你似乎非常急切地想要他继续存在下去，无论是以何种形式。"

"也许。"

"你知道他将会——发生很大变化。如果我们这样做，他将不再是过去的那个人。他的'才能'也许会完全消失。"

"在岁月中，所有人都会自然而然地改变——看法、信仰、信念。一部分精神也许会沉睡，其他部分也许会苏醒。在我看来，才能是很难毁灭的——只要生命本身还在延续。生总胜过死。"

"或许你能说服我，女神——如果你有时间的话，最可爱的人。"

"多久？"

"嗯，三天吧。"

"那就三天。"

"那么，让我们换个地方，到我的欢亭中充分地讨论这个问题。"

"很好。"

"阎摩大人现在何处？"

"他在自己的工房中劳作。"

"一项耗时巨大的工程，我相信。"

"至少会持续三天。"

"好。是的，我想萨姆不是全无希望。纵然这违背了我的理智，但我也能欣赏这主意。是的，我能。"

那个夏日，蓝色的八臂女神像弹起了七弦琴，他们步入花园，立刻被琴声包裹起来。

赫尔巴住在天庭的远端，靠近荒野的边界。事实上，那座名叫"劫掠"的宫殿离森林如此之近，以至动物们常会来到宫殿一侧那堵透明墙壁附近，从墙边轻轻擦过。从一间被称作"强暴"的房间向外望去，还能看见丛林之中树影下的小径。

房间的四壁挂满了过去无数次生命中偷来的宝物，赫尔巴就在这里招待人称萨姆的那个人。

赫尔巴是窃贼之神，或者说窃贼女神。

谁也不知道赫尔巴的真实性别，因为赫尔巴习惯在每次更新时改变性别。

在萨姆眼前的，是一个肤色黝黑的苗条女人，她穿着黄色的纱丽，戴着黄色面纱。她的凉鞋和趾甲都是肉桂色的，黑发上有一顶金色的冠冕。

"我很同情你，"她的声音是一种轻柔的鼻音，"但是，萨姆，我只在自己化身为男人的时节才施展我的神性，开展真正的劫掠。"

"我敢肯定，你现在就能聚起法力。"

"当然。"

"并且发挥神性？"

"大概可以吧。"

"但你不会那么做？"

"在我还是女儿身的时候，不会。作为一个男人，我愿意前往任何地方，窃取任何东西……看那儿，看见最远的那堵墙上挂着的战利品了吗？那件巨大的蓝色斗篷属于塞里特，伽塔普纳魔物的首领。那是我药倒了他的地狱犬，趁它昏睡不醒时从他的洞穴中偷来的。那件不断变幻形状的首饰来自灼热之母的圆顶，我在腰、膝盖和脚趾贴上吸盘，灼热之母们就在我的下面——"

"够了！"萨姆道，"这些我都知道，赫尔巴，因为你总在讲这些故事。你已经太久没有像过去那样，进行真正有胆识的偷窃了，我猜这些故事必定早已重复了无数次。否则，即使资历最老的神灵也会忘记你曾是怎样一个人。我发现自己来错了地方，我会去别处试试。"

他起身准备离开。

"等等。"赫尔巴动了动。

萨姆停下来。"嗯？"

"至少告诉我你在计划偷什么，怎样去偷。或许我可以提供一些建议——"

"窃贼之王啊，对我来说，即使你最宝贵的意见又有何用？我不需要言语。我要的是行动。"

"也许，我甚至可以……快告诉我！"

"好吧，"萨姆道，"虽然我怀疑你不会对如此艰难的任务产生什么兴趣——"

"收起你那套对付稚儿的心理战术吧，告诉我你想偷的究竟是什么？"

"在天庭的博物馆里——那幢建筑结构严密，总是有人守卫——"

"并且总是门户大开。接着说。"

"里边有一个由电脑保护的罩子——"

"只要有足够的技巧，这些都不成问题。"

"罩子里有一个人体模型，它穿着一件带斑点的灰色制服。旁边还放着许多武器。"

"那是谁的东西？"

"它属于在对抗魔物的战争中隶属北方部队的那个人，这是他的一个老习惯。"

"那不正是你自己吗？"

萨姆露出一丝微笑，继续说道："许多人都不知道，这堆展品里包含一个小物件，曾经被称作缚魔者的护身符。也许它现在已经失去了所有功效，然而，另一种可能性依然存在，它或许仍旧有用。它能将缚魔者那特殊的神性集中到一点，而他发现自己又一次需要它了。"

"你要偷的东西是什么样的？"

"一条宽大的贝壳腰带，就系在制服中央；它是粉色和黄色的，里边充满了超微电路，这东西今天恐怕已经无法复制。"

"这并非什么惊天动地的行动。我看可以这样——"

"我很快就要用到它，否则就永远不需要了。"

"多快？"

"恐怕在六天之内。"

"假如我将它交到你手中，你愿意以什么作为报酬呢？"

"我愿意给你任何东西——如果我有任何东西的话。"

"哦，你来天庭时竟没有一笔财富？"

"是的。"

"无福的家伙。"

"倘若我能成功逃脱，你可以要求任何东西。"

"而如果你失败了，我便什么也得不到。"

"看来是这样。"

"让我想想看。也许我该出马，让你欠我一个人情，这似乎挺有趣。"

"请不要考虑太久。"

"来我身边坐下，缚魔者，来跟我讲讲你过去的辉煌——讲讲你和那位永恒的女神如何在世上驰骋，四处散播混沌的种子。"

"那是很久很久以前的事了。"萨姆道。

"一旦你获得自由，那些日子便可能重现，不是吗？"

"也许。"

"很高兴听你这么说。是的……"

"你答应了？"

"万岁，悉达多！解放者！"

"万岁？"

"还有闪电与轰雷，愿它们重回世间！"

"这很好。"

"现在跟我讲讲你昔日的辉煌，然后我会再次告诉你我的那段

236

日子。"

"好吧。"

奎师那在森林中飞奔，他浑身上下只缠着一条皮质腰带，正在追逐那位拒绝与自己交欢的拉特莉夫人。这是在婚礼的前一天，婚礼预演之后的晚宴刚刚结束，空气清朗，带着香气，但他左手中的深蓝色纱丽却更加芬芳扑鼻。她在树下奔跑，就在他前边不远；奎师那紧追不舍，她转入导向开阔地的一条支路，暂时消失在他的视线里。

当他再次瞥见对方的身影时，她已站在一座小丘上，赤裸的手臂向上高举，指尖在头顶相碰，双眼半合着，唯一的蔽体之物——那长长的黑色面纱——正飘荡在雪白的胴体上，让她若隐若现。

他意识到她已聚起法力，很可能正要施展她的神性。

他喘息着朝她跑去。

她睁开眼睛，放下手臂，低头向他微笑起来。

他伸手想要抓住她，她舞动面纱挡住了他的视线，她在某处放声大笑——无边无际的黑暗包围了他。

一片漆黑，没有星辰与明月，没有一点闪烁、一丝微光，没有一丁点火星或是色彩。笼罩四周的黑夜同失明毫无二致。

纱丽从他指尖被夺走，他哼了一声，停下脚步，微微有些发抖。她的笑声在他身边荡漾。

"你太自大了，奎师那大人，"她告诉他，"竟敢冒犯神圣的夜。作为惩罚，我将让这黑暗在天空停留一段时间。"

"我并不畏惧黑暗，女神。"他轻笑着回答道。

"那么，正如大家常说的那样，你的脑袋的确是长在了性腺里——独自迷失在卡尼布拉的丛林中，目不能视，却毫无惧意。这里的居民甚至无须发动攻击——我想这的确有些莽撞。再见了，黑天。也许我们会在婚礼上再度相见。"

"等等，美丽的女士！你愿意接受我的歉意吗？"

"当然，因为你确实欠我一个道歉。"

"那么让黑暗离开这个地方。"

"下次吧，奎师那——等我准备好之后。"

"但在那之前我该怎么办？"

"据说，先生，你的笛声能魅惑最为凶猛的野兽。如果这是真的，我建议你立刻拿出笛子，吹出最能安抚它们的曲调，直到我认为可以让光明再次进入天国为止。"

"女士，你太残忍了。"

"笛之王啊，这就是生活。"说完，她离开了。

他开始吹奏，头脑中尽是些阴暗的念头。

他们来了。骑在极地的风上穿越天空，掠过大洋、陆地和茫茫的白雪，自雪下、雪中，他们来了。从白色的大地上空飘过，从空中如树叶般落下；号角在海上响起；雪地战车轰鸣着向前推进，长矛般的光束从锃亮的车壁跃出；毛皮斗篷仿佛着了火，呼出的白气如巨大的羽毛，飘荡在头顶和身后，金色的护手、太阳般的眼睛，叮当声、刹车声，猛冲、旋转，他们来了，戴着明亮的肩带、狼人面具、火焰头巾、魔鬼的靴子、霜胫甲和动力头盔。在他们身后的世界中，所有的神庙都在欢庆，人们载歌载舞，到处是供奉、游行、祭献和大赦，四周都是华美与色彩。因为那位令人畏惧的女神将要同死神结合，人人都在暗自期待，希望这能稍稍缓和双方的脾性。庆典的气氛同样在天庭里蔓延开来，神灵、半神、英雄和贵族，高阶司祭、受宠的王侯和地位最高的婆罗门聚集在一起，赋予这氛围影响与冲力，让它如一股五彩的旋风，在原祖和新神的头脑中引发同样的轰鸣。

于是他们来到了极乐之尽善城，有的驾驭着大鹏金翅鸟的远亲，有的乘坐空中刚朵拉盘旋而下。他们从群山的动脉中升起，从被白雪掩埋、以冰为辙的荒原上呼啸而过，他们用歌声包围了佊立之塔，在一阵短暂的黑暗中纵声欢笑——谁也不知道神明为何降下这黑暗，所幸它很快便消散开去。在他们到来的日日夜夜里，诗人阿达赛曾经把他们比作至少六种不同的东西（此人总爱滥用比喻）：一群迁徙的候鸟，颜色亮丽，飞过一片无波的乳白色海洋；一列音符，穿过某个有些癫狂的音乐家的大脑；一大群深海鱼类，身上有着一圈圈、一道道的光，来到冰冷的海底深渊，围绕在一株散发出磷光的植物旁游来游去；一朵螺旋形的星云，突然朝中心坍塌；一次风暴，每一点都化作一根羽毛、一只鸣鸟，或是一款首饰；最后（或许也是最恰如其分的），满满一神庙可怕且装饰过剩的雕像突然活动起来，扛起飞舞的旗帜，唱着歌冲过整个世界，让大地震颤，高塔倾斜，最终来到一切的中心，点起一个巨大的火堆，绕着它跳起了舞，并且无论火堆还是舞步，都随时可能完全失去控制。

他们来了。

当档案馆的秘密警报响起时，塔克一把从墙上的匣子里抓起了他的明矛。在一天中的不同时刻，警报会向不同的守卫报警。塔克对引发警报的原因早有预感，暗自庆幸它没有在另一个时间响起。他上到尽善城的高度，然后冲上了位于小丘之上的博物馆。

不过，已经太晚了。

罩子已被打开，管理员昏迷不醒。因为城里的活动，博物馆的其他地方空无一人。

档案馆离博物馆大楼只有咫尺之遥，这使他得以发现正从小丘另一侧离开的两个人影。

他挥舞着手中的明矛，却不敢使用它。"停下！"他喊道。

他们朝他转过身来。

"你就是碰到警报了！"其中一个一面指责自己的同伴，一面迅速将腰带扣好。

"走吧，离开这儿！"他说，"我来对付这个人！"

"我不可能触动警报器！"他的同伴高声叫道。

"离开这儿！"

他面对塔克，静静地等待着。他的同伴继续朝小丘下移动。塔克看出那是个女人。

"把它放回去，"他气喘吁吁地说道，"无论你拿了什么，把它放回去——这样也许我能帮你掩盖——"

"不，"萨姆道，"太晚了。现在我同天庭中的任何人一样强大，而这是我离开的唯一机会。我认识你，卷宗的管理者塔克，我不愿毁掉你。你走吧——要快！"

"阎摩很快就会来这儿！而且——"

"我并不怕他。攻击或者离开——现在！"

"我不能攻击你。"

"那么再见了。"说完，萨姆就像气球般升上了半空。

但就在他离开地面时，阎摩大人手拿一件武器出现在了小丘旁。那武器是一根细长的管子，闪着微光，柄相当小，扳机部分却很大。

他举起武器，瞄准了萨姆。"这是你最后的机会！"他喊道。但萨姆继续上升。

他开了火，头顶上，穹顶远远地发出噼啪一声。

"他已经聚起法力，施展出神性，"塔克道，"他束缚了武器的能量。"

"你为什么没有阻止他？"阎摩问。

"我无能为力，大人。他的神性压制了我。"

"没有关系，"阎摩道，"第三个守卫会战胜他。"

他升了起来，迫使重力屈服于他的意志。

在加速前进时，他发现了一个追逐的阴影。

它潜伏着，刚好处于他目力可及的范围之外。无论他怎样转动脖子，它总能逃脱他的视线。但它一直在那里，而且正不断膨胀。

前方有一把锁。通向外界的门就悬在前边稍稍靠上的地方。护身符能打开那把锁，能为他抵挡严寒，能把他送到世界的任何地方……

他听到了击打羽翼的声音。

"快逃！"一个声音出现在他脑海中，"加快速度，缚魔者！

再快些！再快些！"

这是他所体验过的最奇特的感觉之一。

他感到自己在向前移动，在往上飞奔。

但什么也没有改变。门还是那么遥远。虽然移动的感觉如此强烈，他却丝毫没有动弹。

"快些，缚魔者！再快些！"那个狂乱而急促的声音高叫道，"要像闪电与飓风一般凌厉！"

他努力停下那运动的感觉。

循环在天庭中的大风击打着他。

他对抗着它们，但声音已经来到了他身旁，尽管除了阴影外他依然没有看见任何东西。

"'感观是马，物体是其行进的道路，'"那个声音说，"'若悟性与纷乱的精神相连，它便会失去自己的辨别力，'"萨姆听出身后咆哮的是《卡陀奥义书》中的圣言，"'如此一来，'"那个声音接着说道，"'感观便会失去控制，仿佛狂乱的野马被置于软弱的驭者手中。'"

闪电在周围的天空中爆炸开来，黑暗笼罩了他。

他想要束缚那些攻击自己的能量，然而他找不到任何对手。

"这不是真实！"

"什么是真实？什么又不是？"那声音回答道，"现在你的马逃脱了你的控制。"

有一会儿工夫，他落入了可怕的黑暗中，仿佛身陷感觉的真空一般。接着是疼痛。接着一切都消失了。

要当好最老的青春之神的确不是一件简单的事。

他走进业报大厅，要求会见大法轮的代表，他被带到一位大师面前，此人在两天前刚刚放弃了对他使用探针的打算。

"怎么样？"他问。

"我为这次延误感到遗憾，穆卢干大人。我们的人手正在帮忙筹备婚礼。"

"他们本该为我准备新的身体，现在却在外头狂欢？"

"你不该这样说，大人，就好像这真是你的身体一般。这是大法轮根据你当前业报的需要借给你的——"

"而它之所以没有准备好，是因为你们的人都在参加狂欢？"

"它没有准备好，是因为大法轮的转动是——"

"你们必须做好准备，最迟明晚。否则大法轮或许会化作一股毁灭的力量，碾碎它的仆人。你听懂了吗，业报大师？"

"我听得很清楚，但你的话在这样的地点实在太不恰当——"

"建议我更换身体的是梵天，他会很高兴看到我以新的身体参加仞立之塔的婚礼晚宴。我是否该告诉他，大法轮转动得太慢，以致无法满足他的愿望？"

"不，大人。我们会按时准备就绪。"

"很好。"

他转身走了出去。

身后的业报大师画出一个古老而神秘的符号。

"梵天。"

"什么事，女神？"

"关于我的建议……"

"你的愿望将会达成，夫人。"

"我的想法改变了。"

"改变了？"

"没错，大人。我想要人牲。"

"不会是……"

"是的。"

"你的确比我想象中还要感情用事。"

"行还是不行？"

"坦白说——鉴于最近的事件，我更愿意这样。"

"那就是没问题了？"

"如你所愿。那个人所拥有的力量超乎我的想象。假如当时没有幻王担当守卫——总之，这个人沉寂了那么久，我没有料到他竟还如此——用你的话讲——才华横溢。"

"你会让我全权处理此事吗，创造者？"

"非常乐意。"

"再加上窃贼之王作为甜点？"

"就这么办吧。"

"谢谢你，大能的梵天。"

"这没什么。"

"很快便不会剩下什么了。晚安。"

"晚安。"

人们说，在那一天，在那个伟大的日子，风神伐由止住了天庭的风，极乐之尽善城和卡尼布拉森林陷入了一片寂静。阎摩大人的侍从司塔谷普塔拿来了熏香、香料、橡胶，还有昂贵的布匹和芬芳的木材，在世界尽头垒起一个巨大的柴堆。柴堆上放着缚魔者的护身符，那件曾经属于伽塔普纳魔物首领塞里特的蓝色大斗篷，从灼热之母那里偷来的不断变幻形状的首饰，最后还有来自阿兰邸树林中的藏红花色僧袍，据说它曾属于佛祖如来。原祖的庆典持续了一夜，第二天清晨，整个天庭中听不到一丝声响，看不见任何动静。人们说，隐去了身形的魔物在上空来回飞舞，却不敢靠近汇聚在一起的强大力量。人们说，当时出现了许多迹象与征兆，预示着强者的陨落。神学家与圣史学家宣称，那个被称作萨姆的人最终放弃了自己的异端邪说，匍匐于三神一体脚下，请求宽恕。还有人说，那位据称是他的妻子或母亲或妹妹或女儿或集所有这些于一身的女神帕瓦蒂逃离了天庭，来到东部大陆，在被她视为亲人的女巫那里尽情哀悼。太阳升起之时，毗湿奴的坐骑，那能用喙摧毁战车的大鹏金翅鸟在笼中一阵骚动，它从睡梦中醒来，发出一声嘶哑的悲鸣。叫声响彻天庭，震碎了玻璃，回荡在大陆上空，惊醒了沉睡中的人们。在天庭这寂静的夏日，爱与死的一天拉开了序幕。

天庭的街道空空如也。诸神暂时留在屋内等候，进出天庭的门户都已关闭。

诸神释放了窃贼和萨姆——他的追随者尊其为无量萨姆大神，以为他是一位神祇。空气中突然有股寒意，命运的大网张开了。

在仞立之塔的顶端，一个平台高高地矗立于尽善城上空。幻王魔罗站在台上，身着色彩缤纷的斗篷，高举双臂，所有神灵的力量都穿过他的身体，与他自己的力量合而为一。

他心中幻化出一个梦境。接着，他像汹涌的海浪般将梦之水推向了沙滩。

自毗湿奴大人塑造出天庭的无数岁月中，尽善城与荒野都并肩而立，相邻却从未真正接触，它们并非仅仅被自然的空间隔开，而是由心灵在其间投下了遥不可及的距离。毗湿奴是守护者，他这样做自有道理。要知道，他并不赞成移开自己设下的屏障，即使只是部分和暂时的。他不希望看见任何野生之物进入尽善城，因为借着他的精神，这城已完美地战胜了混沌。

然而，梦者的力量使幻影大猫们得以暂时望见天庭的荣光。

在那亦真亦幻的丛林中，在那不老的幽暗小径上，白虎不安地骚动起来。在那个半是幻境的地方，一种全新的景象映入它们眼中，随之而来的是难以名状的烦乱和狩猎的召唤。

在水手们中间流传着一种说法——任何事情似乎都瞒不过这些足迹遍布整个世界、将流言与故事带往四海的人——他们说，那一日，有些参与狩猎的幻影大猫其实根本不是真正的大猫。他们宣称自己曾在神灵们事后去过的地方听到流言：尽善城中的某些神祇曾在那日取了卡尼布拉白虎的身体，进入天庭的街道中，狩猎那失手的窃贼和那个被称作佛陀的人。

人们说，当萨姆徘徊在尽善城的街道上时，一只老灰冠雀在他头顶盘旋了三周，然后降落在他的肩上，对他说："你难道不就是弥勒、光明王吗？你难道不是世界等待了如此之久，我多年前在一首诗歌中预言过的那一位吗？"

"不，我的名字是萨姆，"他回答道，"再说我正要离世，而非入世。你是谁？"

"一只曾是诗人的鸟儿。自从金翅鸟的悲鸣拉开这天的序幕，整个早晨我都在飞行。我飞在天街之上，寻找楼陀罗大人的踪迹，希望以我的粪便弄脏他的身体。后来我感到符咒的力量降临在这片土地上，我飞了很远，看见了许许多多的东西，光明王。"

"曾是诗人的鸟儿啊，你都看见了些什么？"

"我看见世界的尽头有一个尚未点燃的柴堆，雾气萦绕在它周围。我看见那些迟到的神灵在雪地飞奔，在上空急驰，在穹顶外盘旋。我看见兰伽和尼帕西亚上，演员们正在排演血之假面，为死亡与毁灭的婚礼做着准备。我看见伐由大人举起一只手，让循环在天庭中的风停下了脚步。我看见魔罗身着色彩缤纷的服饰，站在最高的塔顶，我感受到了他设下的符咒的力量——因了它，幻影大猫们在林中骚动起来，随后奔向这个地方。我看见一个男人与一个女人的泪水。我听见一位女神放声大笑。我看见一支明亮的长矛向着晨光举起，还听见一个誓言。最后，我看见了自己许久之前在诗中提到的光明王——

总是濒死，从未死去；
总在结尾，未曾终结；
被黑暗所憎，
身披光明，
他来了，来结束一个世界，
正如黎明结束黑夜。
这些话出自摩根，
自由的诗人，
在生命终结的那天，

他将见证这预言。

说完，这只鸟把羽毛竖起，随后又平静下来。

"我为你高兴，鸟儿，你竟有机会看到如此众多的事物，"萨姆道，"并且在你自己隐晦的虚构中得到了某种满足。不幸的是，诗歌中的真实与大多数现实实在大相径庭。"

"万岁，光明王！"它一跃飞向空中，就在这时，从附近的窗户中射出一支箭，一个憎恨灰冠雀的人刺穿了它的身体。

萨姆继续匆匆前行。

人们说，夺走他生命，并在稍后杀死赫尔巴的那只白虎原来是一位神灵，甚或是位女神，这其实很有可能。

人们还说，杀死他们的那只幻影大猫并非第一只做出这种尝试的，甚至也不是第二只。好几只白虎都死在了明矛之下，长矛贯穿了它们的身体，接着自动脱身出来，震颤着除去血迹，重新回到主人的手中。但明矛的塔克自己也倒下了。格涅沙大人悄悄走进房间，从背后靠近他，用一张椅子击中了他的头部。至于他的明矛，有人说它后来毁在阿耆尼大人手中，也有人说，它被摩耶夫人扔下了世界的尽头。

毗湿奴并不满意，后来有人引用他的话说，尽善城不该被鲜血玷污，还有，无论混沌在何处出没，总有一天它会回到那里。但更为年轻的神灵们都对他嗤之以鼻，因为他的地位在三神一体中本就最为无足轻重，而且身为原祖之一，思想也的确有些陈腐。为了这个缘故，他拒绝同整个事件产生任何关联，只身回到了自己的塔中。公义之神伐楼那大人转过脸去，不愿看到眼前的一切，他进入世界尽头的寂阁，坐在那名叫恐惧的房间里感受着屋中的魔力。

血之假面相当可爱，这是诗人阿达赛的作品，此人素以遣词高雅著称，同时也是反摩根学派的代表人物。梦者特别制造的幻境贯穿整个演出。据说，萨姆那天也身处幻境。作为符咒的一部分，他行走在哀号与尖叫之间，那里半明半晦，充满了令人作呕的气味，他生命中所有可怖的景象一一重现，明亮或幽暗，沉默或喧嚣，它们刚从他的记忆中被撕扯下来，还渗透着在他心中所激发的情感，直到一切结束之前，它们都在他眼前逡巡。

剩下的部分被一支游行的队伍带到了世界尽头，放在柴堆上，在吟唱中化为灰烬。阿耆尼大人抬起戴着护目镜的双眼，盯着柴堆。片刻之后，火苗开始跳跃。伐由大人一抬手，风再次吹起，扇动着火焰。之后，湿婆大人舞动三叉戟，灰烬便在爆炸中从世间消失了。

总的说来，葬礼的确是既彻底又令人难以忘怀。

在天庭中排演多时的婚礼携着传统的所有力量出现在众人面前。仞立之塔好似冰晶结成的石笋般闪耀着炫目的光彩。神明撤回了符咒，幻影大猫们走在天庭的街道上，再次被蒙住了双眼，它们的皮毛仿佛被微风抚摩。宽阔的阶梯重新变成岩石形成的斜坡，房屋是峭壁，雕塑是树木。循环在天庭中的风捕捉到一首歌，于是将它洒落在大地上。一堆圣火跳跃在尽善城中圈的广场中。那些为婚礼特别进口的处女们往火中添加清洁而芬芳的干柴，木柴噼啪地燃烧着，几乎看不见浓烟，只偶尔喷出最纯净的白色。太阳苏利耶放射出无比耀眼的光芒，以至白昼几乎在明亮中震颤。新郎被一大队身着红衣的朋友与侍从簇拥着，穿过尽善城，来到迦梨之阁，然后随她的仆人进入了一间巨大的宴会厅。在那里，俱毗罗大人为主人招待，他带领着红衣的男傧相，一共三百人，来到那些镶嵌着骨头的黑檀木长桌旁，在间隔摆放的黑色与红色的椅子上坐下。他们在大厅中喝起了玛得琥帕卡——一种用蜂蜜、凝乳和带迷幻作用的粉末调制的饮料。这酒是由蓝衣的女傧相们带进大厅的，她们每人手拿两只酒杯，人数也是三百。等大家就座并品尝过美酒之后，俱毗罗开始讲话，他开了些宽泛的玩笑，话里充满凡俗的智慧，中间也穿插些古老的经文。随后，男傧相们离开大厅，去了广场中的楼阁，女傧相们也从另一方向朝那里走去。阎摩与迦梨分别进入阁中，坐在一张小帷幕的两边。在许多支古老的歌曲之后，俱毗罗移开帷幕，使他俩得以在这天第一次看见对方。俱毗罗再次开口，将迦梨交到阎摩手中，以此换取阎摩的承诺，发誓自己将善待她，并给予她财富与快乐。他们的衣衫已由她的侍女结在了一起，阎摩抓紧迦梨的手，领着她环绕火堆。其间，迦梨将谷物投入火中作为供奉。接着，她踏上一块磨石，二人共同走了七步，新娘的每一步都踩在一小堆米粒上。细雨被从空中召唤下来，一共持续了几次心跳的时间，好赐予婚礼水的祝福。最后，侍从与客人们合在一起，一行人穿过尽善城，往阎摩的黑色楼阁走去，那里将举行盛宴与狂欢，还有血之假面在等待众人。

当萨姆面对最后那只白虎时，白虎朝他点了点头，它知道自己狩猎的是什么。他无路可退，于是站在原地等待。白虎也并不着急。就在那时，一群魔物试图降落在尽善城中，却被符咒的力量挡了回去。有人发现拉特莉女神潸然泪下，于是她的名字被写入了一份名单之中。卷宗的管理者塔克被暂时监禁在天庭的地牢里。还有人听见阎摩大人说："生命没能起来"，仿佛他几乎期望它能够升起一般。

总的说来，死亡的确是既彻底又令人难以忘怀。

婚礼持续了七天，魔罗大人为狂欢投下一个又一个梦境。众人仿佛乘上了魔毯，漫游在幻觉的世界里。魔罗唤出七彩烟雾形成的宫殿，以水与火作柱；从星尘堆积的大峡谷中升起长凳，任众人休憩。他以珊瑚和没药扭曲他们的感官，为他们带来各人的法力。他控制着他们，让每位神祇力量的原型交替出现。于是湿婆在一座墓地里跳起了毁灭之舞和时间之舞，歌颂自己摧毁提坦三座飞行城市的传奇；黑天奎师那则踩着角力之舞的步子，纪念自己击败黑魔物巴拿的战役；拉克西米跳起了雕像之舞；甚至连毗湿奴大人也被迫重新起舞。而穆卢干则以新的身体出现，他嘲笑着这覆盖着许多大洋的世界，以水面为舞台，跳起了胜利的舞蹈，这是他在杀死藏在深海中的阿修罗时跳的。魔罗一挥手，魔法、色彩、音乐与美酒便层出不穷。有诗歌和赌博，有歌曲和欢笑。众神在运动中比试力量与技巧。所有这一切的确都需要一位神灵的精力，否则绝无可能维持整整七日的宴乐。

总的说来，婚礼的确是既彻底又令人难以忘怀。

婚礼结束之后，新娘与新郎离开天庭，去凡间游玩一番，享受各处的快乐。他们走得自由自在，没有带任何仆人或侍从，也没有宣布自己到访的顺序和在每个地方停留的时间——既然他们的同胞都是些爱好恶作剧的神灵，这一安排倒也在意料之中。

他们离开后，狂欢仍未完全终止。楼陀罗大人喝下了数量惊人的美酒，然后跳到桌上，发表了一番针对新娘的言论——若阎摩在场，必定会将这些话视为一种侮辱。阿耆尼大人搧了他一记耳光，随后接受了楼陀罗的挑战，与他分处天庭两端，以法力决斗。

阿耆尼飞向卡尼布拉森林后方的一座山巅，楼陀罗则在世界尽头站定。决斗的信号发出后，楼陀罗立刻射出一支热追踪的箭矢，弓箭呼啸着朝远方的对手飞去。然而，十五里之外的阿耆尼发现了向自己射来的箭，用一束劫火让它消失得无影无踪；紧接着，同样的力量仿佛一道尖利的光束般射向对手，不仅使楼陀罗在瞬间化为灰烬，还穿透了他身后的穹顶。四大天王的荣誉于是得以保全，一个新的楼陀罗被从半神中挑选出来，取代那位倒下的神灵。

一位王侯和两个高阶司祭死于中毒，死状相当不凡，人们为他们发蓝的尸身垒起了柴堆。奎师那大人以法力演奏了一曲，后来便再没有了乐声。他的音乐打动了美人卡黎，她原谅了他，再次来到他的身边。光环中的萨拉斯瓦蒂跳起了喜悦之舞，之后魔罗大人重现了赫尔巴和佛陀在尽善城中逃窜的情景。然而，这最末的一个梦境在许多人心中激起波澜，于是又有许多名字被记录下来。这时，一个魔物竟敢来到他们中间，他幻化成长着虎头的青年，朝阿耆尼大人猛扑过去。虽然被拉特莉与毗湿奴合力击退，但却成功地抢在阿耆尼拿出火杖前变回原形逃出了天庭。

在接下来的日子里，天庭中出现了不少变化。

卷宗管理者、明矛的塔克受到业报大师的审判，他的灵魂被注入一只猴子的身体，大脑中还被植入一个警告，当他到业报大厅寻求更新时，任何业报大师都只能给他猴子的身体，直到天庭认为可以恩赐慈悲，准他脱离这末日的那天为止，他都必须以这具形体在世间游荡。塔克于是被送往南边的丛林，在那里他重获自由，努力消除自己的罪业。

公义的伐楼那带上自己的仆从离开了尽善城，去凡间为自己找寻另一处居所。有些中伤他的人将他比作暗黑君主尼西提——黑暗与堕落之神，认为他也同多年前的尼西提相仿，离开天庭时满怀着敌意与恶毒、黑暗的诅咒。不过，诽谤伐楼那的人并没有那么多，因为谁都知道伐楼那配得上"公义"之名，对他的诋毁很容易被用来衡量说话人自身的品质，因此，在他刚刚离去的那段日子里，很少有人谈到他。

过了很久，又有一些神祇被放逐到凡间，这就是天庭的大清洗。他们的离去是以推进主义重回天庭的那些日子为起点的。

梵天是四界神灵、十八重天中最伟大的一位，他是一切的创造者，是高天与下界的主人；莲花脐中生，海洋掌中握，手持法轮，以蛇为绳；能在三步之内跨越世界，能用双手束缚灾难，能以荣光的战鼓将恐惧敲入敌人心房。但尽管拥有如此强大的力量，这位全能者却也不免感到越来越不安，越来越心烦意乱——这一切都得归咎于他给予死神夫人的那个轻率的诺言。当然，即使没有她的劝说，他很可能也会做出相同的决定。因此，她所导致的最重大后果或许只是为他提供了一个可以怪罪的对象。不过这段日子并不长，因为他难道不是被称作无谬的梵天吗？

狂欢过后，穹顶进行了几处修复。

天庭的博物馆从此有了一个武装警卫，他会一直守在馆中。

好几个狩猎魔物的计划被提上议事日程，但都从未跨越"计划"的阶段。

卷宗有了一个新的管理者，此人对自己的祖先是谁一无所知。

卡尼布拉中的幻影大猫被全地的神庙奉为圣神的标记。

狂欢的最后一天，一位神灵独自来到世界尽头的寂阁，在那名为"回忆"的房间中待了一会儿，之后他大笑了许久才回到尽善城中。他的笑声年轻、美、纯洁，充满力量，盘旋于天庭的风捕捉到这奇异而活力四射的声音，将它远远地传播开去，所有听见的人都为其中饱含的胜利之感而赞叹不已。

说起来，这爱与死、恨与生，还包含着愚蠢的时刻，的确是彻底又令人难以忘怀。

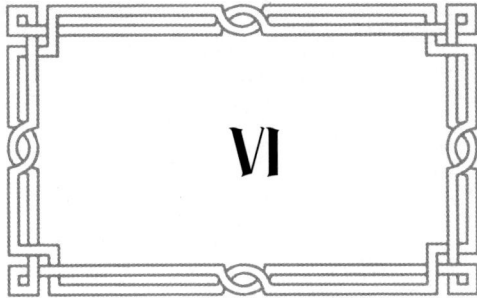

VI

梵天死后的那些日子里，极乐之尽善城中出现了一段时期的骚乱，几位神灵甚至被天庭驱逐。那时人人自危，谁都害怕被当成推进主义者。然而，命运偏与人作对，每个人竟又都在这个或那个时候被认作推进主义者，无人能免。圣雄萨姆虽已亡故，但人们都说，他的精神还活在世间，嘲笑着诸神。随后，在那由不满与密谋点燃的大战中出现了一种流言，有人声称，活着的远不止他的精神……

当苦难的太阳落下，
平静便会到来，
寂渺群星的主人，
这创造的平静，
这曼荼罗转为灰色之地。
愚顽人在心中说，

他的想法不过是想法而已……

——《萨惹哈》（98–99）

清晨时分，欢园。有人来到满是紫莲的池塘边，在手持七弦琴的蓝色女神像脚下发现了梵天。

刚开始，找到他的女孩认为他不过是在休息，因为他的双眼并没有合上。但她很快便意识到梵天没有了呼吸，另外，在那张扭曲得厉害的脸上，表情也始终不见丝毫变化。

她浑身颤抖，等待着宇宙末日的降临。她知道，现在大神梵天已死，末日应该会接踵而至。但等了一会儿，她又想，世间万物的内在联系大概还能让宇宙维持个把钟头，既然如此，明智的做法当然是去找那些比自己更有资格应付当前危机的人，将末日来临、时代更迭正在迫近的事情告诉他们。

她找到梵天的大妃，对方亲自前去查看了一番，同意自己的主人的确已经逝世。她朝蓝色的女神像下达指令，神像立刻弹起了七弦琴；接着她传话给毗湿奴与湿婆，要他们立即到梵天之阁来。

他们来了，还带来了格涅沙大人。

湿婆等检查过尸体，对现状达成了一致，随后将两个女人监禁在各自的房间内以便行刑。

接着他们开始交换意见。

"我们需要另一个创造者，此事刻不容缓，"毗湿奴道，"现在就开始提名吧。"

湿婆说："我提议格涅沙。"

格涅沙道："我拒绝接受。"

"为什么？"

"我不喜欢走上台前，待在幕后对我而言要合适得多。"

"那就让我们找出其他的备用人选，要快。"

"在继续之前，"毗湿奴问，"首先确定事件的起因不是更为明智吗？"

"不，"格涅沙道，"首先要做的必须是选出他的继任者，就连尸检也必须等到那以后。天庭一刻也不能没有梵天。"

"从四大天王中选出一位如何？"

"也许吧。"

"阎摩？"

"不，他过于严肃，太讲原则——只能做技师而非管理者。还有，我想他的情绪也不够稳定。"

"俱毗罗？"

"太聪明。我怕他。"

"因陀罗？"

"太固执。"

"那么阿耆尼？"

"或许可以，也可能不行。"

"奎师那如何？"

"太轻率，老是醉醺醺的。"

"你自己提名谁？"

"我们目前最大的问题是什么？"

"我并不认为我们目前有什么大问题。"毗湿奴回答道。

"那么最好赶紧找出一个来，"格涅沙道，"我感到目前最大的问题是推进主义。萨姆回来活动一番，把水给搅浑了。"

"没错。"湿婆说。

"推进主义？一只死狗而已，有必要吗？"

"啊，但它并没有死。它仍然活在人类之中。再说，这样做还可以转移大家的注意力，让三神一体中的更迭不那么显眼，尽善城也能借此团结起来——至少是表面上的团结。当然，也许你们更愿意领导一场对抗尼西提和僵尸的战争？"

"不了，谢谢。"

"现在还是算了。"

"唔……是的，那么，就把推进主义作为我们目前最要紧的问题。"

"好吧。推进主义是我们最大的问题。"

"比任何人都憎恨推进主义的是谁呢？"

"你自己？"

"废话。除我之外。"

"告诉我们，格涅沙。"

"是迦梨。"

"我很怀疑。"

"我倒非常肯定。佛教与推进主义，这对孪生的畜生搭在同一条船上。她受到了佛陀的轻视，她是一个女人，她会将战斗继续下去。"

"这意味着她必须放弃女儿身。"

"别跟我说这些细枝末节。"

"好吧——迦梨。"

"但阎摩怎么办？"

"他？让我来应付。"

"非常乐意。"

"我也是。"

"很好。现在你们去吧，驾上战车，骑上大鹏金翅鸟，去找到阎摩和迦梨。把他们带回天庭。我在这里等着你们，同时琢磨琢磨梵天是如何过世的。"

"很好。"

"同意。"

"日安。"

"好瓦玛，尊敬的商人，等等！我想与您说句话。"

"啊，卡巴达。您有何事？"

"这话说起来实在难以启齿，但它们确实与您有关。一些事情在与您紧邻的邻居们中间引发了某种情绪。"

"哦？说下去。"

"关于空气……"

"空气？"

"也许还有气流和微风……"

"气流和微风？"

"还有它们带来的那些东西。"

"东西？例如……"

"气味，好瓦玛。"

"气味？什么气味？"

"那些——唔，那些——排泄物的气味。"

"排……？哦！没错。真的。果真如此。的确可能有些这类东西。我已经习惯了，因此把它们忘得一干二净。"

"我能否问问，这是由什么引起的？"

"是由粪便这玩意儿引起的，卡巴达。"

"这我意识到了。我想问的是它们出现的原因，而不是它们的来源与性质。"

"它们的出现是由于我里屋的那些桶，里边装满了这种——物体。"

"噢？"

"是的。我一直在以这种方式收集家人的排泄物，已经八天了。"

"准备派什么用场呢，可敬的瓦玛？"

"你难道没有听说，有一种不同寻常的东西，把这些物体排泄到那里边去——排进水里——然后拉动一根操纵杆，你会听见巨大的冲水声，接着这些东西便会被带走，带到地下深处？"

"我听说过一些传闻……"

"哦，是真的，是真的，的确存在这样的东西。它最近才发明出来——当然我不该提起发明者的名字——它包括很多大管子，一个没有底板的座位，或者说盖子更准确些。它是这个时代最奇妙的发明——而我很快将拥有一个，就在几次月落之后。"

"您？拥有这样一件物品？"

"是啊。我在屋后修了一个小房间，它将被安装在那里。我也许还会在当晚举办一次宴会，准许我所有的邻居前来一试。"

"这当真奇妙极了——而您实在是慷慨无比。"

"我想是的。"

"但——但那些——味道……？"

"它们是由桶里的那些东西引起的，我准备在安装时使用。"

"为什么？"

"这样一来，在我的业报记录上，这个装置便是在从现在算起八天之前开始处理那些东西的，而不是几次月落之后。这会显示出我在生活中提升的速度。"

"啊！现在我看出您的行事是多么的富有智慧了，瓦玛。我们绝不会阻碍任何寻求自我提升的人，希望我们没有给您留下如此的印象。若我果真让您产生这种想法，还请您见谅。"

"我原谅您。"

"您的邻人确实爱您，有没有这些气味都一样。等您被提升到更高的位置之后，请不要忘记这点。"

"当然。"

"这样的进步想必所费不赀。"

"相当昂贵。"

"可敬的瓦玛，我们将十分乐意接受这空气，还有它带来的刺鼻的预兆。"

"这不过是我的第二生，好卡巴达，可我已经感受到了命运的召唤。"

"我也有同感。时代的风向确实正在改变，还为人类带来了许多奇妙的事物。愿诸神保佑您。"

"您也一样。但别忘了觉者，那位圣人曾居住在我远房表兄瓦苏的紫色树林中，别忘了他的祝福。"

"我怎么能忘得了？无量萨姆大神也是一位神灵。有人说他是毗湿奴。"

"他们在撒谎。他是佛陀。"

"那么愿他的祝福也降临在您身上。"

"很好。日安，卡巴达。"

"日安，可敬的人。"

阎摩与迦梨进入了天庭。他们骑着大鹏金翅鸟，在尽善城降落，在毗湿奴的陪伴下步入城中。三人未曾在途中稍作停留，直接去了梵天之阁。在欢园里，他们见到了湿婆和格涅沙。

"死亡与毁灭，听我说，"格涅沙道，"梵天死了，而现在只有我们五个知道这秘密。"

"怎么回事？"阎摩问。

"看来是中毒身亡。"

"做过尸检了吗？"

"没有。"

"那么我会去验尸。"

"很好。但我们还面临着另一个问题，比尸检更加重要。"

"请讲。"

"他的继任者。"

"是的。天庭不能没有梵天。"

"正是如此……告诉我，迦梨，你会考虑成为梵天吗？你是否愿意跨上黄金的马鞍，脚踩白银的马刺？"

"我不知道……"

"那么现在就开始考虑，而且要快。你被视作最合适的人选。"

"阿耆尼大人呢？"

"排在迦梨之后。他似乎不如迦梨夫人对推进主义那么反感。"

"我懂了。"

"我也明白了。"

"也就是说，他虽然很不错，却并非一位伟大的神祇。"

"是的。会是谁杀了梵天呢？"

"我毫无头绪。你呢？"

"还没有。"

"但你会把他找出来吧，阎摩大人？"

"当然，凭着我的法力，我会的。"

"你们俩也许希望商量商量。"

"是的。"

"那我们先行告退，一小时之后再来这里共进晚餐。"

"好。"

"好。"

"到时见……"

"到时见。"

"到时见。"

"夫人？"

"什么？"

"在更换身体之后，除非双方签署协议，否则婚姻关系便会自动解除。"

"是的。"

"梵天必须是男人。"

"是的。"

"拒绝吧。"

"夫君……"

"你在犹豫？"

"一切都太突然了，阎摩……"

"你竟然在认真考虑？"

"我必须这么做。"

"迦梨，你让我难过。"

"这并非我的本意。"

"而我命令你拒绝这项提议。"

"我是你的妻子，同时也是一位独立的女神，阎摩大人。"

"这话什么意思？"

"我的事情由我自己决定。"

"如果你接受，迦梨，我们之间的一切都将结束。"

"显然如此。"

"以圣哲的名义，推进主义不过是蚁丘上的一阵风暴而已！他们为什么突然这样反对它？"

"必定是因为感到有必要反对些什么。"

"为什么选你来领头？"

"我不知道。"

"也许你有什么特别的理由去反对推进主义，亲爱的？"

"我不知道。"

"作为一位神祇我还很年轻，但我也听说过，在这个世界最初的一段日子里，那位同你并肩驰骋的英雄——迦尔基——与人称萨姆是同一个人。倘若你为了什么缘故憎恨自己过去的爱人，而萨姆又果真是他，那么我能理解他们为何选你去反抗他所开创的事业。这会是真的吗？"

"也许。"

"那么如果你爱我——而你的确是我的夫人——就让别人成为梵天吧。"

"阎摩……"

"他们要在一个钟头内听到答复。"

"到那时我会答复他们。"

"什么样的答复？"

"我很抱歉，阎摩……"

阎摩在晚餐前离开了欢园。众所周知，阎摩是所有神祇中最为自律的一个，他当然意识到了这一举动的失礼之处，也很明白个中缘由。但他依然离开了欢园，朝天庭终结的地方走去。

他在世界尽头待了一日一夜，在寂阁的五个房间里分别花去了一些时间，其间并没有任何来访者前往打扰。他的思想属于他自己，谁也无权探听，我们只需要知道他在清晨时分回到了尽善城。

在那里，他得知了湿婆的死讯。

湿婆的三叉戟在穹顶上制造了另一个大窟窿，但他的头还是被钝物击碎了，凶器下落不明。

阎摩去找自己的朋友俱毗罗。

"格涅沙、毗湿奴和新梵天已经同阿耆尼接触过，要他接替毁灭者的位置，"俱毗罗道，"我相信他会答应的。"

"好极了——对阿耆尼而言。"阎摩说，"谁杀了大神？"

"这个问题我思索了很久，"俱毗罗道，"据我看，在梵天的案子里，凶手必定是个相当亲近的人，否则他不会与对方共饮。至于湿婆，必然也是某个非常熟悉的人，这样才能出其不意。除此之外，我们再没有别的证据。"

"同一个人？"

"我敢打赌。"

"会不会是某个推进主义阴谋的一部分？"

"这让人难以置信。那些同情推进主义的人并没有真正的组织。一个小集团，也许，但推进主义回到天庭不过是最近的事，不可能立即组织起来。最有可能的情况是，这是一个人的所作所为，没有任何后援。"

"那么还存在哪些可能的理由呢？"

"复仇。或是某些地位较低的神祇想要提升自己的位置。原因太多了，人们又为什么要拼个你死我活？"

"你能想出什么特别可疑的人吗？"

"最大的问题，阎摩，不在于寻找疑犯，而在于从中剔除那些不是凶手的人。他们指派你进行调查吗？"

"现在我也不太确定了，我想是的。不过我会找出凶手，无论他的身份如何，然后杀死他。"

"为什么？"

"我需要做些事情，需要……"

"杀戮？"

"是的。"

"我很遗憾，我的朋友。"

"我也是。不过，这是我的特权，也是我的意图。"

"真希望你根本没来同我谈过这件事。这显然是绝密的。"

"只要你不说，我也不会告诉任何人。"

"我保证，我不会说的。"

"而且，你知道，我会处理业报追踪的事，不会让心理探针探测到任何东西。"

"我知道，所以我才会说起这些，还同你谈及湿婆。就这样吧。"

"日安，我的朋友。"

"日安，阎摩。"

阎摩离开了四大天王的楼阁。

过了一会儿，女神拉特莉走了进来。

"你好，俱毗罗。"

"你好，拉特莉。"

"为何独自坐在这里？"

"因为没有人来陪伴我，让我不再是独自一人。你呢，为何独自前来？"

"因为直到刚才，我还找不到可以谈话的人。"

"你需要建议还是交谈？"

"两者都要。"

"坐下。"

"谢谢你。我很害怕。"

"是不是也有些饿了？"

"不。"

"来一片水果，再喝杯酒。"

"好吧。"

"你在怕些什么？我又该怎样帮助你？"

"我看见阎摩大人刚刚离开……"

"是的。"

"看着他的脸，我意识到的确存在着一位死神，存在着一种令神灵也畏惧不已的力量……"

"阎摩很强大，他是我的朋友；死亡威力无比，却不是任何人的朋友。二者共存，这确实非常奇特。阿耆尼也很强，他是火，是我的朋友。奎师那也可以很强，如果他愿意的话。可他从来没有这样的愿望。他以无与伦比的速度消耗着一具具身体，开怀畅饮，享受音乐和女人。他憎恨过去与未来。他也是我的朋友。我是四大天王中最末的一位，我并不强大。无论我换上怎样的身体，它都会迅速变得臃肿。对于我的三个朋友而言，我更像是他们的父亲而非兄弟。我能欣赏他们的酩酊、音乐、爱情和火焰，因为这些都是从生命中来的，因此我既能爱作为神的他们，也能爱他们本人。但阎摩的另一面令我也感到畏惧，拉特莉。因为一旦阎摩聚集起法力，他便会成为真空，让我这个可怜的胖子战栗不已。那时他不再是任何人的朋友。因此，即使你害怕他也无须为此而尴尬。你知道，当一位神灵心烦意乱时，他的法力便会赶来安慰他，哦，夜之女神啊，你瞧，虽然离日落还远，这座楼阁中却已光线黯淡。还有，别忘了，你刚才看见的是一个心神不宁的阎摩。"

"他的归来十分突然。"

"是的。"

"能告诉我这是为什么吗？"

"恐怕这件事必须保密。"

"与梵天有关？"

"你为什么这样问？"

"我相信梵天已经死了。我害怕阎摩被召回是为了找出凶手。我怕他会找上我，即使我招来一个世纪的黑夜笼罩住天庭也无济于事。他会找到我的，而我知道自己无法面对那真空。"

"那么，你对这件未经证实的凶杀都知道些什么？"

"我或许是最后一个见到活着的梵天的人，也可能是第一个看见他尸体的人，这取决于他的抽搐究竟意味着什么。"

"当时的情形怎样？"

"昨天一大早我去了他那里，想要为帕瓦蒂夫人说情，求他息怒，准许她重返天庭。我得知他在欢园中，于是我——"

"得知？是谁告诉你的？"

"他的一个女人。我不知道她叫什么名字。"

"继续。后来发生了什么？"

"我在那尊弹奏七弦琴的蓝色雕像下发现了他。他在抽搐。没有呼吸。后来连抽搐也停了，他一动不动，既没心跳也感觉不到脉搏。所以我召回一部分黑夜，将自己裹在阴影中离开了那里。"

"为什么没有找人帮忙呢？那时也许还不晚。"

"当然是因为我希望他死。我恨他，恨他对萨姆所做的一切，恨他赶走了帕瓦蒂和伐楼那，还有他对那个卷宗管理者塔克所做的事情，还有——"

"行了，这些东西一整天也说不完。你直接离开了欢园？有没有在他的楼阁停下？"

"我经过那儿，看见刚才那个女孩，于是我现了身，告诉她自己没能找到梵天，说迟些再来……他真的死了，是吗？我现在该怎么办？"

"再吃片水果，喝些酒。是的，他死了。"

"阎摩会来找我吗？"

"当然。他会追踪当时出现在附近的任何人。那无疑是一种速效毒药，而死亡时你刚好就在现场，因此他自然会盯上你——而且他会对你使用心理探针，对其他人也一样。这会显示你并非凶手。所以我建议你只需静候他来传讯，不要将这件事告诉其他人。"

"我该告诉阎摩些什么？"

"倘若我没能在他来找你之前同他取得联系，你应该把一切都告诉他，包括你已经与我谈过这件事。因为我本不该知道发生了什么。三神一体中若有人死亡，他们总是尽可能长久地保守秘密，即使以生命为代价也在所不惜。"

"可是，当你接受审判时，业报大师们会从你的记忆中读到一切啊。"

"反正他们不会在今天读取你的记忆。梵天的死讯会被限制在一定范围内，知道的人越少越好。既然阎摩受命主持调查，而他又是心理探针的发明者，我想他们不会拉些黄色法轮的人来操作那些仪器。不过，我依然需要向阎摩确认这点——或者向他提出这个建议——刻不容缓。"

"在你走之前……"

"怎么？"

"你刚才说，只有少数人知道这件事，为了保密甚至不惜付出生命的代价。这是否意味着我……"

"不。你会活下去，因为我将保护你。"

"为什么你要这么做？"

"因为你是我的朋友。"

阎摩在操作探测大脑的仪器。他探测了三十七个，全都是在大神死前一整天内有可能去过欢园见到梵天的人。其中十一个是神灵或女神，包括拉特莉、萨拉斯瓦蒂、伐由、魔罗、拉克西米、穆卢干、阿耆尼和奎师那。

这三十七位神祇与人类中，没有一个是凶手。

技匠俱毗罗站在阎摩身旁，看着探针的数据带。

"现在怎么办，阎摩？"

"我不知道。"

"或许凶手隐去了身形？"

"也许。"

"但你认为并非如此？"

"是的。"

"那让尽善城中的所有人都接受探测如何？"

"每天都有太多人从无数的出入口来来往往。"

"你有没有想过，这也许是罗刹干的？你很清楚，他们已重现世间——而且它们恨我们。"

"罗刹不会对牺牲品用毒。再说，欢园中有驱赶魔物的熏香，我不认为它们能够潜入。"

"现在怎么办？"

"我要回实验室，好好想想。"

"我能陪你到死亡之间吗？"

"悉听尊便。"

俱毗罗同阎摩一起回到那里。阎摩思考期间，俱毗罗仔细查看了业报大师的数据带索引，那是在最初用心理探测器做试验时留下的，如今已弃置不用，而且并不完整；只有业报大师保存着迄今尽善城中所有人的数据带。这点俱毗罗很清楚。

在韦德拉河岸的肯塞，人们重新发明了印刷机。同一个地方还在进行复杂的下水管道试验。两位高超的神庙艺术家也出现在这一场景中，一个老玻璃匠打磨出一副双光眼镜，并且还在制造更多同样的东西。所有迹象都显示出这个城邦国家正经历一场文艺复兴。

梵天决定，该对推进主义采取行动了。

天庭纠集了一支远征军。在与肯塞比邻的城市中，神庙向信徒发出呼召，要他们准备好参加圣战。

毁灭者湿婆的三叉戟不过是个象征，他真正信赖的武器是别在自己身侧的那支火杖。

跨坐于黄金马鞍之上，脚踩白银马刺的梵天，带着一柄剑、一个法轮和一把弓。

新楼陀罗拿起了自己前任的弓和箭囊。

魔罗大人披着一件微微发光的斗篷，不断地变幻色彩。谁也看不出他带着何种武器，驾着怎样的战车，因为无人能够长久地注视他，否则便会感到天旋地转，感到幻王周围的一切都在改变形状。人们唯一能看清的是他的马，它们口中不断滴下鲜血，无论落在哪里都会激起一股青烟。

最后，从半神中选出了五十位参加这场圣战，他们仍在奋力调教自己的神性，个个都急于增强法力，想要通过战斗赢得奖赏。

奎师那谢绝了参战的邀请，到卡尼布拉森林中吹起了笛子。

他发现他躺在尽善城后一座长满青草的小山上，瞭望着繁星密布的天空。

"晚上好。"

他转过脸来，点了点头。

"你过得如何，好俱毗罗？."

"还不错，迦尔基大人。你呢？"

"相当好。你带了香烟吗？"

"它们从来都离我不远。"

"谢谢你。"

"火？"

"是的。"

"在迦梨夫人把佛陀的内脏扯出来之前，果真有一只灰冠雀盘旋在他头顶吗？"

"还是让我们谈些更愉快的事吧。"

"你杀死了一个弱小的梵天，却使一位强大的梵天有机会取而代之。"

"哦？"

"你杀死了一位强大的湿婆，现在一股同样强大的力量取代了他的位置。"

"生命中充满变化。"

"你希望由此得到什么？复仇吗？"

"复仇不过是个假相，是人称'自我'的那个假相的一部分。人从未真正生活，也不会真正死去，他不过是'绝对'的映像罢了。谁能杀死这样的东西？"

"但你干得倒还不错，即使如你所言，这不过是一次重新排列。"

"谢谢。"

"你为什么要那样做？……希望你能给我一个明确答案，而不是你的宗教小册子。"

"我打算消灭天庭的整个统治阶级。可现在看来，这个想法同世上所有的好意一样，铺就的是通向地狱的道路。"

"告诉我你这样做的原因何在。"

"只要你说出是怎样发现我的……"

"很公平。现在说吧，为什么？"

"我认为倘若诸神不存在，人类的生活将变得更好。倘若我能将他们全部处理掉，人们便无须再畏惧天庭的愤怒，重新开始拥有很多东西——例如开瓶器和可以用上开瓶器的瓶子。这些可怜的傻子已经被我们压制得太久了。我希望给他们一个机会，让他们自由，让他们能够建造出自己想要的东西。"

"可即便没有自由，他们仍然活着，活着，持续地活着。"

"有时是的，有时并非如此。神灵也一样。"

"你大概是世上最后一个推进主义者了，萨姆。没人会想到，你竟然也是最致命的那一个。"

"你是怎么发现的？"

"我感到萨姆本来会是最大的嫌疑对象，唯一的问题在于，他已经死了。"

"我曾以为这足以保护我不被任何人察觉。"

"于是我问自己，有没有什么方法能让萨姆逃过一死呢？除了更换身体，我想不出别的法子。于是我又问自己，谁在萨姆丧命当天更换过新身体？只有穆卢干大人。但这似乎并不符合逻辑，因为他更换身体是在萨姆死后，而不是在之前。我暂时放弃了这个想法。你——穆卢干——名列那三十七位疑犯之中，接受了探针的检测，阎摩大人认定你是清白的。当时我以为自己必定是走错了方向——直到我想起来，有一个非常简单的方法可以检验我的推测。阎摩自己就能骗过探针，那其他人为什么不能呢？这时我回忆起一件事：迦尔基的神性涉及对光与电磁现象的控制，他有能力暗中破坏机器，让它看不出任何罪恶。检验这点的方法不是查看机器读出了什么，而是看它如何读取数据。和掌纹和指纹类似，大脑的图案也各不相同。而在身体转换时，一个人会保留相似的大脑模式，尽管此时他已经在使用另一个大脑。无论脑中流过何种思想，思维方式却是各人独有的。我在阎摩的实验室中找到一份穆卢干的记录，同你的做了对比。它们并不一样。我不清楚你是怎样做到的，但我发现了你的本来面目。"

"非常聪明，俱毗罗。还有谁知道这古怪的推论？"

"没人，现在还没有。但恐怕阎摩很快就会发现。他总能解开难题。"

"你为什么要来找我，不惜以身犯险？"

"通常说来，当一个人活到你我这把年纪，总不至于一点道理都不讲。我知道你在发起攻击之前，至少会听我把话说完。我还知道，既然我所说的对你大有好处，你是不会伤害我的。"

"你有什么提议？"

"我对你所做的一切抱有相当的同情，我愿意助你逃出天庭。"

"不了，谢谢。"

"你想赢得这场较量，不是吗？"

"是的，而且我会以自己的方式取胜。"

"怎么做？"

"我现在就要回到尽善城，在他们能够阻止我之前尽可能杀死更多的人。假如我能杀死足够多的上位者，剩下的人也许将无法维持这个地方。"

"但如果你被杀死呢？世界该怎么办？你所支持的事业又该何去何从？你能再次死里逃生，再次为之奋斗吗？"

"我不知道。"

"你上一次是如何做到的？"

"我曾被魔物附体过，他倒相当喜欢我。有一次我们身处险境，他告诉我说，他已经'强化了我的火焰'，好让我能脱离身体而存在。我早已忘记了这个小插曲，直到在下方的街道上看见了自己被撕裂的尸体才又回想起来。我需要一具新的肉身，而据我所知，唯一的希望就是诸神的业报之阁。当时穆卢干正要求他们为他服务。正如你说的，我的力量是电导。我发现即使没有大脑支持，这力量仍能发挥作用，我暂时打断了电路的运行，进入了为穆卢干准备的身体里，穆卢干则下了地狱。"

"而你把一切都告诉了我，这似乎意味着你预备打发我去追随他。"

"抱歉，好俱毗罗，因为我喜欢你。如果你愿意保证忘掉自己所听到的一切，等别人去发现这些事实，那么我会允许你活着离开。"

"很冒险。"

"虽然你的年纪同天庭的小山一般大，但在这漫长的一生中却从未出尔反尔，违背自己的誓言。"

"你要杀的第一位神灵是谁？"

"当然是阎摩大人，因为他是离真相最近的一个。"

"那么你必须杀死我，萨姆，因为他也是四大天王之一，是我的兄弟和朋友。"

"我敢肯定，假如我必须杀死你，你我二人都会感到遗憾的。"

"同罗刹的接触有没有让你染上少许对赌博的嗜好呢？"

"哪一种？"

"如果你赢了，我便承诺绝不提及此事；若赢的是我，你同我一道乘金翅鸟逃走。"

"比试什么？"

"爱尔兰式搏击。"

"同你？胖子俱毗罗？别忘了我还拥有一具强壮的新身体！"

"是的。"

"那么我可以让你先手。"

在天庭远端一座晦暗小山上，萨姆与俱毗罗面对面站到一起。

俱毗罗收回右臂，一拳打中了萨姆的下巴。

萨姆应声而倒。他在地上躺了一会儿，然后缓缓地站起身来。

他揉着下巴，回到自己刚才站立的地方。

"你比外表看上去更强壮些，俱毗罗。"

说完，他发起了攻击。

俱毗罗躺在地上大口喘气。

他想起身又放弃了，继续在地上呻吟了一会儿，最后挣扎着站起来。

"我没想到你还会起来。"

俱毗罗移过来，面对萨姆，他的下颌上出现了一根潮湿的深色线条。

就在他站回自己的位置时，萨姆哆嗦了一下。

俱毗罗等待着，呼吸依然沉重。

快顺着黑夜的灰墙往下跑。快逃！去藏在一块石头下。躲起来！愤怒会将你的肠子化作黄水。这场争斗的力量将磨碎你的脊梁骨……

"进攻！"萨姆喊道。俱毗罗微微一笑，攻了过去。

他躺在地上不住颤抖，虫鸣、风声与青草的叹息交织在一起，汇合成夜晚的合唱，传入他耳中。

颤抖吧，就像一年中最后的落叶那样。你的胸中有一团冰，你的脑中没有任何言语，唯有惊惶的颜色在四下移动……

萨姆摇摇头，爬起来跪在地上。

再倒下去吧，蜷成一团静静抽泣。因为人类就是这样开始的，也必将如此结束。宇宙就是一颗黑色的圆球，不断滚动。它摧毁自己碰到的一切。它朝你滚过来了。快逃！你或许能赢得一小会儿，也许一个钟头，然后它便会追上你……

他抬起手，遮住自己的脸，接着又放下双手，瞪着俱毗罗站起身来。

"你在寂阁建造了那名为'恐惧'的房间，"他说，"我想起来了，这就是你的力量，老神仙。但这还不够。"

一匹无形的烈马奔驰在你心灵的牧场。你从它的蹄印中认出它来，每一个印记都是一处创伤……

萨姆站好位置，握紧了拳头。

天空在你头顶吱吱作响。大地也许会在你脚下裂开。你身后是什么？那高高的、影子一般的东西是什么？

萨姆的拳头抖动着，但他依然向对方挥出了拳头。

俱毗罗踉跄着往后摇晃，他的头被打得偏到了一边，不过他并没有倒下。

萨姆颤抖着站在原地，俱毗罗缩回右臂，准备最后一击。

"你作弊，老神仙。"

透过满脸的血迹，俱毗罗冲他笑笑，他的拳头仿佛一颗黑色的圆球。

金翅鸟被吵醒了，当它的叫声划破了夜空时，阎摩正与拉特莉交谈。

他说："这可真是闻所未闻。"

天庭缓缓开启。

"也许是毗湿奴大人准备出行……"

"他从不在夜间外出。而且我刚同他说过话，他什么也没提起。"

"那就是别的什么神灵在挑战他的坐骑。"

"不！到围栏去，女士！快点！我也许会需要你的力量。"

他一把拉住她，带她一道朝金翅鸟那钢铁制成的鸟巢跑去。

金翅鸟被唤醒，链子也解了下来，不过眼罩仍在原位。

俱毗罗已经把萨姆抬进围栏，并用皮带将依然昏迷不醒的对手紧绑在鞍上。

他爬下来启动最后一个控制器，笼子的顶盖卷了起来。随后他拿起那根长长的金属钩子，回到了绳梯旁。金翅鸟散发出浓烈的气味，他不住扭动身体，烦躁地拍打着一片片足有两人大小的羽毛。

俱毗罗慢慢爬上梯子。

他为自己系上皮带，就在这时，阎摩和拉特莉靠近了笼子。

"俱毗罗！你疯了吗？"阎摩喊道，"你从来不喜欢升上高空的！"

"事情紧急，阎摩，"他回答道，"而雷霆战车要花上一整天才能准备好。"

"是什么事，俱毗罗？为什么不用刚朵拉？"

"金翅鸟更快些。等我回来再告诉你详情。"

"也许我能帮上忙。"

"不用了，谢谢。"

"而穆卢干大人能帮你？"

"在这件事上，是的。"

"你们的关系历来不佳。"

"现在也一样。但我需要他的帮助。"

"你好，穆卢干！……为什么他没有回答？"

"他睡着了，阎摩。"

"你的脸上有血迹，兄弟。"

"我刚才出了些小意外。"

"而穆卢干似乎也遇上了麻烦。"

"是同一场意外。"

"有什么事情不对劲，俱毗罗。等等，我要进笼子里来。"

"待在外头，阎摩！"

"四大天王从不向彼此下令。我们是平等的。"

"待在外边，阎摩！我要揭开金翅鸟的眼罩了！"

"别那么干！"

阎摩的眼睛一闪，这个红衣男人似乎突然变得更加高大起来。

俱毗罗手拿钩子，身体前倾，他揭下了金翅鸟头上的眼罩。金翅鸟把头向后一仰，又是一声尖叫。

"拉特莉，"阎摩道，"用阴影遮蔽金翅鸟的双眼，让他目不能视。"

阎摩朝笼子的入口走去。

黑暗如一片雷雨云般围住了金翅鸟的头。

"拉特莉！"俱毗罗道，"消除这片黑暗，用它笼罩阎摩，否则一切都完了！"

拉特莉只稍一迟疑便听从了俱毗罗的指示。

"来我这里，赶快！"他喊道，"骑上金翅鸟，同我们一起走。我们需要你，非常需要！"

她消失在笼子里。黑暗如一池墨汁，正不断地蔓延，再蔓延，阎摩摸索着朝前走。

绳梯晃动着，摇摆着，拉特莉登上了金翅鸟。

这时，金翅鸟尖叫着腾空而起，原来阎摩一面前进一面拔出了剑，他朝自己摸到的第一件东西砍了下去。

黑夜在他们身边奔腾，天庭被远远抛在了身下。

他们爬升到极高处，这时穹顶开始合拢。

金翅鸟又是一声尖叫，加速朝大门飞驰。

他们赶在大门关闭前冲了出去，俱毗罗戳了戳金翅鸟。

拉特莉问："我们去哪儿？"

"去韦德拉河岸的肯塞，"他回答道，"还有，这是萨姆。他还活着。"

"是怎么回事？"

"他就是阎摩要找的人。"

"他会去肯塞找他吗？"

"毫无疑问，女士。毫无疑问。但在阎摩找到他之前，我们还有时间做些准备。"

在大战之前的那些日子，守卫肯塞的人不断涌入。俱毗罗、萨姆和拉特莉带来了警告。肯塞原已注意到邻国的动向，却还不知道天庭的复仇者也将前来。

萨姆负责训练对抗神祇的军队，俱毗罗则训练那些与人类作战的士兵。

人们铸造了黑色的铠甲，献给圣书中歌颂的那位女神。"噢，夜之女神啊，让我们免受母狼与公狼之害，让我们免受盗贼的侵扰。"

萨姆的帐篷就搭在城外的一片平原上。第三天，帐篷外出现了一座火焰的高塔。

一个声音在他脑中轰鸣："哦，悉达多，鬼狱之王前来履行他的诺言！"

"陀罗迦！你是怎么找到我——认出我的？"

"你知道的，我看见的是你的能量流，是你真正的自我，而非那隐藏自我的肉体。"

"我以为你死了。"

"只差一点。那两个人的眼睛真能攫取生命！即使像我这样的生物也无法幸免。"

"我早告诉过你。你带来了你的军团吗？"

"是的，我带来了我的军团。"

"很好。诸神很快就会对这里发起进攻的。"

"我知道。我曾多次前往冰山顶上的天庭，我的间谍仍然留在那儿，所以我知道他们正准备来这里。他们还邀请了人类参加这场战斗。诸神虽然认为自己并不需要人类的协助，却又觉得让人类参与毁灭肯塞城也不无益处。"

"是的，可以理解，"萨姆打量着火焰形成的黄色旋涡，"你还带来了什么别的消息吗？"

"红衣的那位来了。"

"我料到他会的。"

"来面对死亡。我必须击败他。"

"他会往身上涂抹驱魔剂。"

"那我就想个法子除去驱魔剂，或者从远处杀死他。他会在夜幕降临前到达。"

"他是怎么来的？"

"坐飞行器——不如我们想偷的雷霆战车那么大，但速度非常快。我无法在运动中展开攻击。"

"他独自一人吗？"

"是的——除了机器之外。"

"机器？"

"许多机器。他的飞行器里装满了古怪的设备。"

"这可不是好兆头。"

高塔旋转成橘红色。

"不过其他人也来了。"

"你刚说过他独自一人。"

"这不假。"

"那么告诉我谜底。"

"其他人并非来自天庭。"

"那是从哪里来？"

"自从你离开鬼狱，上了天庭之后，我去过许多地方。我在世间上下穿梭，寻找那些同样憎恨尽善城中诸神的盟友。顺便说一句，在你上一次的轮回中，我的确曾想从卡尼布拉森林的大猫口中救你出来，只是没有成功。"

"告诉我，谁会来帮助我们。"

"暗黑君主尼西提大人，他憎恨一切，最恨的就是尽善城中的神灵。所以他派出了一千死灵部队来韦德拉河岸的平原作战。他说，战斗结束后，我们罗刹可以拥有剩下的东西——他生产的那些没有心灵的身体任我们挑选。"

"暗黑君主的协助并不合我的胃口，但现在的处境不允许我挑三拣四。他们会在何时抵达？"

"今晚。不过塔利莎会到得更早些。即便现在我也能感到她正在接近。"

"塔利莎？那是谁……？"

"最后一位灼热之母。当杜尔迦和迦尔基大人奔向海边的圆顶时，只有她逃进了深海中。她的卵全被打碎，此后再也无法产卵，但她体内仍然保留着海之灼热那燃烧的力量。"

"而你认为她竟会帮助我？"

"她不会帮助任何人。她是那个种族唯一的幸存者，她只会协助自己的同类。"

"那么告诉她，曾经叫作杜尔迦的人现在换上了梵天的身体，而那正是敌人的首领。"

"是的，这使你们俩都成了男人。倘若对方还是女人，塔利莎也许会站到另一边。不过她已经下定决心，她选择了你。"

"这能使双方的力量变得均衡一些。"

"罗刹正驱赶着大象、蜥蛇和大猫前来，它们可以冲击敌方的阵营。"

"好。"

"他们还招来了火元素。"

"很好。"

"塔利莎接近了。她会潜入河底，等需要时再出来。"

"替我问候她。"说完萨姆回到帐篷里。

"我会的。"

帐篷的帘子在他身后落下。

当死神从天而降，停在韦德拉河岸边的平原上时，罗刹陀罗迦化作卡尼布拉丛林中的大猫朝他猛扑过去。

但他立刻便退了回来。阎摩涂着驱魔剂，使陀罗迦无法靠近。

罗刹旋转着飞到一旁，放弃了自己刚才的大猫形象，转而变成一股由银色尘埃形成的旋风。

"死神！"这个词在阎摩脑中炸开，"还记得鬼狱吗？"

刹那间，旋风卷起岩石、石块和沙土朝阎摩飞去。阎摩拉过斗篷，用边缘遮住双眼，但除此之外没有任何动作。

过了一会儿，愤怒的风暴平息了。

阎摩没有移动。他脚下的地面撒满了残骸，本人却安然无恙。

他放下斗篷，盯住了旋风。

"这是什么巫术？"一个声音道，"你为什么没有倒下？"

阎摩继续盯着陀罗迦，他问："你为什么能旋转？"

"我是罗刹中最强的。我曾承受过你的死亡之眼。"

"而我则是诸神中最强的。在鬼狱我对抗过你的整个军团。"

"你不过是三神一体的仆人。"

"你错了。我来是为了对抗天庭，就在这里，以推进主义的名义。我的仇恨难以言表，我还带来了对付三神一体的武器。"

"那么，我猜自己只好暂时放弃与你作战的乐趣……"

"在我看来这很明智。"

"你恐怕还想要我带你去见我们的首领吧？"

"我知道该怎么走。"

"那么，下次再见了，阎摩大人。"

"再见，罗刹。"

陀罗迦像燃烧的箭矢般冲向空中，很快便消失在了视线之外。

有人说，阎摩是在那巨大的鸟笼里，在黑暗和鸟粪中破解了自己的案子。也有人断言，他是在稍后借助死亡之间中的数据带做出了与俱毗罗相同的推论。无论如何，当阎摩走进韦德拉河岸边的那顶帐篷，向主人问好时，他明白无误地叫出了萨姆的名字。对方则手按剑柄转身面对他。

"死神，你赶在战斗打响之前来了。"

阎摩回答道："情况稍有变化。"

"什么样的变化？"

"立场。我来反抗天庭的意志。"

"以何种方式？"

"铁、血和火。"

"为什么？"

"天庭中出现了离婚、背叛还有耻辱。那位夫人走得太远了，而我现在终于弄清了个中缘由。迦尔基大人，我并不信奉你的推进主义，但也并不反对它。对我而言，重要的是它代表着世上唯一一股对抗天庭的力量。我希望你了解这点。如果你还愿意接受我手中的剑，我便加入你们。"

"我接受你的剑，阎摩大人。"

"而我会朝天庭中的任何一位举起这把剑，只除了梵天本人，我不会面对他。"

"同意。"

"那么请允许我为你驾驭战车。"

"乐意之极，只可惜我并没有战车。"

"我带了一辆来。它非常特别，我已为它花费了许多时光，直到现在也没有最终完成，但它已经够用了。不过，我必须在今晚将它组装起来，因为战斗会在明天黎明打响。"

"我早有预感。罗刹也提醒过我附近军队的动向。"

"是的，我从空中飞过时，发现他们正在移动。主攻将出现在东北方的平原，诸神会在稍后加入。但敌人必定会从各个方向涌来，包括水上，这是毫无疑问的。"

"我们控制着水面。灼热之母塔利莎正等在河底。到时她会激起滔天巨浪，让河水沸腾，漫过河岸。"

"我原以为那一族已经灭绝了！"

"除她以外。她是最后一个。"

"据我所知，罗刹会同我们一起作战？"

"是的，还有其他人……"

"其他人？"

"我接受了尼西提大人的协助——一堆没有灵魂的躯壳，一支由这些东西组成的军队。"

阎摩眯起眼睛，鼻孔也张大了。

"这不是个好主意，悉达多。我们早晚得消灭他，欠这样的人情绝不是什么好事。"

"这我知道，阎摩，但我只能孤注一掷。他们今晚就会抵达……"

"倘若我们获胜，悉达多，即使我们能倾覆极乐之尽善城，破坏旧有的宗教，还给人类追寻工业进步的自由，压迫也依然会存在。尼西提等待了这么多个世纪，期盼着诸神的末日，到那时我们就必须同他作战，必须击败他，否则过去的一切都将重新来过——而相形之下，尽善城诸神的不公正中，至少还包含着些许怜悯。"

"我想无论有没有受到邀请，他都会前来助阵的。"

"是的，但假如你邀请他，或者接受他的帮助，你就欠他一次。"

"那么我只好等问题出现时再想法子。"

"我猜这就是政治，可我不喜欢这样。"

萨姆斟上两杯肯塞香醇的深色葡萄酒，将其中一杯递给阎摩。"我想俱毗罗看见你会很高兴的。"

"他在做什么？"阎摩接过酒杯，一饮而尽。

"训练军队，向所有当地的学者传授内燃机的知识，"萨姆道，"即使我们输了，有些人依旧会活下去，前往其他地方。"

"要在实践中发挥作用，他们需要了解的绝不止是机械设计而已……"

"他已经一连讲了许多天，嗓子都嘶哑了。书记官会把他所说的一切记录下来——地理、采矿、冶金、石油化工……"

"如果我们有更多的时间，我也会提供帮助。事实上，只要能保留下百分之十的知识，就足够了。不是明天，甚至也不是后天，而是……"

萨姆喝光杯中的酒，重新斟满两个酒杯。"为了明天，驭手！"

"为了鲜血，缚魔者，为了鲜血和杀戮！"

"有些鲜血会是我们自己的，死神。但只要能带上足够多的敌人一道下地狱……"

"我不会死，悉达多，除非我自己选择死亡。"

"这怎么可能，阎摩大人？"

"让死亡保守他自己的小秘密吧，缚魔者。因为我也许不会在明天的战斗中做出这个选择。"

"如你所愿，大人。"

"祝你健康长寿！"

"你也一样。"

战斗打响那天，破晓的天空宛若处女大腿上的咬痕般呈现出一片粉红。

河上飘来一阵薄雾。诸神之桥在东方闪耀着纯金的光彩，往西延伸到逐步退却的黑夜中，颜色渐渐变暗，仿佛一条燃烧的赤道般将天穹一分为二。

肯塞的武士集结在韦德拉河岸边的平原上，在城外静静等候。整整五千人，带着利剑和弯弓、长矛与投石器，等候战斗打响。暗黑君主派来的部队包括一千僵尸和几个有血有肉的军士，他们站在阵型的最前端。僵尸的行动全由军士的鼓声控制，头盔上的黑色丝绸飘带在微风中翻卷着，仿佛烟雾化成的小蛇。

五百枪骑兵排在队伍后方。银色的旋风——罗刹——悬浮在半空中。野兽的咆哮不时在这个半明半晦的世界中响起。火元素在树枝、长矛与旗杆上闪烁。

空中没有一丝云彩。平原上的青草依旧潮湿，露水反射着阳光。空气清凉，大地仍然十分柔软，很容易在地上留下脚印。天穹之下，满眼都是灰色、绿色与黄色。韦德拉河在河堤之中打着漩儿，从守护在两岸的大树上收集落叶。据说，每一日都是世界历史的一个缩影：由黑暗与寒冷中来，进入混沌的光明和初升的温暖，在上午的某个时刻，意识眨眨眼，唤醒了思维——一大堆缺乏逻辑、彼此不相关联的杂乱情感；接下来，一切都急匆匆地奔向正午的秩序，然后便是黄昏时分缓慢而令人痛苦的衰退和微光中那神秘的幻象，最后衰败结束，黑夜再次降临。

这一天拉开了序幕。

战场的远端能看见一条黑线。

一声号角划破长空，黑线开始移动。

萨姆的战车位于阵型顶端，他立在战车上，身着锃亮的盔甲，手握带来死亡的灰色长枪。死神一身红色，为他充当驭手。

死神开口道："他们的第一波是蜥蛇骑士。"

萨姆半眯着眼，努力看得更远些。

"是他们没错。"他的驭者道。

"好吧。"

长枪一挥，罗刹如白光聚成的海潮一般向前奔去。僵尸也开始前进。

白色的浪潮与黑线相遇，空气中出现了一片混乱的声响，有人类的叫喊，有蜥蛇的嘶嘶声，还有武器相撞的声音。

黑线止步，上方腾起大片的尘埃。

这时丛林自睡梦中醒来，聚集林中的猛兽被赶向敌人的侧翼。

僵尸踏着缓慢而稳定的鼓点前进，火元素飘浮在它们前方，所到之处，青草尽数枯萎。

萨姆朝死神点点头，战车于是借助气垫缓缓前进。在他身后，肯塞的军队有些骚动。俱毗罗大人被药物带进了死亡一般的睡梦中，正在城下一个隐秘的地窖里醀睡。拉特莉夫人跨上一匹黑色的牝马，立在骑兵后方。

"他们的冲锋被击破了。"

"是的。"

"骑兵全都从坐骑上跌落，而野兽还在他们中间肆虐。他们还没能重组队形。罗刹让巨石如山崩般落下，就像雨点从天而降。现在，涌动的火焰也来了。"

"是的。"

"我们摧毁了他们。现在他们已经能看到尼西提那没有灵魂的奴隶正向自己前进，步伐没有一丝凌乱、心中毫无惧意；它们的鼓点整齐划一，完美而令人绝望，从它们的眼睛里看不见任何东西，只有一片虚无。当他们抬起头来，他们能看见我们，仿佛置身于一片雷雨云中，他们看见死神为你驾驭战车。他们的心跳加快了，手臂和大腿一阵冰凉。你看见猛兽是如何在他们中间穿行的吗？"

"是的。"

"我们的军队不要吹响号角，悉达多。因为这并非战斗，只是屠戮。"

"是的。"

僵尸杀死了遇到的一切，它们自己在倒下时总是一言不发，因为生死于它们原无不同，而言语对没有生命的物体本没有意义。

他们横扫战场，一波又一波的战士朝他们涌来。但打头阵的骑兵已经被击溃了，而步兵是无法抵挡枪骑兵和罗刹、僵尸与肯塞之兵团的。

阎摩驾驭着那辆边缘如剃刀般锋利的战车从敌人中间穿过，仿佛火焰掠过原野。射向他们的导弹和长矛会在中途转开，在碰到车身或车上的乘客之前偏离方向。死神紧握着控制战车行进的两个圆环，黑色的火焰在他眼中舞动。他们冲入敌阵中央，阎摩一次次无情地碾过敌人的身体，萨姆的长枪则如蛇信般上下翻飞。

从什么地方传来了退却的号角声，但能够回应的人，已是少之又少。

"擦干你的眼睛，悉达多，"死神道，"命令他们摆出新的阵型。现在是追击的时候。持剑的文殊必须下令攻击。"

"是的，死神，我知道。"

"我们把持着战场，但还未能将这一天的胜利握在掌中。诸神正在观察，他们在评估我们的实力。"

萨姆举起长枪发出信号，队伍中又有了新动作。随后，寂静再次笼罩他们，风突然不再吹拂，声音消失了，天空一片湛蓝。被踩躏的地面呈现出灰绿色。尘埃如幻影形成的藩篱般悬浮在远方。

萨姆环视自己的士兵，长枪向前一指。

就在这时，空中传来雷声轰鸣。

死神望着天空说："诸神即将进入战场。"

雷霆战车驶过他们的头顶，不过并未降下毁灭之雨。

萨姆问："为什么我们还活着？"

"看来他们希望我们以更加耻辱的方式失利。还有，他们不敢用雷霆战车对付它的创造者——明智的决定。"

"既然如此……"萨姆给出信号，命令部队开始进攻。

战车带着他冲上前去。

在他身后，肯塞的军队跟了上来。

他们砍倒掉队的士兵，碾碎了试图延缓自己进攻的守卫。他们在一阵箭雨中杀死射手，接着便来到了那群神圣的十字军跟前，这些人曾发誓要将肯塞夷为平地。

这时，传来一声号角，是天庭发出的信号。

面前的人类战士让出了一条路。

五十个半神朝他们驶来。

萨姆举起了长枪。

"悉达多，"死神道，"迦尔基大人从未在战场上失利。"

"我知道。"

"我带来了缚魔者的护身符。烧毁在世界尽头柴堆上的那件不过是复制品，我留下了原物，想要做一番研究。到现在我也没找到机会。别动，只要一小会儿，让我帮你系上。"

萨姆举起双臂，死神将贝壳制成的腰带系在他腰间。

他发出指令，让肯塞的军队停下。

死神送他上前，两人独自面对半神。

有些半神头顶悬浮着早期法力产生的光环，其他人则带着古怪的武器，借以聚拢自己古怪的神性。火焰从天而降，席卷车身；大风鞭打着它；碎裂的巨响连绵不断。萨姆一挥手，站在最前边的三个敌人摇晃着从蜥蛇背上摔了下来。

然后死神驾着战车向他们驶去。

它的边缘有如剃刀，速度是马匹的三倍，蜥蛇的两倍。

他在身边激起一片薄雾，一片充满血腥味的薄雾。重型导弹朝他飞来，随后消失在这个或那个方向。超声波的尖叫刺激着他的双耳，可不知为何，大部分声音都被隔断了。

他将长枪高高地举过头顶，脸上不见丝毫表情。

一丝愤怒突然划过他的脸庞，长枪的顶端窜出了闪电。

蜥蛇和骑手被烧成焦炭，蜷曲起来。

尸体烧焦的味道冲进了他的鼻孔。

他哈哈大笑，死神驾着战车驶向下一批对手。

"你们在看吗？"萨姆朝空中叫嚣道，"那就看吧！要当心！你们刚刚犯下了一个错误！"

"别这样！"死神道，"现在为时尚早！永远不要在一位神灵逝去之前嘲弄他。"

战车再次横扫半神的队列，谁也无法触到车身。

号角声响彻云霄，圣十字军冲上前来援救己方的战士。

肯塞的武士向前移动，与他们短兵相接。

萨姆站在战车上，导弹密密麻麻地落下来，一如既往地错过了目标。死神带他闯入敌阵，时而像根楔子，时而像柄轻巧的长剑。他唱着，前进着，手中的长枪如蛇信般带着闪光落下，不时发出噼啪声，腰间的护身符吐出苍白的火焰。

他说："我们会击败他们！"

"战场上只有半神和人类而已，"死神道，"他们仍在测试我们的实力。很少有人记得迦尔基所有的力量。"

"迦尔基所有的力量？"萨姆问道，"哦，死神，它从未被完全释放。在这个世界的许多时代中都没有。让他们现在就来到我面前，天空会在他们的尸首上洒下泪水，鲜血会流淌在韦德拉河中！……你们听见了吗？你们听见了吗，诸天？来吧！我向你们挑战，就在这块土地上！就在这里，来用你们的力量同我对抗！"

"不！"死神道，"还不到时候！"

雷霆战车再次掠过他们的头顶。

萨姆举起长枪，雷霆战车周围化作一片烟花形成的地狱。

"你不该让他们察觉你有这样的能力！还不到时候！"

就在这时，他听见了陀罗迦的声音，那声音穿透了战场的喧嚣和他自己脑中的歌声。

"哦，缚魔者，他们正沿河而上！另有一队人马在进攻城门！"

"那么去找塔利莎，让她升上水面，以灼热的威力使韦德拉河沸腾！带上你的罗刹赶往肯塞的城门，摧毁入侵者！"

"遵命，缚魔者！"说完，陀罗迦立刻消失了。

雷霆战车发出一束炫目的光芒，切开了守卫肯塞的队伍。

"是时候了。"死神挥舞斗篷发出信号。

拉特莉夫人正骑着黑色的牝马等在队伍的最后一排。她从马镫上站起身来，揭开覆盖着盔甲的黑色面纱。

太阳遮住了脸庞，黑暗降临战场，从双方的阵营中都传出了惊呼。光束从雷霆战车下消失，燃烧也止住了。

周围只剩下些许来路不明的磷光——原来是魔罗大人那掩映在云雾中的战车。这辆五彩的战车掠过战场，冒烟的血水如小河般不断从战马口中流下。

萨姆迎上前去，却被一大堆战士挡住了去路。等他们清除掉障碍，魔罗已经横扫战场，杀死了路上的一切人等。

萨姆满眼怒火地举起长枪，然而他的目标有些朦胧，还在不断移动，他的闪电总是落在对方身后或是近旁。

这时，远处的河中发出柔和的光芒。它律动着，看起来十分温暖。有一瞬间，仿佛有某种触须似的东西伸出了水面，微微摇摆。

战斗声从城那边传来。空中满是魔物。大地似乎也在军队的铁蹄下震颤。

萨姆举起长枪，尖利的光束冲上云霄，挑起几束类似的光芒落下战场。

更多的猛兽发出咆哮与哀嚎，它们冲向两边的军队，经过时杀死双方的战士。

暗黑军士击出稳定的鼓点，催动僵尸继续杀戮。火元素贴在尸体胸前，仿佛是在进食。

"半神已经解决了，"萨姆道，"下面让我们试试魔罗大人。"

他们在尖叫与号哭中搜索战场，视线穿过那些将要成为尸体和已经成为尸体的人。

他们发现了对手战车的颜色，于是立刻开始追逐。

最后，他们驶入一道黑暗铸成的长廊中，战斗声已渐渐变得模糊而遥远，他终于转身面向他们。死神拉住缰绳，他们透过黑夜，直视着对方闪亮的眼睛。

"你愿意应战吗，魔罗？"萨姆喊道，"还是我们必须像对待丧家之犬般继续这场追逐？"

"哦，缚魔者，不要跟我谈什么公狗和母狗，那不都是你的血亲吗？"他回答道，"是你，不是吗，迦尔基？那是你的腰带，这是你喜欢的战争，是你的闪电不断落在敌友双方的头顶。不过，你果真活下来了，嗯？"

"正是我。"萨姆用长枪瞄准了对手。

"还有腐肉的神灵为你驾驶战车！"

死神举起左手，手心向前。

"我许诺赐你死亡，魔罗，"他说，"倘若不是死在迦尔基手中，便是死在我手中；倘若不是今日，便是往后。但从现在起，这诺言都会存在于我们之间。"

在他们左边，河水的波动越来越频繁。

死神身体前倾，战车向魔罗飞驰而去。

梦者的战马高高地抬起前腿，火焰从鼻孔中窜出来。战马跃向前方。

黑暗中，楼陀罗的箭瞄准了他们，可在飞向死神和他的战车时，它们也同样偏离了方向，最后落在双方的阵营中，一时间增强了四周的微光。

远处，罗刹驱赶着大象穿越平原，它们隆隆地奔跑，发出拖长声音的尖叫。

空中传来一声巨大的咆哮。

魔罗变成一个巨人，他的战车化为一座大山，而疾驰的战马似乎跨越了无数个永恒。闪电从萨姆的长枪中跃出，仿佛喷泉中飞溅的水柱。暴风雪突然呼啸而至，星际空间的酷寒深入了他的骨髓。

千钧一发之际，魔罗稍稍偏转了自己的战车，接着从车上纵身跳下。

他们击中了它的侧翼。阎摩引导战车缓缓落地，车下传来嘎嘎的声响。

此时，咆哮声已变得震耳欲聋，河中跃动的光线也成为稳定的红光。韦德拉河决堤而出，一波蒸腾的河水横扫战场。

更多的尖叫声传来，随后继续响起武器的碰撞声。尼西提的鼓点十分微弱，却依旧穿透了黑暗。雷霆战车朝地面飞去，在他们头顶留下一阵奇特的声响。

萨姆高喊："他在哪儿？"

"藏起来了，"死神说，"但他不可能永远藏着。"

"该死！我们是胜是负？"

"问得好。可惜我无法回答。"

他们的战车停在地上，河水在四周吐出泡沫。

"你还能让我们动起来吗？"

"这儿一片漆黑，到处是水，恐怕不行。"

"那么我们现在该怎么办？"

"少安毋躁，来抽支烟吧。"他向后一靠，划亮一根火柴。

过了些时候，一个罗刹飞过来飘浮在他们眼前。

"缚魔者！"魔物报告说，"又有人前来攻城，他们身上有那让我们不得近身的东西！"

萨姆举起长枪，一道闪电从枪头射出。

仿佛有闪光灯闪过，战场在某个瞬间被照亮了。

遍地都是死尸。一小堆、一小堆的人类挤在一处，有的死于战斗，身体扭曲着倒在地上。动物的尸体点缀在人类中间。几只大猫仍在徘徊、进食。河水泡着那些仍然能够站立的人，对倒下的则以泥土覆盖。火元素已经逃开了。破损的战车、死去的蜥蛇和马匹在战场上隆起。另一头，眼神空洞的僵尸依旧跟随鼓点漫步在战场上，杀死任何能移动的物体。远处，有一面鼓还在继续敲打，鼓声偶有一丝颤动。从肯塞方向传来的战斗声仍在继续。

"去找那一袭黑衣的女士，"萨姆对罗刹道，"要她让黑暗散去。"

"是。"魔物朝城中飞去。

太阳再次照耀大地，萨姆以手遮住阳光。

在蓝天与金云的映衬下，屠杀的景象令人倍感凄凉。

战场那头，雷霆战车停在一块高地上。

僵尸杀死了眼前的最后一个人，它们转身开始找寻更多的生命。这时，鼓声停止了，于是它们自己也跌倒在地上。

萨姆与阎摩并肩站在车中。他们环视四周，寻找生命的迹象。

"没有一丝动静，"萨姆道，"诸神在哪里？"

"也许在雷霆战车中。"

一个罗刹再次来到他们面前。

他报告说："护卫们已经无法守住城市。"

"诸神加入攻城的部队中了吗？"

"楼陀罗在那儿，他的弓箭在大肆破坏。"

"还有魔罗，梵天也在。我想——还有许多别的人。到处都一片混乱。我得赶快。"

"拉特莉夫人在哪里？"

"她进入肯塞，待在城里自己的神庙中。"

"其他神灵呢？"

"我不知道。"

"我要去肯塞，"萨姆道，"去协助那里的守备。"

"我去雷霆战车那儿，"死神说，"用它来对付我们的敌人——如果它还能用的话。如果不行，至少还有金翅鸟。"

"好。"萨姆说着飘浮起来。

死神从战车上跳下。"别了。"

"别了。"

他们分别以自己的方式穿过了尸横遍野的战场。

他爬上小斜坡，红色的靴子悄无声息地落在草地上。

他一撩自己猩红色的斗篷，让它回到右肩后边，开始查看雷霆战车。

“它被闪电劈坏了。”

“是的。”他表示同意。

他转头看了看战车的尾翼，又看向说话的人。

他的盔甲散发出青铜的光泽，但却不是青铜。

铠甲上点缀着许多蛇形图案。

他锃亮的头盔上有一对牛角，左手握着一支闪光的三叉戟。

“阿耆尼兄弟，你降临凡间了。”

“我已不再是阿耆尼，而是湿婆、毁灭之王。”

“你更换了新的身体，穿上了他的盔甲，你还拿着他的三叉戟。但无人能在如此短暂的时间内掌握三叉戟，所以你的右手上才戴着护手，额头上才架着护目镜。”

湿婆伸手将护目镜架在眼睛上。

“这是真的，我知道。扔掉你的三叉戟，阿耆尼。把你的手套和火杖、你的腰带和护目镜交给我。”

他摇了摇头。

“我尊敬你的力量，死神，还有你的速度、力量与技艺，但你站得太远，所有这些都没法派上用场。你不可能碰到我，我会在你靠近之前将你化为灰烬。死神，今天就是你的死期。”

他伸手去拿腰间的火杖。

“再见，法王。你的日子结束了。”

他抽出火杖。

“念在昔日的情分上，”红衣的那位开口道，“如果你投降，我不会夺走你的生命。”

火杖一抖。

"为了我妻子的名誉，你杀死了楼陀罗。"

"那是为了捍卫四大天王的荣誉。现在我是毁灭之神，是三神一体之一！"

他的火杖瞄准了对方，死神将猩红色斗篷旋转到身前。

两里之外，肯塞的城墙上，守城的人们看见一束无比炫目的闪光，他们疑惑着。

入侵者攻入肯塞。城中燃起了大火，尖叫声、金属撞击在木头上的声响和金属相交的声音混成一片。

罗刹把建筑物推倒在自己无法靠近的入侵者身上。双方的士兵数量都很有限，大部队均已在平原之上阵亡。

萨姆站在神庙最高的塔顶，俯瞰陷落的城池。

"我无法拯救你，肯塞，"他说，"我尽力了，但我没有足够的力量。"

远远地，站在街道中央的楼陀罗拉开了弓弦。

萨姆看见他，举起了长枪。

几道闪电落在楼陀罗身上，箭矢在其间爆炸。

等空气澄静下来，楼陀罗站立的地方变成一片焦土，地面中央只剩下了一个小坑。

伐由大人出现在远处的一个屋顶上，他招来大风以助火势。萨姆再次举起长枪，但突然之间，他看见满满一打伐由出现在一打屋顶之上。

"魔罗！"萨姆道，"现身吧，梦者！假如你有这份胆量的话！"

笑声包围了他。

"等我准备好之后，迦尔基，"从烟雾缭绕的空气中传出一个声音，"那时我会有这胆量的。不过，选择权在我手中……你是否有些头晕？如果你将自己抛向地面会怎么样呢？罗刹会来托起你的身体吗？魔物们会来救你吗？"

闪电落在靠近神庙的所有建筑上，然而在这一切喧嚣之上，魔罗的笑声依旧不绝于耳。新点燃的火焰噼啪作响，这笑声也渐渐消失在了远方。

萨姆坐下来，望着燃烧的城市。战斗的声音逐渐减弱，最后完全停止了，剩下的唯有火光。

一股剧烈的疼痛击中他的大脑，旋即消失了踪影。它又出现了，这次再也不肯离开。疼痛蔓延到整个身体，他不由得发出一声尖叫。

梵天、伐由、魔罗和四个半神站在下方的街道上。

他试着举起长枪，可他的手抖得太厉害。长枪脱手，咔嗒一声磕在砖上，从塔上坠落。

那骷髅与法轮的权杖正指着他的方向。

"下来，萨姆！"梵天道。他稍稍移动权杖，于是疼痛换个地方燃烧起来。"只剩你和拉特莉还活着！你是最后一个！投降吧！"

他挣扎着站起身，双手紧紧抓住发光的腰带。

他摇晃着，费力地从紧咬的牙关中挤出话来。

"很好！我会下来，化作炸弹落在你们中间！"

然而就在这时，天空突然变得忽明忽暗。

一声震天的高叫盖过了火焰的声响。

魔罗道："是金翅鸟！"

"为什么毗湿奴要来——在这种时候？"

"金翅鸟被偷了！你忘了吗？"

大鹏金翅鸟朝着城市一个俯冲，仿佛一只巨大的凤凰冲向自己火焰铸就的巢穴。

萨姆扭过头，正好看见眼罩突然遮住了金翅鸟的双眼。大鸟扇动翅膀，一头往神庙前诸神站立的位置扎了下来。

"红色！"魔罗高喊道，"看那个骑手！他穿着红色！"

梵天猛一转身，尖叫的权杖也变换了方向。他用双手握紧权杖，将它对准了正在俯冲的金翅鸟的头部。

魔罗一挥手，金翅鸟的双翼仿佛燃烧起来。

伐由举起双臂，猛烈的飓风开始敲打毗湿奴那能以喙摧毁战车的坐骑。

又是一声尖叫。它张开翅膀，缓缓降下。罗刹飞奔到它的头侧，以击打和蜇刺催促它前进。

它的速度变慢了，更慢了，但它无法停止。

诸神四散逃窜。

金翅鸟一头扎进地里，大地也随之颤动。

阎摩从它背部的羽毛中走出来，手里握着剑。他向前迈出三步，然后颓然倒地。魔罗出现在一处废墟后，用掌侧猛击他的后颈，一共两次。

在第二次击打落下之前，萨姆纵身从塔上跃下，但他没能及时到达地面。权杖再次发出尖叫，他感到一阵天旋地转。他挣扎着想要停止下落。他慢了下来。

离地面还有四十尺——三十——二十……

地表被鲜血覆盖，只剩一片黯淡的模糊，最后变成了黑色。

一个声音轻轻说道："迦尔基大人终于在战斗中被击败了。"

城中的天军仅剩下梵天、魔罗和两位分别叫博拉、提坎的半神。他们从韦德拉河边那濒死的肯塞城中带走了萨姆与阎摩。拉特莉夫人走在他们前面，颈上套着绳索。

他们将萨姆和阎摩带到雷霆战车那里，发现战车比他们离开时损坏得更加严重：右侧出现了一个巨大的空洞，一部分尾翼也消失了。他们用铁链把俘虏锁好，拿走了缚魔者的护身符和死神的猩红斗篷，然后送信给天庭。过了一会儿，几架刚朵拉从天而降，接他们回到尽善城。

"胜利属于我们，"梵天道，"肯塞已然不再。"

魔罗道："恐怕代价有些高昂。"

"但我们赢了！"

"而暗黑君主也开始蠢蠢欲动。"

"他不过想要测试我们的实力。"

"他又会得出怎样的结论呢？我们在一场战争中损失了整个军队？今天，连神灵也未能幸免。"

"我们击败了死神、罗刹、迦尔基、夜之女神和灼热之母。在这样的胜利之后，尼西提不敢再向我们挑衅。"

魔罗转过头去："梵天为大。"

业报大师被招来审判俘虏。

拉特莉夫人被驱逐出尽善城，她必须作为凡人行走世间，在更新时只能得到已过中年、毫无魅力可言的身体，而这样的身体根本无法承载她全部的法力和神性。如此的殊恩源于业报大师的判断，他们断定她不过是被自己所信赖的俱毗罗误导，偶然成了共犯。

他们命人去将阎摩大人带来接受审判，却发现他早已死在狱中。他的头巾中藏有一个小金属盒，这盒子发生了爆炸。

业报大师们验过尸体，相互交换着意见。

"如果他想死，为何不用毒药？"梵天问，"隐藏一片毒药比藏起一个盒子容易多了。"

"有一种解释是，"一位业报大师道，"他在世界的另一个地方准备了一具身体，他想要用一个传输装置将灵魂传入那具身体中，而使用后，传输装置便会自毁。"

"这样的事可能吗？"

"不，当然不可能。传输设备体积庞大，非常复杂。不过阎摩曾夸口说自己无所不能。有一次他试图说服我，让我相信他能够造出这样的装置。但传输时两具身体必须直接接触，而且还需要许多导线与电缆连接。再说那般体积的装置也不可能产生足够的能量。"

梵天问："是谁为你们制造了心理探针？"

"阎摩大人。"

"还有湿婆的雷霆战车，阿耆尼的火杖，楼陀罗那可怕的弓箭，还有三叉戟和明矛？"

"阎摩。"

"那么让我告诉你们一件事，大约就在我们推断那个小盒子运行的同时，死亡之间中有一架巨大的发生器也开始了工作，仿佛突然有了自己的意识。它只运行了约五分钟，然后又自动关闭了。"

"传送能量？"

梵天耸耸肩。

"该审判萨姆了。"

审判结束。他已经死过一次，而死亡于他似乎没有什么作用，因此，审判者们决定对死刑不予考虑。

他将被传输，但不是进入另一具身体。

一座无线电发射塔拔地而起。萨姆被注射了镇定剂，按合适的方式接上传输导线，不过导线的那端不是另一具身体，它们被连在了发射塔的转换器上。

他的自我被发射出去，通过敞开的穹顶，进入那一大片环绕整个星球，被称作诸神之桥的电子云中。

随后他受到了前所未有的优待——在天庭中举行第二次葬礼。阎摩大人也得到了自己的第一座柴堆。梵天望着升腾的青烟，暗自思索他究竟身在何方。

"佛陀进入了涅槃，"梵天道，"去神庙中宣讲！在街道上歌唱！他的逝去荣耀无比！他改革了旧宗教，我们现在比过去任何时候都更好！让那些持有不同意见的人牢记肯塞的教训！"

这件事也办成了。

但他们从未找到俱毗罗大人。

魔物们自由了。

尼西提很强大。

在世界的其他地方，依然有人记得双光眼镜和冲水马桶，石油化工和内燃机，还有太阳在天庭的正义前掩起面孔的那一天。

有人听见毗湿奴说，荒野终于进入了尽善城。

VII

他另一个为人熟知的名字是弥勒，意即光明王。从金色祥云回到人间之后，他来到迦波的爱神宫殿，在那里积蓄力量，为时代更迭的到来运筹帷幄。一位智者曾说，人们永远无法认出时代更迭之日，只会在这天过去后，省悟到它已降临。因为太阳会照常升起，时间如平日一般流逝，这一天依旧重复着世界的历史。

他有时被称作弥勒，意思是光明王……

世界是祭祀之火，以太阳为燃料，日光为青烟，白昼为烈焰，罗盘的顶点便是灰烬与闪光。在这火中诸神将信仰献为奠酒。从这祭奠中生出了月亮王。

雨水，哦乔达摩，就是这火，以岁月为燃料，白云为青烟，雷电为烈焰、灰烬和闪光。在这火中，诸神将月亮王献为奠酒。从这祭奠中生出了雨水。

世界，哦乔达摩，就是这火，以大地为燃料，火焰为青烟，黑夜为烈焰，月亮是灰烬，繁星便是闪光。在这火中，诸神将雨水献为奠酒。从这祭奠中创造出了食物。

男人，哦乔达摩，就是这火，以他张大的嘴为燃料，呼吸为青烟，言语为烈焰，他的眼睛是灰烬，耳朵便是闪光。在这火中，诸神将食物献为奠酒。从这祭奠中出现了生育之力。

女人，哦乔达摩，就是这火，以她的形体为燃料，长发为青烟，脏器为烈焰，她的欢愉便是灰烬和闪光。在这火中，诸神将生育之力献为奠酒。从这祭奠中生出了人。他将活过自己该活的日子。

当人死去，他会被抬到火中献为祭礼。这火便成了他的火，这燃料成了他的燃料，这烈焰成了他的烈焰，这灰烬成了他的灰烬，这闪光成了他的闪光。在这火中，诸神将此人献为奠酒。从火中他带着荣耀与光荣而出。

——《广奥义书》（Ⅵ，ii，9－14）

这是一座高耸的蓝色宫殿，有着细长的尖塔和以金银丝线装饰的大门。带着咸味的海水高高溅起，海洋生物的叫声划破澄净的空气，为感官带来生命与喜悦。在这座宫殿中，暗黑君主尼西提正与被带到自己跟前的人交谈。

"船长，你叫什么名字？"

"奥瓦嘎，大人，"船长回答道，"为什么你要杀死我的船员，单单留下我一个？"

"因为我要问你几个问题，奥瓦嘎船长。"

"关于什么？"

"许多事情。你经历过无数次远航，是一位经验丰富的船长，告诉我，我对南方航路的控制如何？"

"比我想象中更加严密，否则我也不会被带到这里。"

"不少人都害怕到这里来冒险，不是吗？"

"是的。"

尼西提走到一扇鸟瞰大海的窗前，转过身去背对自己的俘虏。过了一会儿，他又说道："听说自从……唔，肯塞一役之后，北方的科技有了很大进步。"

"对此我也略有耳闻。我还知道这并非虚言——我自己就亲眼见过一台蒸汽机。在今天的北方，印刷机已经成为日常生活的一部分，人们用直流电让死蜥蛇的腿跳了起来，还冶炼出成色更好的钢铁。显微镜与望远镜也再次被发明了出来。"

暗黑君主转过身来，两人相互打量着。

尼西提一身黑衣，个子不高，笑容显得十分温和，黑色的头发用一根银色发带束了起来。他长着朝天鼻，还有一双闪亮的眼睛，瞳孔的颜色与他的宫殿相仿，阳光没有在他身上留下任何痕迹。

"这样的事情，尽善城中的诸神为何竟没能阻止？"

"依我之见，原因在于诸神的力量被削弱了，如果这就是你想要的答案，大人。自从在韦德拉河畔遭到惨败以来，他们不敢再贸然以暴力阻止机械进步。据说城中甚至曾出现内乱，半神与剩下的神祇间产生了裂痕。那个新宗教也功不可没——人类变得更加勇于保护自己，而不再像过去那般畏惧天庭。现在他们又拥有了更好的装备，于是诸神反倒不那么急于面对自己的臣民了。"

"那么最终的胜利者真是萨姆。这许多年来，他一直在打击着他们。"

"是的，伦弗鲁。我想你说得很对。"

尼西提瞟了一眼立在奥瓦嘎左右的两个守卫。

"出去。"他命令道。等手下离开后，他说："你认识我。"

"没错，老伙计。因为我是让·奥威格，印度之星号的船长。"

"奥威格。听上去实在有些不可思议。"

"然而却是真的。这具老朽的身体是在萨姆击垮摩诃砂的业报大师时得到的。我当时就在那儿。"

"原祖之一，而且——哦！——一个基督徒！"

"是的，基督徒——每当我用光了印地语中的脏话，我就成了基督徒。"

尼西提抬起一只手搭在他肩上。"那么，他们的亵渎必定让你的整个存在都痛苦不已。"

"我并不怎么喜欢他们，他们对我也一样。"

"这不奇怪。但萨姆——他做了与他们相同的事情——与这个多神教的异端和解——将真正的圣言掩埋到了更加阴暗的地下……"

"只是一件武器，伦弗鲁，"奥威格道，"如此而已。我敢肯定，他并不比你我更想成为神。"

"也许。但我希望他所选择的是另一件武器。即使他胜利了，他们的灵魂依然不能得救。"

奥威格耸耸肩。"我不是什么神学家，不像你……"

"但你会帮助我吗？我花费无数个年头建起了一支强大的军队。我有人手，还有机器。你说过我们的敌人被削弱了。那些没有灵魂的士兵——他们不是由男女所生，也从不知恐惧为何物。我有空中刚朵拉——有很多。我能去到他们那建在地极的尽善城。我能摧毁他们在这个世界中的神庙。我一直渴望将这个可憎的事物从世间清除，现在是时候了。真正的信仰必将再次降临！很快！它必定会很快到来……"

"正如我刚才所说，我并非神学家。但和你一样，我也愿意看到尽善城的终结，"奥威格道，"我会尽力助你一臂之力。"

"那么让我们先夺取几座城市，亵渎他们的神庙，看看会引起怎样的反应。"

奥威格点了点头。

"你要提出建议，你要从精神上支持我。"说着，尼西提向对方微一鞠躬，随后又命令道，"来与我一起祷告。"

老人一直站在迦波的爱神宫殿外，盯着那些大理石柱。终于，一个女孩动了恻隐之心，为他拿来面包和牛奶。他吃掉了面包。

"把牛奶也喝掉吧，老爷爷。它很有营养，能帮你维系自己的肉体。"

"该死！"老人道，"该死的牛奶！还有我那该死的肉体。说起来我的灵魂也一样，真该死！"

女孩退后几步。"在接受他人施舍时，这可不是适宜的回答。"

"我反对的倒不是你的施舍，小骚货，而是你选择饮料的品位。难道你就不能从厨房弄出一滴酒来？就算是最劣的酒也行啊……就算是客人瞧不上眼，连厨子炖肉时都嫌弃的那种。我渴求的不是奶牛的乳汁，而是从葡萄里挤出的东西。"

"也许还该为你拿份菜单？走开！不然我就让仆人来对付你！"

他看进她的双眼。"我无意冒犯，女士，请你原谅。乞讨于我并不容易。"

她注视着他的眼睛，那双漆黑的眸子隐藏在晒成褐色的肌肤与成堆的皱纹里。他的胡须中还夹杂着几缕黑色，他的嘴角挂着稀薄的笑意，几乎难以觉察。

"好吧……跟我从侧门走。我会带你到厨房去，看看能找到些什么。不过，我真不知道自己干吗要这么做。"

在她转身时，他的手指抽搐了一下。他跟上来，看着她走在前边，脸上的笑意更深了。

"因为我要你这么干。"

罗刹陀罗迦躁动不安。他悬浮于云层上方，随它们飘荡在午后，同时思索着力量之道。他曾经是最强大的。在被束缚之前的那些日子里，谁也无法与他抗衡。然后缚魔者悉达多来了。他在那之前就听说过这个人类，知道他曾被称作迦尔基，知道他十分强大。他意识到，或迟或早，他们必将相遇，那时他便能够亲自试试传说中迦尔基培养出的神性。后来他们果然相遇了。在那逝去的伟大日子里，山巅也为了他们的激斗而闪耀。那天获胜的是缚魔者。而在无数年之后他们的第二次对抗中，缚魔者更加彻底地击败了他。在所有的生物中，只有缚魔者胜他一筹。接着，诸神前来挑战他的力量。在最初的那段日子里，诸神的力量曾经非常微弱，他们奋力以药物、催眠、冥想和神经外科手术驯服自己由突变产生的力量——将它们打造成神性。时间缓缓流逝，他们的力量不断增长。他们中的四个下到鬼狱，只有四个，而他的军团竟没能击退他们。名叫湿婆的那个人很强，后来却被缚魔者杀掉了。事情本该如此，因为陀罗迦将缚魔者视为旗鼓相当的对手。那个女人不在话下。她不过是个女人，而且还需要阎摩的帮助。至于阿耆尼大人——那个灵魂如火焰般明亮炫目的人——几乎让他有些畏惧。他记得阿耆尼走进帕拉美得苏宫殿的那天，是孤身一人前来向他挑战的，他试图阻止，却没能成功，只好眼看着宫殿被劫火摧毁。鬼狱中同样没有任何东西能够阻止阿耆尼大人。那时他便对自己许下承诺，他一定会再次挑战这力量，就像挑战缚魔者那样，要么击败对手，要么被他束缚。然而他没能实践这诺言。火王自己也倒下了，倒在红衣人——来到鬼狱的第四个人——面前。在韦德拉河畔的战场上，死神不知用了什么方法竟将劫火反转，转向了它的主人。这意味着他才是最强的。就连缚魔者也曾提醒他要小心死神阎摩法王，不是吗？是的，以双眼攫取生命的那个人是当前世间的最强者。在雷霆战车中，他差一点死在死神的力量之下。他曾与阎摩交过手，但只是一小会儿，他们在那场战斗中属于同一个阵营，因此他只得放弃。后来，有人说阎摩死在了尽善城中。再后来，又有人声称他仍旧行走在世间。作为死神，据说他永远不可能死去，除非他自己选择这条道路。陀罗迦将这作为事实接受下来，而且很清楚这意味着什么。

这意味着他陀罗迦会回到南方，去蓝色宫殿所在的海岛上，去见正等候他答复的邪恶之王——暗黑君主尼西提。他会同意尼西提的提议。从靠海的摩诃砂开始向北进发，罗刹的力量将与他黑暗的力量联合起来，攻陷西南方最大的六座城市，摧毁那里的神庙，让街道中充满居民的鲜血和暗黑君主那没有灵魂的兵团——直到诸神前来保护他们，从而遭遇自己的末日。如果诸神不敢迎击，他们真正的弱点便会暴露。到那时，罗刹们席卷天庭，尼西提则将把尽善城夷为平地。仞立之塔会坍塌，穹顶会变成碎片，卡尼布拉丛林中的大白猫的眼前会出现一片废墟，神明和半神的楼阁将被极地的冰雪所覆盖。而这一切只为了一个原因，除了找找乐子，除了让神与人能更快地从这个属于罗刹的世界消失之外，只有一个真正的原因：每当有血腥的大战、熊熊的烈火和伟大的场面，红衣人总会从什么地方出现。他会来的，因为他的法力总把他引向属于他的地方。陀罗迦知道自己会搜寻、等待，无所不为，直到能再次看到死神眼中跳跃的黑色火焰……

梵天盯着地图，又回头看看水晶制成的屏幕。一条青铜那迦盘旋其上，尾巴叼在嘴里。

"起火了，司祭？"

"一片火海，梵天……整个商业区！"

"命令大家去灭火。"

"他们已经去了，全能者。"

"那为何还要拿这事来打扰我？"

"大家都很害怕，至高无上的主人。"

"害怕？害怕什么？"

"怕暗黑君主——我不敢在您面前提起他的名字。他的势力正在南方不断扩张，他控制了航道，截断了商路。"

"为什么你不敢在我面前提起尼西提的名字？我知道暗黑君主的存在。你认为是他点燃了大火？"

"是的，全能者——或者说是某些受雇于他的恶人。我听到许多传闻，据说他想要把我们同世界隔离，吸干我们的财富，摧毁我们的商铺，削弱我们的精神，因为他计划——"

"入侵你们，当然。"

"您说出了我心里的话，全能者。"

"这也许是真的，司祭。那么告诉我，你们觉得如果邪恶之王发起攻击，你们的神灵会袖手旁观吗？"

"我们从未怀疑过这一点，最伟大的主人。我们只是想请您注意这种可能性，并且再次提出那永恒的祈求，祈求您施与怜悯。"

"我明白你的意思，司祭。无须恐惧。"

梵天终止了通信。"他会进攻的。"

"当然。"

"我在想，他究竟有多强？没人真正知道他有多强大，不是吗，格涅沙？"

"你问我吗，大人？问你卑微的政策顾问？"

"我没发现这儿还有别的什么人，卑微的神灵制造者。你知道谁可能拥有这方面的消息？"

"不，大人。对此我一无所知。所有人都对那邪恶之人避之不及，仿佛他就是真正的死亡。总的来说，这一看法倒也正确。你知道，我派去南方的三个半神都没能回来。"

"我不记得他们的名字，但他们也相当强大，没错吧？那是什么时候的事？"

"最后一个是在一年前，当时我们派去了新的阿耆尼。"

"是的，他并不太胜任火神的职务——还在使用燃烧弹……不过也很强大。"

"从精神上讲，也许是的。神灵的数量正在减少，我们只好用半神凑合。"

"若在过去，我会驾上雷霆战车——"

"若在过去，我们根本没有雷霆战车。阎摩大人——"

"安静！现在我们已经有了雷霆战车。我认为时候到了，冒烟的巨人该戴上大礼帽，俯身于尼西提的宫殿之上。"

"梵天，我认为尼西提是能够阻挡雷霆战车的。"

"为什么？"

"我们曾派战船去对付他手下的匪类，从我得到的第一手消息看来，他们似乎遭到了导弹的攻击。"

"为什么没有早些告诉我？"

"报告刚抵达不久。直到现在我才有机会向你提出这个问题。"

"那么你认为我们不应该进攻？"

"是的。再等等。让他先行动，我们便能评估他的实力。"

"这样就必须牺牲摩诃砂，不是吗？"

"那又如何？难道你从未见过城市沦陷？……只是摩诃砂本身暂时落入他手中而已，这能给他带来什么好处呢？如果我们无法夺回它，那时再让冒烟的巨人去晃动他的白色大礼帽吧——不过地点会改在摩诃砂。"

"你说得对。为了更好地评估对手的实力，也为了消耗他的部分力量，值得做出一些牺牲。在此期间，我们必须做好准备。"

"是的。请下命令吧。"

"警告城中所有的当权者。立刻从东部大陆召回因陀罗大人！"

"如您所愿。"

"警告沿河的其余五座城市——纳兰达、迦波、科罗伐——"

"立刻就办。"

"那就去吧！"

"我这就上路。"

时间仿佛一片大洋，空间就是洋中的海水，萨姆站在中央，下定了决心。

"死神，"他开口道，"告诉我们的实力。"

阎摩正在猩红色的长榻上小寐，整个人几乎被淹没在衣料中。他伸着懒腰打了个哈欠，然后从榻上站起来，穿过房间，盯住了萨姆的双眼。

"这是我的神性，不过我并未聚起法力。"

萨姆迎住他的视线，没有丝毫退缩。"这便是我所要的答案？"

"一部分，"阎摩回答道，"但主要是为了测试你的力量。看来它正回到你体内，你承受我死亡之眼的时间比任何凡人都要长。"

"我知道自己的力量正在回归，我感觉得到。许多东西都已经回来了。我们已经在拉特莉的宫殿停留了好几周，这期间我回顾了自己过去的无数次生命。它们并不都是失败，死神。今天我确定了这一点。尽管天庭每一次都击败了我，但他们为胜利付出了高昂的代价。"

"是的，看起来你倒像是命运之子。与你在摩诃砂向诸神发出挑战时相比，他们自身的力量确实已大不如前。此外，人类正变得越来越强大，因此从双方的力量对比看，他们也更弱了。诸神攻陷了肯塞，却没能攻陷推进主义。后来他们又试着将佛教并入自己的教义中，却同样遭到了失败。我无法确定你的宗教是否以某种方式鼓舞了推进主义，从而为你的故事情节做了铺垫，不过诸神对此也同样毫无头绪，这让它变成了极好的烟幕——把他们的注意力从恶作剧上吸引过来，而且，由于它碰巧'成了'一种教义，他们的反对还引发了一些反神权统治的情绪。如果你不是满脸的精明，一定会被视为受到神启的圣人。"

"谢谢。想得到我的祝福吗？"

"不。你呢？想要我的祝福吗？"

"也许吧，死神，再过些时候。但你没有回答我的问题。请告诉我，我们这边的实力如何？"

"好吧。俱毗罗大人很快便会抵达……"

"俱毗罗？他在哪儿？"

"这些年来他一直躲在暗处，将科学知识泄露给世界。"

"这么多年以来？他的身体必定非常衰老了！他是怎么办到的？"

"你忘记那罗达了吗？"

"我过去在迦毗罗的医师？"

"正是。摩诃砂一战后，你解散了骑兵，他由几个侍卫护送去了内陆，还带去了你从业报大厅里抢走的所有设备。很多年前，我找到了他。肯塞之后，我以黑法轮之道逃出天庭，回到沦陷的肯塞城，从地下的密室中带走了俱毗罗。那罗达当时在山区开了一家私店，贩卖身体，俱毗罗也加入进来，与那罗达一道工作。我们还在其他一些地方开设了类似的店铺。"

"而俱毗罗就快来了？很好！"

"还有，悉达多依旧是迦毗罗的王子。这个国度的士兵仍然会回应他的号召。我们已经那样做了。"

"也许能有些人来。总比没有好——是的。"

"还有奎师那大人。"

"奎师那？他在我们这边做什么？他在哪儿？"

"就在这里。我是在抵达当天发现他的。那时他刚好搬进来与这儿的一个女孩住到了一起。可怜的家伙。"

"为什么？"

"衰老。老朽而衰弱，不过依旧是个醉醺醺的坏蛋。他的法力倒还在，定期为他聚起一部分魅惑之力和一点点过去那种无与伦比的生气。他是在肯塞之后被天庭放逐的，因为同阿耆尼一样，他也不肯与我和俱毗罗为敌。他在世间徘徊了半个多世纪，喝酒、恋爱、吹笛子，还有慢慢变老。我和俱毗罗几次试图找到他，但他总在旅行。对于那些变节的丰产之神而言，这通常都是必需的。"

"他对我们能有什么用处呢？"

"我一找到他，就立刻送他去了那罗达那里。他会与俱毗罗一同到达。而且他的力量在更换身体后也总能迅速恢复。"

"可是他对我们能有什么用处呢？"

"不要忘了，是他击败了巴纳，那个连因陀罗都不敢面对的魔物。在清醒的时候，他是世上最致命的战士之一。阎摩、俱毗罗、奎师那，如果你愿意——迦尔基！我们会成为新的四大天王，我们会站在一起。"

"我愿意。"

"那就这么定了。让他们送上一队神灵学徒来同我们作战吧！我一直在设计新式武器。真遗憾，我不得不设计那么多各不相同的奇特武器，而不是量产其中一种。我试着让每一件都成为艺术品，这几乎耗尽了我的天赋，但我必须如此，因为他们的异常之处并不一样。总有谁的神性能抵御某种特定的武器。不过，现在让他们来吧，来让炼狱之枪扯开他们的身体，或者与电子剑比拼剑术，或者站在喷射护盾前，尝尝它喷出的氰化物和二甲基亚砜，那时他们便知道，自己面对的是四大天王！"

"现在我明白了，死神，为什么任何神祇——包括梵天——都可能逝去，都能被另一个取代，唯有你是例外。"

"谢谢。你有什么计划了吗？"

"还没有。我需要更多关于尽善城的情报，必须弄清他们的力量究竟如何。近些年里，天庭展现过自己的实力吗？"

"没有。"

"最好找个法子测试一下，同时还不能暴露我们自己的底牌……也许罗刹可以……"

"不，萨姆。我不信任他们。"

"我也不。但有时候他们是能够对付的。"

"就像你在鬼狱和帕拉美得苏时那样？"

"说得好。或许你是对的，我会再慎重考虑。还有，尼西提怎么样了？暗黑君主那边情况如何？"

"最近几年他已经控制了海洋。有传言说他正不断扩充军队，还在建造战争机器。我曾经告诉过你，他让我感到忧虑。让我们离尼西提远远的，越远越好。暗黑君主与我们只有一个共同点，那就是颠覆天庭的渴望。他既不是推进主义者，也不是神权主义者，假使尼西提获胜，他必将制造出一个暗黑的世纪，比我们正在走出的这个时代更加暗无天日。也许我们的最佳方案是挑起尼西提与尽善城诸神的战争，然后潜伏起来，等着朝获胜的一方射击。"

"你也许是对的，阎摩。但怎样才能做到这点呢？"

"或许这很快就会成为事实，甚至根本无须我们的干涉。摩诃砂蜷起了身子，正从海洋面前步步退缩。你是战略家，萨姆，我不过稍懂谋略而已，带你回来就是为了让你告诉我们该如何行动。请你仔细思考这个问题——既然你已经再次变回了自己。"

"你总在强调最后那几个字。"

"啊，是的，布道者。因为自你从极乐回到人间，还没有接受过战斗的检验呢……告诉我，你能让佛教徒战斗吗？"

"大概可以吧，但我恐怕得先恢复过去的身份——这身份让现在的我觉得讨厌。"

"嗯……还是算了。不过也别忘了这点，若是情况不妙，它还是能派上用场。另外，为了安全起见，请你每晚对着镜子练习在拉特莉神庙的那篇演讲，就是关于美的那篇。"

"我对这个没兴趣。"

"我知道，但你还是要这么做。"

"倒不如去练练剑术。拿把剑来，让我给你上一课。"

"嚯！这主意不错！好好干，你没准能为自己赢得一个信徒。"

"那就让我们移步到院子里，我会在那儿继续给你以启迪。"

当尼西提在他蓝色的宫殿中举起双臂时，火箭呼啸着从甲板冲上天去，在摩诃砂城上空划出一道道弧线。

当他穿好黑色胸甲时，火箭落入城中，大火开始燃烧。

当他穿上靴子，他的舰队进入了海湾。

当他将黑色斗篷在喉咙处扣好，把黑色金属头盔戴到头上时，从舰队的甲板下传来了军士们柔和的鼓点声。

当他将剑带系上腰间，货舱中那些没有灵魂的士兵开始骚动。

当他戴上皮革与金属制成的护手，罗刹扇起大风，护送他的舰队靠近了港口。

当他朝院子走去，示意自己的新总管奥瓦嘎跟上时，那些从不言语的战士走上了甲板，面对火海中的海港。

当空中刚朵拉的引擎开始轰鸣，当它的舱门为他们打开，他的第一批战舰正在抛锚靠岸。

当他们走进漆黑的刚朵拉，他的第一批部队也进入了摩诃砂。

等他们来到摩诃砂时，城已陷落。

小鸟在花园高处的绿荫中歌唱，鱼儿像古老的硬币般躺在蓝色的池底。盛开的鲜花大多是红色，花瓣很大，但在她碧绿的长椅周围，偶尔也能看到黄色的花。她的手搭在长椅那精铁锻造的白色椅背上，双眼望着地上的石板。一双靴子沿着石板起起落落，它们的主人正朝她走来。

"先生，这是私人花园。"她说。

来人在长椅前停下，低头看着她。他穿一身蓝色皮革，有着健壮的身材，晒成褐色的皮肤，以及乌黑的胡须和乌黑的眼珠。绽开微笑之前，他的脸上一直毫无表情。

"这不是为客人准备的地方，"她加上一句，"但你可以使用另一侧的那些花园。穿过那边的拱门——"

他说："你在我的花园里总是受欢迎的，拉特莉。"

"你的……？"

"俱毗罗。"

"俱毗罗大人！可你并不——"

"胖，我知道。这是新的身体，而且它一直在努力工作，为阎摩建造武器，把它们运到各处……"

"你什么时候到的？"

"就在这一分钟。我带来了奎师那，还有一大车炸药包、手雷和杀伤性地雷……"

"天啊！已经这么久了……"

"是的，已经很久了，但我依然欠你一句对不起，所以我来献上歉意。多年来它一直困扰着我。我很抱歉，拉特莉，在许久之前的那个夜晚，是我把你卷进了这场事件。我需要你的神性，所以把你拉了进来。我并不喜欢这样利用别人。"

"即使没有你，俱毗罗，我迟早也会离开天庭，所以不要过于自责。当然，我倒真希望能有一副比现在更标致的外表，但这也并非必不可少。"

"我会给你另一具身体的，女士。"

"以后吧，俱毗罗。请坐下来。这儿。你饿吗？渴吗？"

"是的，是的。"

"这里有水果和酒，或者你更想要茶？"

"一杯酒，谢谢。"

"阎摩说，萨姆正从他圣人的状态中恢复。"

"很好，我们越来越需要他了。他有了什么计划吗——为我们的行动所制订的计划？"

"阎摩从未跟我说起过。不过这或许是因为萨姆并没有告诉他。"

附近一棵树上的树枝猛烈地晃动起来，塔克从树上落下。他四肢着地，接着跨过石板，来到长椅前站定。

"我让你们的絮絮叨叨给吵醒了，"他抱怨道，"这家伙是谁，拉特莉？"

"俱毗罗大人，塔克。"

"倘若您果真是他——可是，哦，你的变化多么大啊！"

"你自己也是一样，卷宗管理者塔克。为什么还在使用猴子的身体呢？阎摩可以让你恢复成人类。"

"作为猴子，我的用处更大些，"塔克道，"我是上佳的间谍——比狗要好得多。我比人类更强壮。再说，谁能把一只猴子同另一只区分开呢？我会继续保留这形象，直到不再需要我的特别服务为止。”

“令人钦佩。关于尼西提的行动有什么新消息吗？”

“他的舰队靠近了几个较大的港口，比过去的习惯距离要近得多，”塔克道，“看起来数量也有所增加。此外便没有什么了。诸神似乎惧怕他的力量，因为他们并没有去摧毁他。”

“是的，”俱毗罗道，“因为现在他是一个未知数。我倾向于把他视为格涅沙的一次失误。是他允许尼西提毫发无伤地离开天庭，还带走了自己想要的所有装备。我猜格涅沙是想为天庭留下一个随时可用的敌人，好在突然产生这种需要时派上用场。结果，一个非技术人员竟淋漓尽致地挖掘出了那些设备的潜力，并建起那样一支军队，恐怕格涅沙做梦也想不到会有今天。”

“你所说的合乎逻辑，”拉特莉道，“连我也听说过，格涅沙时常那样行事。他现在会怎么办呢？”

“拱手让出尼西提攻击的第一座城市，观察他的作战方式，评估他的实力——假使他能劝说梵天按兵不动的话。之后他会对尼西提发起进攻。摩诃砂必将陷落，而我们一定要等在附近。即使只作壁上观也是很有趣的。”

“但你觉得我们不只是去看看而已？”塔克问。

“的确如此。萨姆知道我们必须把水搅得更浑，然后再从中捞些好处。一旦任何一方开始行动，我们也要行动起来，而这一天已为期不远。”

“终于等到了这一天，”塔克道，“我一直期望着同缚魔者并肩走上战场。”

“我敢肯定，接下来的几周里将有无数的愿望得以实现，还会有同样多的希望从此破灭。"

"再来些酒？还有水果？"

"谢谢，拉特莉。"

"你呢，塔克？"

"还是来根香蕉吧。"

在一座高高的小山上，梵天坐在山巅森林投下的阴影中，凝望着山下的摩诃砂城，仿佛是一尊骑在怪兽上的雕像。

"他们玷污了神庙。"

"是的，"格涅沙回答道，"这么多年了，暗黑君主的感情丝毫没有改变。"

"从某种意义上讲，这实在可惜；从另一方面看又很可怕。他的军队配备着步枪和手枪。"

"是的，他们很强大。我们回刚朵拉去吧。"

"再等等。"

"我恐怕，大人……就目前的情况看，他们也许过于强大了。"

"你有什么建议？"

"他们无法从水路沿河而上。想要进攻纳兰达，就必须从陆路走。"

"不错。除非他拥有足够的飞艇。"

"假如想要进攻迦波，他们就必须走得更远。"

"啊！而若要进攻科罗伐，还必须走得再远些！说重点！你究竟想说什么？"

"走得越远，后勤的问题就越严峻，他们也更容易受到沿途游击战术的伤害——"

"你是在建议我什么也不做，只管骚扰他们？建议我任由他们穿过大陆，攻陷一座又一座城市？他们不是傻瓜，他们会坚守阵地，直到增援部队赶来守卫自己的战利品，然后再继续前进。如果我们继续等下去——"

"看下边！"

"什么？怎么了？"

"他们正准备撤离。"

"不可能！"

"梵天，你忘了尼西提是个狂热分子，一个疯子。他并不想要摩诃砂、纳兰达或是迦波。他只想毁掉我们和我们的神庙。除此之外，这些城里让他感兴趣的只有灵魂，身体对他没有任何吸引力。他会横扫这片土地，摧毁途中我们所有的宗教标记，直到我们选择与他作战为止。如果我们不予理睬，他很可能会派来自己的传教士。"

"但我们必须做些什么！"

"那就沿途削弱他的力量，待时机成熟时便发起攻击！让他拿走纳兰达，必要的话再加上迦波，甚至科罗伐和诃摩刹。等他变得足够虚弱时再一举摧毁他！我们不缺城市，想想我们自己曾摧毁过多少？你根本记不起来！"

"三十六座，"梵天说，"我们回天庭去吧，我会在路上思考这个问题。假如我听取了你的建议，而他又在自己变得足够虚弱前撤退，我们的损失就太大了。"

"我很愿意与你打赌，他不会的。"

"掷骰子的人是我，你无须为此负责，格涅沙。看啊，那些该死的罗刹同他在一起！在被他们发现之前，让我们赶紧离开。"

"是的，赶快。"

他们骑着蜥蛇，转身回到森林中。

信使被带到他面前，奎师那放下了手中的笛子。

"怎么样？"他问。

"摩诃砂陷落了……"

奎师那站起身来。

"尼西提正准备朝纳兰达进发。"

"诸神是如何防御的？"

"没有防御，他们什么也没做。"

"跟我来。四大天王需要商议对策。"

奎师那把笛子留在了桌上。

那晚，萨姆站在拉特莉宫殿最高的露台上。雨水像冰冷的钉子般穿过狂风，落在他周围。一枚铁戒指在他左手上辐射出翡翠色的光芒。

闪电落下，落下，再落下，然后留在了原地。

他抬起一只手，雷声咆哮个不停，仿佛所有曾经存在于某时某地的巨龙都聚集到了一起，共同发出临终的哀鸣……

当火元素来到爱神宫殿前，黑夜也只好后退。

萨姆举起双手，它们好像也合而为一，爬上空中，高高地悬浮在夜色里。

他一挥手，它们飘到迦波上空，从城市的一头来到另一头。

然后它们绕起了圈子。

然后它们分裂开，在风暴中起舞。

他放下双手。

它们再次回来站在他面前。

他没有动。他等着。

过了一百次心跳那么久，它来了，从黑夜中它开口问道："你是谁，竟对罗刹的奴隶下命令？"

萨姆道："去带陀罗迦来。"

"我不会接受任何凡人的指示。"

"那么，在我将你束缚在那边的金属旗杆上之前，看看我真实的存在，看看那火焰，否则你会在那里待到它腐朽为止。"

"缚魔者！你还活着！"

他重复道："去带陀罗迦来。"

"遵命，悉达多。如你所愿。"

萨姆一拍手，火元素跃向高空，他周围的夜色便再次回到了黑暗中。

鬼狱之王化作人形，走进了萨姆所在的房间。房间的主人正独自坐在屋里。

"我最后一次看到你是在大战的那天，"陀罗迦道，"之后，我听说他们找到了一种毁灭你的方法。"

"正如你看到的，他们没有。"

"你是如何回到世间的？"

"是阎摩大人将我带了回来——那个红衣人。"

"他的力量的确强大。"

"看来已经够用了。这些日子里，罗刹过得如何？"

"很好。我们在继续你的战斗。"

"真的？以怎样的方式？"

"我们帮助你昔日的盟友——暗黑君主尼西提大人——参加他反抗天庭的活动。"

"我早有怀疑，这也是我与你联系的原因。"

"你希望同他并肩作战？"

"我仔细考虑过这个问题，尽管我的同伴们表示反对，我还是希望与他结盟——倘若他能同我们达成某种协议。我要你带去我的口信。"

"什么样的口信，悉达多？"

"四大天王——他们是阎摩、奎师那、俱毗罗和我自己——会同他一道反抗天庭，会把我们所有的支持者、力量和机械对准诸神，只要他答应不会为了说服这些人皈依，对世上普通的佛教或印度教信徒开战——还有，假如我们取胜，他不得像诸神那样压制推进主义。在他说话时看清他的火焰，告诉我他是不是真心实意。"

"你认为他会同意这条件吗，萨姆？"

"是的。他很清楚，倘若诸神不再，无人继续巩固印度教，他就能赢得皈依的信徒——我在他们的压迫下尚且让佛教做到了这点，这些他都知道。他感到他自己的道路是唯一正确的道路，而这条路注定要从竞争中脱颖而出。为此，我想他会同意公平竞争。把这口信带给他，再告诉我他的回答，如何？"

陀罗迦摇晃着，他的脸孔和左臂都化作了青烟。

"萨姆……"

"什么？"

"哪一条才是正确的道路？"

"呃？你问我这个吗？我怎么会知道？"

"那些凡人叫你佛陀。"

"这只是因为他们受了语言与无知的折磨。"

"不。我看着你的火焰，我称你作光明王。你像束缚我们一样束缚了他们，像释放我们一样将他们释放。你拥有赐予人信仰的力量。你就是自己所宣称的那个人。"

"我说了谎。我自己从未相信过那些话，现在也依然不信。真的，我很可能选择另一条道路——比如尼西提的宗教——不过十字架实在太疼了。我也可以选择那个名叫伊斯兰的宗教，只是我很清楚，它与印度教有着千丝万缕的联系。我的选择建立在谋划上，而非来自启示，我什么也不是。"

"你是光明王。"

"现在去为我送信吧。我们可以另找时间讨论宗教问题。"

"你刚才说，四大天王是阎摩、奎师那、俱毗罗和你？"

"是的。"

"这么说，他确实还活着。在我走之前，告诉我，萨姆……你能在战斗中战胜阎摩大人吗？"

"我不知道。但我并不认为自己有这个能力。我不认为任何人有这样的能力。"

"那他能击败你吗？"

"若是公平较量，大概可以吧。过去，在我们作为敌人相遇时，我有时很走运，有时使些诡计。我最近同他比过剑，他的剑术无人能敌。涉及毁灭时，他实在多才多艺。"

"我明白了，"陀罗迦的右臂和半边胸膛也渐渐消失，"那么，祝你晚安，悉达多。我会带去你的口信。"

"谢谢，也祝你晚安。"

陀罗迦化作一道轻烟飞进了暴风雨中。

陀罗迦旋转在高天之上。

暴风雨在四周咆哮，但他对它的狂怒毫不在意。

雷声隆隆，大雨倾盆，诸神之桥隐没在了风雨之中。

可这些事情没有一件能让他放在心上。

因为他是罗刹的陀罗迦，鬼狱之王……

而且他曾是世上最强大的生物，仅次于缚魔者。

现在缚魔者告诉他说，世上还有一位更加强大……而他们将像过去那样，并肩作战。

半个多世纪之前的那一天，在韦德拉河畔，他将自己包裹在红色与力量中，多么傲慢！

摧毁阎摩法王，击败死神，这将证明陀罗迦是至高无上的……

而证明陀罗迦的至尊地位远比击败诸神更加重要，因为诸神并非罗刹一族，他们必将逝去，这命运早已注定。

因此，缚魔者给尼西提的口信——据缚魔者说尼西提必将同意——只会被传给暴风雨，陀罗迦则会注视着它的火焰，知道它说的是真话。

因为暴风雨从不撒谎，而它的回答永远都是不！

暗黑军士带他进入营地。他穿着华丽耀眼的盔甲，盔甲上的饰物熠熠生辉。他并非俘虏，而是自愿走到军士跟前，告诉他自己有口信带给尼西提。为了这个缘故，军士决定不必立刻杀死他。军士拿走了他的武器，带他进入营地——营地就坐落在纳兰达附近的树林里——然后把他交给其他人看守，自己去请示首领。

　　尼西提和奥威格坐在黑色的帐篷里，一张纳兰达的地图摊开在身前。

　　他们准许手下将俘虏带进帐内。

　　尼西提打量着他，示意军士退下。

　　"你是谁？"尼西提问。

　　"尽善城的格涅沙，那个帮你离开天庭的人。"

　　尼西提似乎在考虑这番话。

　　"过去我唯一的朋友，我记得很清楚，"他说，"你为何前来？"

　　"因为现在时机成熟了，你终于开始了伟大的圣战。"

　　"是的。"

　　"关于这件事，我希望与你私下交换意见。"

　　"说吧。"

　　"这个人呢？"

　　"对让·奥威格说与对我说是一样的。告诉我们你的想法。"

　　"奥威格？"

　　"是的。"

　　"好吧。我来是想告诉你，尽善城的诸神软弱无力。我认为他们太过软弱，无法击败你。"

"我早有感觉。"

"但倘若诸神真的行动起来，他们的力量依然足以对你造成极大的伤害。如果他们在适当的时机聚集起所有的军队，双方的对峙也许会持续很多年。"

"开战之前，我已经考虑到了这一点。"

"我想，若取胜的代价不那么高昂会更好些。我一直很同情基督教，这你是知道的。"

"你有什么想法？"

"我自告奋勇来这里领导游击战，就是为了告诉你，纳兰达已经属于你了。他们不会守护它。如果你依照这样的方式继续前进——如果你不去巩固自己的战利品——等你到达迦波时，梵天仍然不会行动。但科罗伐会是战争的转折，那时你的军队已经攻占了三座城池，再加上我们一路奇袭，必然遭到很大损失，梵天会在此刻全力出击，让你倒在科罗伐的城墙之下。尽善城中，一切力量都已准备就绪。他们正等着你挑战河上的第四座城市。"

"我明白了。很高兴能了解这些情况，这么说，他们的确畏惧我所带来的一切。"

"当然。你会将它带到科罗伐吗？"

"是的。不仅如此，我同样会在科罗伐取得胜利。在进攻那座城市之前，我会命人取来我最具威力的武器。等诸神前来守卫注定毁灭的科罗伐时，我为尽善城所保留的能量会尽数释放到我的敌人身上。"

"他们也同样会带来威力无比的武器。"

"那么，当我们相遇时，最终的结局便既由不得我，也由不得他们了。"

"有一种方法能够让天平更加倾斜，伦弗鲁。"

"哦？你还有什么想法？"

"许多半神都不满尽善城的现状。他们想要延长那场战争，继续打击推进主义和如来的追随者。然而肯塞之后，这一切并未发生，这令他们倍感失望。还有，因陀罗大人原本正在东部大陆同女巫作战，现在也已经被天庭召回。我们可以说服因陀罗理解半神们的情绪——而他的追随者会从上一个战场直接转入这场战争。"

格涅沙理了理斗篷。

尼西提道："说下去。"

"等他们抵达科罗伐，"格涅沙说，"这些人也许不会为了守护它而战。"

"我明白了。你从这一切当中能得到些什么呢，格涅沙？"

"满足感。"

"仅此而已？"

"希望有一天你会记起我这次到访。"

"很好。我不会忘记的，之后你将得到我的回报……卫兵！"

帐篷的帘子被掀了起来，带格涅沙来营地的军士回到帐篷里。

尼西提命令道："护送此人到他想去的任何地方，然后放他安全离开。"

等他走后，奥威格问："你要相信这个人？"

"是的，"尼西提道，"犹大出卖耶稣时，事先得到了银币。但我的银币只会在事后给他。"

迦波的爱神宫殿，四大天王在萨姆的房间里召开了一次会议。塔克和拉特莉也在场。

萨姆道："陀罗迦告诉我，尼西提不肯答应我们的条件。"

"很好，"阎摩说，"我几乎害怕他会同意。"

"还有，今早他们对纳兰达发动了进攻。陀罗迦认为他们将攻陷这座城市。比起摩诃砂来，纳兰达稍稍困难些，但他确信他们会取得胜利。我也一样。"

"还有我。"

"还有我。"

"接着他就会朝这里——迦波——进发。然后是科罗伐，然后是诃摩刹和伽耶提。他很清楚，在这条路线上的某个地方，诸神会开始攻击。"

"当然。"

"所以我们正好夹在中间，现在我们面前摆着几种选择。我们无法同尼西提达成协议，你们认为我们能同天庭妥协吗？"

"不！"阎摩一拳砸在桌上，"你究竟站在哪一边，萨姆？"

"推进主义那边，"他回答道，"如果能避免流血，通过协商达到目的就更好。"

"比起天庭，我宁愿与尼西提联手！"

"那还是让我们来投票吧，就像上次决定是否同尼西提联络时那样。"

"而你只需要一张赞成票便能获胜。"

"这是我加入四大天王时提出的条件。你们要我领导你们，所以我要求获得打破僵局的权力。但在谈论投票之前，还是让我先解释我的理由吧。"

"很好——你说!"

"依我之见,近些年来,天庭对推进主义的态度已经有了松动。他们并没有正式改变立场,但也没有采取措施对付推进主义——我猜这要归功于他们在肯塞所受的打击。我没说错吧?"

"基本正确。"俱毗罗道。

"看来他们已经认定,科学总要昂起它丑陋的脑袋,而他们不可能每次都采取那样的行动——这代价实在过于高昂。在肯塞之战中对抗他们的也有普通人:人类在对抗天庭。这些人与我们不同,他们有家庭,他们之间存在着种种让自己变得软弱的纽带——而且如果他们想要更新,就必须有一个干净的罪业记录,然而他们依然拿起了武器。最近这些年里,正是这一点让天庭变得宽大了些。既然实际情况如此,诸神承认这点也不会有什么损失。事实上,这样做对他们反而有利,人们会认为它代表了诸天的恩典,是一种仁慈的姿态。我相信他们会愿意做出尼西提所拒绝的让步——"

阎摩道:"我想看到天庭陷落。"

"当然。我也一样,但仔细想想,过去的半个多世纪里,你给了人类多少东西,诸神还能长久地将整个世界关在围栏里吗?天庭在肯塞便已经陷落了。再有一代人,也许两代,天庭控制凡人的力量就将成为历史。在对抗尼西提的这场战斗中,即使诸神获胜,他们也注定会遭到更大的打击。再给他们几年衰败的光荣又能有什么害处呢?每一季他们都在变得更加无能。他们已经到达了顶峰,衰败已不可避免。"

阎摩点上一支香烟。

萨姆问："是因为你想要别人为你杀死梵天吗？"

阎摩静静地坐着，吸上一口烟，吐出烟雾。"也许，"他说，"也许这就是原因。我不知道。我不喜欢思考这个问题。不过事实或许正是如此。"

"要我向你保证梵天必将死去吗？"

"不！如果你敢那么做，我就杀了你！"

"你感到迷惘，你并不真正知道自己是否想要梵天活着。或许这是因为你在爱的同时也在恨着。青春来临之前你就已经老去，阎摩，而她是你唯一爱过的东西。我说得对吗？"

"是的。"

"那么我无法替你找到答案，无法解决你自己的难题，但你必须尽可能将自己同眼前的问题区分开。"

"好吧，悉达多。我投票赞成在迦波阻止尼西提，只要天庭同意支持我们。"

"有人反对吗？"

一阵沉默。

"那么让我们前往神庙，征用他们的通信设备。"

阎摩掐灭手中的香烟。

他说："但我不会同梵天讲话。"

"由我负责交谈。"萨姆道。

铃，紫莲园中，竖琴声第五次响起。

梵天启动自己阁中的屏幕，眼前出现一个头裹蓝绿色尤拉斯头巾的男人。

"司祭在哪儿？"梵天问。

"被捆在外边。我可以把他拖进来，假如你想听一两句祷词的话……"

"你是谁？为什么戴着原祖的头巾，还在神庙中佩带武器？"

那人说："我有种奇怪的感觉，这一切简直就像是昔日重现。"

"回答我的问题！"

"你想阻止尼西提吗，女士？或者你准备将沿河的所有城市拱手让出？"

"你是在挑战天庭的耐心吗，凡人？你不会活着离开神庙的。"

"你的死亡威胁对四大天王的首领毫无意义，迦梨。"

"四大天王早已不存在了，而且他们也没有首领。"

"你眼前的就是，杜尔迦。"

"阎摩？是你吗？"

"不，但他也在这儿，同我一起——还有奎师那和俱毗罗。"

"阿耆尼已经死了。从那时起的每个新阿耆尼也都死了……"

"肯塞。这我知道，旃蒂。我并非最初的四大天王之一。罹得没有杀死我。那只幻影大猫——它的名字不提也罢——倒是干得不错，但也还不够好。现在我跨过诸神之桥回来了。四大天王选我作为他们的首领。如果天庭愿意提供帮助，我们会守护迦波，击败尼西提。"

"萨姆……不可能是你！"

"那么叫我迦尔基，或是悉达多、如来、无量萨姆大神，或是缚魔者、佛陀、弥勒。不过，我就是萨姆。我来敬拜你，顺便谈笔交易。"

"说。"

"一直以来，人类都能够与天庭共存，尼西提却是另外一回事。阎摩和俱毗罗已经将武器运进城里。我们可以筑起工事，迅速做好防御。倘若天庭的力量也加入进来，迦波就会成为尼西提的墓地。我们的条件是，天庭认可推进主义和宗教自由，并且结束业报大师的统治。"

"这非同小可啊，萨姆……"

"前两条不过是要你们承认某种已经存在，并且有权继续存在的东西。第三条，无论你喜欢与否都注定会发生。所以说我这是在给你一个维持体面的机会。"

"我得考虑考虑……"

"花上一分钟吧，我等着。但假如答案是否定的，我们会撤出城去，让伦弗鲁占领这里，玷污这座神庙。只不过那时我们可不会留在附近。我们会等到一切结束的时候。如果那时坐在这位置上的还是你，对于我刚才开出的条件，你不会再有讨价还价的本钱；如果宝座已经易主，我想我们能够挑战暗黑之君，击败他和剩下的僵尸。无论如何，我们都能得到自己想要的东西。只不过现在这种方式对你更容易些。"

"好吧！我立刻召集天庭的军队。我们会一同驰向这最后的战场，迦尔基。尼西提将死在迦波！派人留在通信室里，好让我们保持联络。"

"我会把这里作为总部。"

"现在放开司祭，带他过来。他将接到一些圣神的命令，还要准备接待一位神灵的到访，很快。"

"是的，梵天。"

"萨姆，等等！战斗结束之后，假如我们都还活着，我希望能同你谈谈——谈谈有关共同崇拜的事。"

"你希望成为佛教徒？"

"不，重新成为一个女人……"

"每件事都有自己的时间与地点，现在不是谈这个的时候，这里也不是谈这个的地方。"

"等那个时间、地点来临时，我会出现的。"

"我去带你的司祭来，别挂断。"

纳兰达陷落后，尼西提在城市的废墟中举行了祭典，为今后攻陷其他城市而祈祷。他的暗黑军士缓缓地敲着鼓，僵尸跪了下来。尼西提祈祷着，汗水在他的脸孔上织成玻璃与光线的面具，一直流进了他的假体盔甲中——正是这盔甲赋予了他超乎常人的力量。最后，他抬起脸来面对天空，望着诸神之桥说道："阿门。"

他转身朝迦波走去。身后，他的军队站了起来。

当尼西提抵达迦波时，诸神正严阵以待。

来自科罗伐的军队等待着，迦波的也一样。

还有半神、英雄和贵族。

高阶婆罗门和许多无量萨姆大神的追随者也等在那里，后者是以圣神之美的名义汇聚到了迦波的。

尼西提的视线穿过城墙前的那片雷区，看向城门边的四位骑士。天庭的旗帜在他们身旁迎风招展。那是四大天王。

他拉下头盔，转身对奥威格道："你是对的。不知道格涅沙是不是在里边等着我们？"

"我们很快便会知道答案。"

尼西提继续前进。

这一天，光明王把持着战场。尼西提的奴仆从未进入迦波。格涅沙倒在了奥威格的剑下。那时，梵天在一座小丘上逼近了尼西提，而格涅沙则企图趁机从背后偷袭大神。奥威格自己也倒下了，他捂着腹部，朝一块岩石爬去。

梵天与暗黑君主面对面站到了一起，格涅沙的头颅滚进了一条沟里。

尼西提道："那个人跟我说科罗伐。"

"那个人想要科罗伐，"梵天说，"所以想把战斗引向那里。现在我知道原因了。"

他们朝对方冲过去，尼西提的盔甲释放出几倍于常人的力量为他战斗。

阎摩催马向小丘飞驰而去，却被困在一股沙尘的旋涡中。他以斗篷遮住双眼，笑声在他周围回荡。

"现在你的死亡之眼到哪儿去了，阎摩法王？"

阎摩怒吼一声："罗刹！"

"是的，是我，陀罗迦。"

然后好几加仑水突然倾泻下来，浸透了他全身。他的马抬起前腿向后倒去。

他起身拔出剑来，那股燃烧的旋风聚合成人的形象。

"我已经洗去了你身上那让我不得靠近的东西，死神。现在你将在我手中坠入毁灭！"

阎摩举剑向对方刺去。

他的剑刺进了对手灰色的身体里，从肩膀一直切向大腿，但陀罗迦没有流下一滴血，也看不出任何被剑穿过的痕迹。

"哦，死神，你没法像对付人类那般用剑杀死我。不过看看我能对你做些什么！"

陀罗迦向他扑过去，双臂牢牢扣住他的两侧，将他按倒在地上。火星如喷泉般涌了出来。

远处，梵天用膝盖抵住了尼西提的脊柱，正不顾黑色盔甲的力量，把他的头往后拉。就在这时，因陀罗大人从蜥蛇上跃下，朝梵天举起了他的金刚杵。他听见了尼西提的脖子断裂的声音。

"是你的斗篷在保护你！"陀罗迦一边同对手在地上角力，一边高声叫道。然后，他看进了死神的眼中……

阎摩感到陀罗迦已经足够衰弱，于是将他一把推开。

他一跃而起，顾不得拾起地上的剑便朝梵天飞奔过去。在那边的小丘上，梵天一次次地挡开了金刚杵，鲜血从他被切断的左臂喷涌而出，从头部与胸部的伤口渗出来。尼西提则紧紧地抓着自己膝盖上的钢铁护甲。

阎摩拔出匕首，高喊着攻了过去。

因陀罗退到梵天的剑碰不到的地方，转身面对阎摩。

"以匕首对抗金刚杵，红衣人？"他问。

"不错。"阎摩道。他以右手佯攻，让匕首落到左手里，制造真正的一击。

匕首的尖部刺进了因陀罗的前臂。

金刚杵脱手掉到地上，因陀罗一拳击中了阎摩的下巴。阎摩应声而倒，但他用腿扫向对方的下盘，把对手也带到了地上。

这时，他的法力完全占据了他的身心，他死死盯住对手的眼睛，因陀罗似乎在这注视下慢慢地枯萎了。就在因陀罗死去的那一刹那，陀罗迦从阎摩背后扑了上来。阎摩试着摆脱对手，但他的肩头仿佛压着座大山一般。

躺在尼西提身旁的梵天扯下了自己那浸满驱魔剂的甲胄，用右手将它抛了过去。甲胄穿过二人之间的空地，落在了阎摩身旁。

陀罗迦退开了，阎摩转身盯住他。这时，掉在地上的金刚杵突然跃起，奔向了阎摩的胸口。

阎摩用双手握住金刚杵，杵尖离他的心脏只有几寸远。它开始往前推进，鲜血从他的掌中滴落到地面上。

梵天把死亡之眼转向鬼狱之王，这目光现在攫取着他体内的生命之力。

杵尖碰到了阎摩。

阎摩往旁边一闪，转过身子，金刚杵从他的胸骨向上移动，一直削到他的肩膀。

他的双眼变成了两支长枪，陀罗迦失去人形，化作一股青烟。梵天的头落到胸前。

陀罗迦看见悉达多骑着白马奔向自己，他尖叫起来，空气震动着，发出臭氧的味道。

"不，缚魔者！别使用你的力量！我的死亡属于阎摩……"

"哦，愚蠢的魔物！"萨姆道，"事情本不必如此……"

陀罗迦已不在。

阎摩跪在梵天身旁，在他左臂剩下的部分绑上一根止血带。

"迦梨！"他喊道，"别死！跟我说话，迦梨！"

梵天喘息着，有那么一瞬间，他的眼睛睁开，然后又合上了。

"太迟了，"尼西提喃喃道，他转过头去看着阎摩，"或者应该说，时间刚刚好。你是阿兹瑞尔，不是吗？死亡天使……"

阎摩给了他一记耳光，他掌中的鲜血染红了尼西提的脸。

"'神贫的人是有福的，因为天国是他们的，'"尼西提道，"'哀恸的人是有福的，因为他们要受安慰。温良的人是有福的，因为他们要承受土地。'"

又是一记耳光。

"'饥渴慕义的人是有福的，因为他们要得饱饫。怜悯人的人是有福的，因为他们要受怜悯。心里洁净的人是有福的，因为他们要看见天主……'"

"还有，'缔造和平的人是有福的，因为他们要称为天主的子女'。你自己呢，暗黑君主，你是谁的孩子，竟做下这一切？"

尼西提微笑着念道："'为义而受迫害的人是有福的，因为天国是他们的。'"

"你是个疯子，"阎摩说，"我不会为了这个取走你的生命。等你准备好，自己放弃它吧，那一刻不远了。"

说完，他抱起梵天朝城里走去。

"'几时人为了我而辱骂你们，'"尼西提道，"'迫害你们，捏造一切坏话毁谤你们……'"

"水？"萨姆打开水壶盖，帮尼西提抬起头。

尼西提望着他，舔舔嘴唇，然后略微点了点头。萨姆把水滴进他嘴里。

"你是谁？"

"萨姆。"

"你？你又复活了？"

"这一次不算，"萨姆道，"我并非靠了自己的力量。"

泪水模糊了暗黑君主的双眼。"但这意味着你会获胜，"他气喘吁吁地说道，"我不明白，他为什么会允许这样的事……"

"这不过是一个世界，伦弗鲁。谁知道在其他地方发生着怎样的事情？再说，你也知道这其实并非我想要赢得的战争。我为你感到遗憾，我为整件事感到遗憾。我赞同你对阎摩所说的一切，佛陀的追随者一样赞同那个他们称之为佛陀的人。我已经不记得自己是否真的是他，又或者佛陀另有其人。但我现在已经不同于那个人了。我要做回一个人类，让人们保有自己心中的佛陀。无论来源如何，那信息是纯净的，相信我。它能生根发芽，原因只在于此。"

伦弗鲁又吞下一口水。

"'凡好树都结出好果子'，"他说，"是一个比我的意志更高的意志决定了我要死在佛陀的怀中，决定了要给予这个世界这样的道路……给我你的祝福吧，哦，乔达摩。我要去了……"

萨姆低下头。

"太阳升起，太阳落下，匆匆赶回原处，重新再升。风吹向南，又转向北，旋转不息，循环周行。江河流入大海，大海总不满溢；江河仍向所往之处，川流不止。往昔所有的，将来会再有；昔日所行的，将来会再行。往者无人追忆；来者也不会为后辈所纪念……"

然后萨姆以自己白色的斗篷盖住暗黑君主，因为他已经去了。

让·奥威格被一副担架抬进城中。萨姆命人去找俱毗罗和那罗达，要他们赶紧来业报大厅与自己会合，因为奥威格显然无法在目前的身体里坚持太长时间。

二人急忙赶到业报大厅，刚进门，俱毗罗就被拱道内的一具尸体绊了一跤。

"谁……？"他问。

"一位大师。"

在通往几间传输室的走廊上躺着另外三人，他们个个手持武器，外衣上都绣着黄色法轮。

他们在机器旁发现了第五位大师，剑尖刚好穿过黄色法轮的中心，使他活像一个完美的靶子。他仍然张着嘴，仿佛正要发出那声永远留在了喉咙里的尖叫。

"会是市民们干的吗？"那罗达问，"近年来大师越来越不得人心，或许是他们趁战况正酣时……"

"不。"俱毗罗揭开盖在操作台上那张被鲜血染红的白布，看了眼盖在白布下的尸体。他把布放下，对那罗达说："不，不是市民们。"

"不然会是谁呢？"

俱毗罗回头瞥了眼操作台。

"那边那个是梵天。"

"哦。"

"必定是有人阻止阎摩使用这些机器进行传输。"

"那阎摩现在何处？"

"我不知道。但如果我们还想救活奥威格，动作最好快些。"

"是的。行动！"

一个身材挺拔的青年大步走进爱神宫殿，求见俱毗罗大人。他带着一支闪光的长矛，在等待时一刻不停地踱着步子。

俱毗罗走进房间，瞟了一眼长矛，又看了看那个青年，然后说了两个字。

"是的，正是塔克，"长矛手回答道，"新矛，新塔克。已经没必要再做一只猴子，所以我变回了人形，出发的时间近了，所以我来道别——向你道别，还有拉特莉……"

"你准备去哪儿，塔克？"

"我希望能看看这个世界，俱毗罗，得赶在你的机械化让世间的魔法消失殆尽之前完成这个心愿。"

"那一天还早着哪，塔克，让我说服你再同我们待上一阵子……"

"不了，俱毗罗，谢谢。不过奥威格船长急着出发，我们会一起离开。"

"你们会去哪些地方？"

"东边，西边……谁知道呢？去任何向我们发出召唤的地方……告诉我，俱毗罗，雷霆战车现在属于谁？"

"最初它当然属于湿婆，不过已经没有湿婆了。后来梵天曾使用过很长一段时间……"

"不过也已经没有梵天了。天庭中缺少梵天，这还是头一次——正如守护者毗湿奴的统治一样闻所未闻。所以……"

"是阎摩建造了雷霆战车，如果它应属于某个人，这个人就应当是阎摩……"

"但他却用不上它，"塔克接过话头，"因此，我想奥威格和我可以借它来完成我们的旅行。"

"你说他用不上它是什么意思？自那天的战斗到现在，已经整整三天没人见过他——"

"你好，拉特莉，"塔克打断了他的话，原来是夜之女神走进了房间，"'让我们免受母狼与公狼之害，让我们免受盗贼的侵扰，噢，夜之女神啊，请保佑我们平安度过漫漫长夜。'"

他低下头，女神轻触他的头顶。

然后他抬起眼睛望着她的脸，在那辉煌的一瞬，女神溢满了整个空间，无限宽广，无限深远，她的荣光驱逐黑暗……

"我得走了，"他说，"谢谢，谢谢你——你的祝福。"

他急匆匆地转过身，往门外走去。

"等等！"俱毗罗喊道，"你刚才说阎摩，他在哪儿？"

"去名叫'三头火禽'的旅店找他吧，"塔克偏着头回答道，"我是说如果你非得这么做不可的话。但等他来找你或许会更好些。"

塔克离开了。

萨姆朝爱神宫殿走去，刚巧看见塔克跑下楼梯，神色匆忙。

他高声喊道："祝你早安，塔克！"然而塔克没有回答，只是径直往前走，等到二人几乎迎面撞上才猛地停下脚步。他抬手挡住眼睛，仿佛是在遮蔽日光。

"先生！早上好。"

"你如此匆忙是要上哪儿？是不是刚刚试用过自己的新身体，现在正赶去午餐？"

塔克轻声笑了。"不错，悉达多殿下，我同冒险有个约会。"

"我听说了。昨晚我同奥威格谈过……愿你们的旅程一帆风顺。"

"我一直想要告诉你，"塔克说，"告诉你我知道你会胜利，我知道你能找出问题的答案。"

"这并非问题的答案，不过是一个可能的回答而已。再说它也没什么了不起。这只是一场小小的战役，即使没有我，他们也同样会成功。"

"我是说所有这一切，"塔克道，"你在指向这个结局的一切事件中都扮演了一个角色。你一直都在。"

"我想是的……是的，的确如此……似乎存在着某种东西，总把我引向将被闪电击中的那棵大树。"

"是命运，先生。"

"倒不如说是一种偶然的社会正义感，外加一些正确的错误。"

"你今后有何打算，大人？"

"我不知道，塔克，我还没有下定决心。"

"加入我和奥威格如何？同我们一道周游世界，四处探险？"

"不了，谢谢你的邀请，但我已经累了。或许我会应征你过去的工作，成为卷宗的管理者萨姆。"

塔克脸上又一次露出笑容。

"对此我深表怀疑。我们会再见面的，大人。暂时再见了。"

"再见……啊……"

"怎么？"

"没什么。有一刹那，你让我想起一个故人。这没什么，祝你好运。"

他拍拍对方的肩，向前走去。

塔克继续匆匆前行。

店主人告诉俱毗罗，的确有位客人符合他的描述，就在二楼里间。但他或许不愿被人打扰。

俱毗罗爬上二楼。

他敲敲门，没人回答。于是他试着把门推开。

门从里边插上了。他砰砰砰地敲起来。

房里终于传出了阎摩的声音。

"是谁？"

"俱毗罗。"

"走开，俱毗罗。"

"我拒绝。把门打开，否则我会一直守在这里。"

"好吧，稍等。"

过了一会儿，他听见门闩抬起的声音，门朝里打开了几寸。

"你的呼吸里闻不到酒味，这么说是女人？"

"不是。"阎摩从门缝里看着他，"你想干吗？"

"找出问题所在，尽我所能地帮助你。"

"你无能为力，俱毗罗。"

"你怎么知道？我也是一位技匠——当然，与你并非同一种类型。"

阎摩似乎在考虑。最后他打开门，让到一旁。"进来。"

地上坐着一个女孩，身前摆满了各种物件。她几乎还是个孩子，抱着只棕色和白色相间的小狗，睁大了眼睛，惊恐地望着俱毗罗，但俱毗罗只做了个手势便让女孩微笑起来。

"俱毗罗。"阎摩说。

"于——婆。"女孩道。

"她是我女儿，名叫沐尔迦。"

"我从不知道你有个女儿。"

"她有智力障碍，脑损伤……"

"天生的还是传输造成的？"

"是传输造成的。"

"嗯。"

"她是我女儿，"阎摩重复道，"沐尔迦。"

阎摩跪在她身旁，拿起一块木头。

"木头。"他说。

"木头。"女孩跟着说道。

他举起一只勺子。"勺子。"

"勺子。"

他捡起一个皮球递到她眼前。"球。"

"球。"她说。

他又拾起木块递过去。

"球。"她重复道。

阎摩任由木块落到地上。

"帮帮我，俱毗罗。"

"我会的，我们一定会找出办法来。"

他挨着他坐下，举起双手。

勺子活了过来，仿佛在宣告自己的存在。球和木块也一样。女孩咯咯地笑了，连小狗似乎也在打量眼前的东西。

"四大天王从未被击败过。"俱毗罗说。女孩拾起木块，盯着它看了很久，然后说出了它的名字。

众所周知，迦波一役后，伐楼那大人回到了天庭，几乎同时，天庭内部的晋升系统开始瓦解。业报大师被传输执行官取代，他们的职责也与神庙脱离了干系。自行车重现人间，七座佛教庙宇出现在大地上，尼西提的宫殿被改造成了美术馆和爱神之阁。阿兰邸的祭奠依旧每年举行，那里的舞者无人能及。在信徒们的悉心照料下，紫色的树林也仍然生机勃勃。

俱毗罗和拉特莉一起留在了迦波，塔克则与奥威格乘雷霆战车离开，不知去了哪里。毗湿奴掌管着天庭。

人们向七圣哲祷告，对他们充满敬意，既为了自行车，也为了佛陀能及时化身为人，降临世间。他们称佛陀为弥勒，意思是光明王，部分是因为他能释放闪电，部分是因为他自我克制，没有将闪电降于人间。还有人继续叫他无量萨姆大神，说他是位神祇，但他仍旧宁愿去掉"无量"和"大神"而自称萨姆。他从未宣称自己是神，不过，他当然也从未否认过这点。情势如此，承认和否认都毫无益处。再说，他并未在自己的人民中停留很久，因此也就并未给神学研究提供足够的空间。关于他的离世，一直流传着好几种相互矛盾的说法。

所有这些传说只有一个共同点，它们都提到，有一天黄昏时分，他正在河边骑马，一只红色的巨鸟朝他飞来，尾巴足有身体的三倍长。

第二天日出前他便离开了迦波，从此再没有人见过他。

有人认为巨鸟的出现不过是巧合，与他的离去毫无联系。他们说，他之所以离开，是为了寻求一袭藏红花色的僧袍，寻求那隐姓埋名的宁静，因为他已完成了回到世间的任务，胜利的喧嚣和随之而来的名誉都令他厌烦。也许是那只鸟让他想起，这些光荣是多么的易逝。或者即使它没有起到这样的作用，他也早已下定了决心。

其他人说，他并未重新穿上僧袍，巨鸟是一位使者，属于那生命之后的力量，它来召唤他回到涅槃的平静中，从此进入永恒的休眠和极乐世界，去倾听星辰在无垠的大海边歌唱。他们说他越过了诸神之桥，他们说他不会再回到人间。

还有人说他取了新的身份，依然行走于人类之中，在争斗不休的日子里守护、引导，在当权者剥削人民时阻止他们。

还有人说，巨鸟确是位使者，但并非来自另一个世界，它要找的也不是他，而是手持金刚杵、对上了死神目光的那一位——因陀罗大人。过去从未有人见过这样的红色巨鸟，但现在人们知道，它们就生活在东部大陆——因陀罗与女巫作战的地方。假如巨鸟那燃烧的头颅里果真装着某种情报，那么它带来的或许是来自东部大陆的呼声。不要忘了，在幻影大猫注视天庭之时，那位据称是他的妻子或母亲或妹妹或女儿或集所有这些于一身的女神帕瓦蒂就逃到了东部大陆，去与被她视为亲人的女巫们住在一起。讲这故事的人们毫不怀疑，若巨鸟带来的真是这样的消息，那么无论女神遇到了怎样的难题，他也必定是立刻动身去了东部大陆，去救她脱离险境。

这就是萨姆和那只宣告他离去的红色大鸟的故事。四个版本，被无数的伦理学家、神秘主义者、社会改革家和浪漫主义者传诵至今。我敢说，每个人都能从中选出自己偏爱的版本，但大家不应忘记，这种鸟确实从未现身西部大陆，然而在东方却似乎相当常见。

大约半年后，阎摩法王离开了迦波，谁也不清楚死神离去后的日子究竟怎样，不过大部分人都认为，知道他已经离开就足够了。他把自己的女儿沐尔迦留给拉特莉和俱毗罗照顾，她后来出落成一个异常美丽的女人。他可能曾驶向东方，甚至也许横渡了大海，因为在另一个地方流传着红衣人在女巫的土地上对抗拘摩罗七王的故事。但我们对此并不肯定，正如我们无法确认光明王的真正结局。

但看看你周围吧——

死亡与光明永远无处不在。它们开始、终结、相伴、相克，它们进入无名的梦境，附着在那梦境之上，在轮回中将言语焚烧，也许正是为了创造一点点美。而这无名就是我们的世界。

身披藏红花色僧袍的人们依旧冥想着光明之道。一个女孩每天都出现在神庙中——沐尔迦来见自己那位阴沉的神祇，在神龛前放上他所收到的唯一的祭献，鲜花。

（全书完）

解　说

科幻边界上的诸神复活

刘慈欣

先扯远些：有一种很有意思的科幻形式，我们称其为蒸汽朋克。这类科幻作品展现的不是我们现代人想象的未来，而是过去（大多是18世纪末和19世纪上半叶）的人想象中的现在。在蒸汽朋克影视中，我们可以看到蒸汽驱动的大机器，像巡洋舰般外形粗陋的飞行器，到处是错综的铜管道和古色古香的仪表。蒸汽朋克让我想起了凡尔纳所描绘的天真的大机器时代，也提醒我们，过去人们对未来的想象与后来的真实是相差很远的。我们还注意到，这种差距不在于未来人类能从科学中获得的力量，而在于这种力量的外观和形式。蒸汽朋克中的人类尽管使用粗陋的技术，但其拥有的能力与真实的现代不相上下，使我们惊讶的是那看上去完全两样的世界，像一个怀旧的梦。

回到现在，我们想象中的远未来与真实有多大差距呢？如果现代人被抛进十万年后的时代，他们的第一感觉是什么？科幻文学一直在进行着这样的描述，我们也从影视中看到了那些想象中的未来世界：铺天盖地的电脑屏幕，蝗群般的飞行器，耸入云端的高楼……但如果我们被抛进真实的远未来，可能会发现根本不是那么回事。科幻小说和电影很可能都错了，像蒸汽朋克一样，错在感觉上。这些对远未来的描述最大的误区在于：看到了技术。而在真实的远未来，我们可能看不到丝毫的技术，我们所知道的技术消失了，消失得无影无踪，展现在我们面前的，只有神力和魔法。我们对十万年后世界的陌生感，不是人对人的世界的陌生，而是人对神的世界的陌生。

我一直在寻找那种感觉，去年在五台山找到了。当我走近庙宇里那轻烟缭绕中由文殊菩萨和八大金刚构成的神的世界时，我突然悟到，真实的远未来在我们眼中可能就是这个样子！与其他的宗教相比，印度教和佛教的世界最神秘，也最具超凡的力量感。仰望那些怪异而神圣的神的形象，我们有蚂蚁仰望人的感觉，而其中复杂得让人目眩的世界体系的设定，更是令我们迷惑和惶恐。以此为基调想象十万年后的世界，至少在感觉上不会有错。

现在才知道，真的有一本描述远未来印度教众神世界的小说，这就是1968年出版并获当年雨果奖的《光明王》。

翻开《光明王》，我们立刻进入了一个金碧辉煌的神的宫殿，我们迷惑而恐惧地看着众神在天地间漫游、厮杀和恋爱，神的天庭赫然悬浮于尘世之上，金翅大鸟投下巨大的阴影，雷霆战车裹着烈焰掠过，金光四射的苍穹下尸横遍野。甚至这本书的语言也充满了神性，读着那宏伟华丽、脱俗出世和充满哲思的字句，真的像是在听一个神吟诵着自己的史诗。（顺便说一下，《光明王》的翻译十分出色。）

《光明王》讲述了一个印度教中的普罗米修斯的故事，一个模糊的时间，在一个位置模糊的世界里，众神高踞于天庭之上，垄断着技术，对尘世中的人类采取愚民政策，通过技术庙宇和掌管轮回的业报大师来控制世界。主人公萨姆（释迦牟尼？）与天庭对抗，通过恢宏的战斗将技术的火种撒向人间。

　　《光明王》的故事很清晰，但背景却十分模糊，众神的世界像是悬浮于迷雾中的浮雕。而这部壮丽的小说最令人感兴趣的，恰恰就是这模糊的背景。

　　《光明王》完整地复制了印度教中的世界体系，创造之神梵天、毁灭之神湿婆、死神阎摩、火神阿耆尼、保护神毗湿奴以及鬼道中的罗刹等等一应俱全，金翅大鸟在飞翔，业报轮回这样一些概念在这个世界中同样起着决定性的作用。一切都是那么古典而超脱。但正当我们悠然地徜徉于这似乎早已逝去的神的世界中时，突然看到了一些奇怪的东西：

　　　　当他回到大厅时，手中拿着一个瓶子。瓶子一侧贴着一张纸，王子不必看上边的内容就已认出了瓶子的形状。
　　　　"勃艮第！"他惊呼道。
　　　　"正是，"哈卡拿说，"很久很久以前，从消失的尤拉斯带来的。"

　　我们不知道尤拉斯是哪儿，却熟悉勃艮第，那个法国南部产葡萄酒的地方，这与《罗摩衍那》和《摩诃婆罗多》中的世界有什么关系？下面则更让人吃惊了：

"告诉我，得勒，你会演奏何种音乐？"

"那些被婆罗门所厌弃的。"男孩答道。

"你用哪种乐器？"

"钢琴。"

"这些呢？"说着，他指了指那些闲置在墙边小台子上的乐器。

男孩朝它们扭过头去。"我想我能凑合着使长笛，如果有必要的话。"

"你会华尔兹吗？"

"是的。"

"能为我演奏《蓝色多瑙河》吗？"

再到后面，还出现了第一次世界大战中的歌曲，甚至"马克思主义"这样的词汇，这些提示像零星的冷雨，将我们从远古之梦中惊醒，使我们意识到，这个金光四射的世界中，可能深藏着更加令人震惊的真相。从这些细节中我们得知，这个神的世界不是在远古，而是在远未来。书中的另外一些描写透露了这个世界的少许历史：这是一个有三个月球的星球，人类在多年前乘飞船到来，征服了这个世界的原住民——被称为罗刹的纯能态生命和其他一些本地的智慧生命，用磁场将罗刹囚禁于大山深处。再后来，人类在技术层次上分化开来，形成了神和凡人两个世界。当然，这些历史提示都是模糊的，一带而过。

首先很耐人寻味的是，在《光明王》中，远古的印度教神界如此精确地在人类的远未来重现，意味着什么呢？我们还注意到另外一个事实：主人公为了打破诸神对技术的垄断，并没有直接将技术传授给人类，而是首先创立了佛教。在几大宗教中，与科学技术关系最密切的是基督教，不管它是作为科学的对立面，还是像另一些学者所认为的那样，是现代科学诞生的土壤之一，都是这样。而印度教和佛教，与现代科学好像没有什么关系。派生于印度教的佛教，其主要改进之处有二：一是提出了众生平等的概念，这与技术传递显然没什么关系；其二是提出"诸法因缘生，诸法因缘灭"和"本性是空"的道理，否定了"梵"和"神"的存在，但在本书的世界设定中，神确实是存在的，所以也无意义。那么，透过印度教诸神的复活和佛教的重新创立，作者深藏在小说最底层的逻辑和暗示是什么？沉浸于这未来神界的意境中，我们不由想起了一个词：轮回。《光明王》中有大量被技术化的轮回描写，在业报大厅中，人的意识可托生于另一个身体，这个身体可以是人，也可以是动物。那么，《光明王》作为一个整体，是否在暗示人类历史也是一个大的轮回？

《光明王》的另一个特点，是神性与技术融合在一起。除了那些与印度神话中无异的惊天动地的古典神性外，小说中还出现了大量的技术描写。神话的金翅大鸟与技术的雷霆战车一起翱翔在天空，凡界与天庭的联系显然是通过无线电通信，梵天等神使用水晶显示屏，天庭中有读取脑电波的思想探针，凡界的庙宇中也充满了技术，信徒向神进贡的祈祷机器显然是一台电脑控制的玩意儿，死神阎摩本身就是一名科学家……

这就出现了另一个有趣的问题：《光明王》中神性与技术的关系是什么？最简单的答案是，其中的技术与神性是分离的，技术不过是众神外在的工具与玩物。但《光明王》虽然充满奇幻色彩，西方却一直将它视为科幻小说，我们也可以试着从科幻角度理解这两者的关系。

首先我们发现，与印度神话中的诸神相比，小说中诸神的神性显然弱了许多。在古印度神话中，梵天是创造之神，出自梵卵，用意念力量把卵分为两半，一半为天，一半为地，创造出地、水、风、火、空五大元素和世间万物，在史诗中也被称为"创造者"；毗湿奴是保护神，也称"遍入天""那罗延"，遍入即无所不在，《摩诃婆罗多》说他是宇宙主宰，每当世界末日，吞宇宙入腹，躺于巨蛇背上休息，醒来时再从莲花中重造世界；湿婆是毁灭之神，他的舞蹈能征服世界和反对他的苦行者。《光明王》中的诸神显然没有这类本事。请看如下细节：

> 萨姆照做了。当他再次抬起头来，发现梵天高坐在红色大理石雕刻而成的宝座上，头上张着一顶与宝座匹配的华盖。
>
> "看起来可不怎么舒服。"他评论道。
>
> "海绵乳胶的垫子，"梵天微微一笑，"愿意的话，你可以吸烟。"

这很有趣地暗示了神的局限和人性，在《光明王》中，神也参与轮回，将意识从一个身体转移到另一个身体；还有后来梵天等神被谋杀并轻易被取代，也显示了这个世界的诸神神性的弱化。那么我们是否可以猜测，《光明王》中的神性，不过是发展到终极的已经质变的技术？而其中那些我们认得出来的技术，那些主人公要为人类盗取的天火，不过是神进化留下的阑尾？

《光明王》使我们可以杜撰出两个很不严谨的幻想文学概念：古典神性和技术神性。前者存在于传统的神话和宗教中，后者则是科幻中超度发展的终极技术。古典神性与技术神性有相似之处，我们都不可能知道两者的原理。对于前者，原理根本就不存在，后者的原理虽然存在，但技术已走得太远，其原理是我们凡人不可能参透的，就像鲁班无论如何也不可能搞清大规模集成电路一样。与古典神性相比，技术神性更加广阔，更加变幻多彩，前者是后者的一个子集。古典神话中的一切神性都可能由技术神性实现，而技术神性所涉及的时空尺度和能量级别远大于古典神性，传统神话的世界半径一般都小于月球轨道，技术神性却可能越过200亿光年，到达已知宇宙之外。

在这里，我们看到了幻想文学世界的两个泾渭分明的国度：当技术发展到具有神性时，科幻也就变成了现代奇幻。阿瑟·克拉克关于技术与魔法的论述[1]，更像是给科幻文学划定的界限。应该承认，现在的奇幻作品中描写的神性大部分还是古典的，但技术神性正在越来越多地出现。《光明王》中那存贮着萨姆意识的金色祥云就是一个例子，而这部小说本身，正是建筑在幻想文学两个国度交界处的一部宏伟的经典。

---

[1] 克拉克第三定律：任何非常先进的技术，初看都与魔法无异。——编者注